滄海叢刊

文學新論

李辰冬 著

1975

東大圖書公司印行

行政院新聞局登記證局版臺業字第〇一九七號

中華民國六十四年八月初版

文學新論

基本定價叁元壹角壹分

著作者　李　辰　冬
發行人　莊　剛　彰
出版者　東大圖書有限公司
總經銷　三民書局股份有限公司
印刷所　東大圖書有限公司
臺北市重慶南路一段六十一號二樓
郵政劃撥一〇七一七五號

作者六十五歲時速寫像

再版自序

二十年後來讀自己二十年前舊作，頗有隔世之感；同時，又感到欣慰。欣慰的是自己沒有停滯不前，繼續研究，且頗有進步。就拿「詩經」研究來說，那時只發現「詩經」是「士」這一類人物所寫，想不到二十年後，發現是一個作者，而且是尹吉甫一個人的自傳。透過他的自傳，讓我們曉得周宣王三年到周幽王七年這五十年間的史事。我將三百篇重新作一編排，重新作一解釋，完成了拙著「詩經通釋」與「詩經研究」兩部著述（此二書均由水牛出版社印行）。二十年前是「意識決定一切」在領導我，二十年後仍是「意識決定一切」來領導我，使我發現了別人所不能發現的。西語說「良好的開始，成功就有了一半」，四十年來的經驗，讓我更加相信這句話是眞理。因爲路子走對了，走一步有一步的成就，走一步也可以作爲下一步的基礎，日積月累，自然就有結果。這部書裡「歌謠時期」一章，自然是粗疏的發現，但就由此發現作基礎，一步一步又發現了作者尹吉甫，這樣使「詩經」整個面目爲之改觀。我不敢說這種發現就是眞理，最低限度，發現了前人許許多多的錯誤，而致以後研究「詩經」的人不再走錯誤的道路。

二十年後來溫二十年前舊作，感到自己的總路線不僅沒有改變，而且加深。比如我原給文學下的定義是「凡作者的意識用意象來表現，而表現時以文字爲工具的，謂之文學」。當初指出文學有三種要素：一是意識，二是意象，三是文字。現在對文學有了加深的了解，定義改爲「凡作者的意識用意象來表現，而表現時有其特定對象，並以文字爲工具的，謂之文學」。經二十年來的研究與師大同學們的討論，現今認爲有六種要素：一是作者，二是意識，三是意象，四是表現，五是對象，六是文字。這樣對文學的全面才可認識，也可解決文學上的一切問題。

唯一遺憾的是我在初版自序說：「從民國三十七年的秋季，我決定一個十年的讀書計劃。在這十年內，我想完成六部著作：一是「中國文學發展史」，二是「三百篇研究」，三是「屈原研究」，四是「陶淵明評論」，五是「杜甫研究」，六是「金瓶梅詞話研究」。二十七年來，眞正完成的只有三部：一是「陶淵明評論」（亦由東大圖書公司印行）、二是「詩經通釋」、三是「詩經研究」，而「杜甫研究」僅完成「杜甫作品繫年」的大半，其他都還沒有動手。此中原因並不是由於懈，而是眞正鑽進學問後，才知道求「眞知」之難！我已是望七的人，不敢再有什麼計劃了，祇求上帝保祐，使我身體健康，走到那一步就算那一步，只要是在求「眞知」也就滿意了！

此書最後「民生史觀文學論」原分上、中、下三章，今改爲六章：卽歌謠時期、宗經時期、詠懷時期、傳奇時期、平話時期與結論。這樣與上章「中國文學史分期的嘗試」正相連接，給讀者的印象較爲清楚。原有「毛澤東文藝路線的批判」一章整個刪去，因爲這一章擺在這裡好像不倫不類。其他改動之處尚多，不克一一列舉，但整體看來，比初版時要完整得多，尚請讀者鑒諒指正！

「書評與文評」的作者沈謙君給此書作最後一校，免去許多錯誤，深爲感激，誌此不忘。

民國六十四年六月二十三日李辰冬序於臺北。

初版自序

從民國三十七年的秋季，我決定了一個十年的讀書計劃。在這十年內，我想完成六部著作：一是中國文學發展史，二是三百篇研究，三是屈原研究，四是陶淵明評論，五是杜甫研究，六是金瓶梅詞話研究。我所以要寫這幾部著述，是想證明我二十年來一直相信的一句眞理——「意識決定一切」。我相信：意識決定文學的內容與形式；意識決定文學的價值；意識決定表現的技巧；意識是美感與共鳴的基礎；最後人類意識的組合是文藝作品的最大功用。我由意識，給陶淵明的作品編了一個繫年；由意識掘出了陶淵明的血統、家庭、思想、友朋、個性以及由這些原素組成他的個人意識；由意識，給陶淵明鈎出了一個時代，並且認清了他與同時代作家的異同，以及他在那一時代中的地位；由意識，確定了陶淵明在人類的心靈上起了怎樣的影響，換言之，也就是他對人類有什麼樣的價值，以及他能以影響某些人與不能影響某些人的原因。尤其重要的，是說明了什麼是美感與共鳴的基礎，這是美學上的一個重大問題。由意識，闡述了陶淵明是用怎樣的技巧來表現他的意識以及他的藝術造詣；最後，由意識，決定了他在中國文學史上的地位。這是我研究陶淵明的成果。由於這部書的鼓勵，使我大膽地來從事更廣大的嘗試園地——中國文學發展史的寫作。同樣，由意識，我給中國文學史重新分了五個時期：一是歌謠時期（卽一般所謂的詩經時期），二是宗經時期（從屈原到曹植），三是詠懷時期（從阮籍到李白），四是傳奇時期（從杜甫到文天祥），五是平話時期（從關漢卿到劉鶚）。由意識，我來解釋爲什麼要用這樣的五個名稱。由意識，我來分析這五個時期的社會背景。由意識，我來說明各個作家的不同面目以及他與同時代或另一時代作家之所以異同的原因。由意識，我來指出這五個時期的文學特徵。最後，由意識，推斷中國新文學的將來。將中國文學發展史完成後，我再從事三百篇、屈賦、杜詩、金瓶梅詞話等的研究。文學史是史的陳述，追究文學所以演變的原因以及它的演變法則；其他五部研究，每部代表一個時期，從橫剖面的深入以與史的發展相印證。這六部作品完成後，我想對於文學，不論縱剖面或橫截面，或許有相當的認識，那時再寫一部文學理論的書，將這六部書中的原理法則綜合起來，作一有系統的陳述，對文學可能不會再說外行話了。

這部理論研究的完成，本來放在最後；可是現在因爲時勢的需要，提前了寫作。近些年來我讀了一點書；然愈讀書，使我寫作的膽量愈小。我現在遵從一個原則：就是不說一句沒有根據的話。總是先集了許許多多的證據，然後再在這些證據上得一個結論。這樣的寫法，將文章寫成考據文了；考據文是不受人歡迎的。惟爲當前的需要，又不能不將文章寫得通俗些。就在這通俗與深入上，使我十分苦惱。幾次我想毀了諾言，停止這部書的寫作；但事實的需要，又逼得非寫不可。我就在這收集證據而又刪去證據的苦惱下，完成了這部書。我不希望有什麼新的見解，祇盼望不要離開證據而說話。然爲通俗起見，已將證據刪去了十之八九。這些年來我讀的都是中國書，所以一切結論，都從中國的文學作品中得來；對西洋作品，盡可能不提，因爲不十分知道的我不敢再提了。

在這部書的完成中，我第一要感謝的，就是虞君質與梁實秋兩位先生。君質先生的學問見識，使我非常欽佩，這部書如能免去許多重大的錯誤，是受他的指正。我的文章，不經過他看是不敢發表的。實秋先生是領導我走向文學理論道路上的人。民國十六、七年間，他在新月上發表的理論文章，都給我很大的影響，我之決定研究文學理論，就由這時起。三十八年到台灣後，我所寫的如「陶淵明評論」、「中國文學發展史」，都經過他的指導。尤其是這部「文學新論」，化去他的寶貴時間更多。其次，沈剛伯、蘇雪林、謝冰瑩、蔣碧薇、高仲華、田伯蒼、鄭因百(騫)、趙友培諸先生或給我以鼓勵，或給我以正誤，都應誌之不忘。這部稿子的修改，不下七次，而內子王志敬是一位喜好整潔的人，每次改正後，她都給我重抄一遍，使我非常感動；可是最後一次改正時，她病了，她的至友趙承芬小姐，用娟秀挺拔的字，將這部二十萬字的稿子重新又寫一遍，更使我感激不盡！

最後，要特別感謝的，還是張道藩先生；如果沒有他的鼓勵，這部書不會現在來寫的。還有一點必得感激他的，就是：三十七年以前，我曾從事了幾乎十年的文化運動。在這十年內，我很少讀書，可是增進了我不少的人生經驗。我深深體會到「胸中懷湯火」（阮籍語），與「冰炭滿懷抱」（陶淵明語）的滋味；同時我也眞正知道了什麼樣的人才是陶淵明說的「多謝諸少年，相知不忠厚」的「諸少年」，與「不學狂馳子，直在百年中」的「狂馳子」。讀萬卷書，行萬里路，才能寫出好的作品；欣賞文藝的人，如果沒有讀過萬卷書，行過萬里路，也就無法欣賞讀過萬卷書，行過萬里路的作者的作品。這十年的生活經驗，使我回頭再讀文藝作品時，體會出了以往所體會不出的意境。因此，省悟到以往我所瞭解的文藝理論都是僵死的，不能與有機的人生相配合。我們讀書人所能讀到的，本來都是死書。書是人生的記錄，人生本來是有機的，是動態的，是連續不斷的，然一記錄在紙上的時候，卽與人生斷絕，就變成靜態。我們讀書的人所能讀到的，祇是這些與人生脫節的記錄。這些記錄是可以靜態來處理的，所以把動態的記錄往往變成了靜態的研究；以靜態來研究文藝理論，儘管有一貫的見解，而實際上是變了質。倘若我對文藝稍能有見，就由我能回到動態來看原是動態的作品。這種以動觀動的認識，是由這十年來生活的經驗得來。十年來沒有好好讀書，是我的一種損失；然能得到新的觀點來研究文學，我認爲足可補償這種損失而有餘。這部作品就是這種新觀點的試驗。

中華民國四十二年四月李辰冬序於臺北

文學新論目錄

第一章　文學研究法

學者的任務，是在宇宙複雜的現象裏找出幾條最簡單最概括的原則；再由這些原則，解釋宇宙的一切複雜現象。原則是愈簡單、愈概括愈好；解釋複雜現象時愈能包羅一切而毫無矛盾愈好。宇宙現象原是複雜的，如果學者仍以複雜的原則加以處理，那末，學者也就不足爲貴了。然原則之是否精當，是否可以總括宇宙的一切現象，則視學者所用之方法而定。方法愈周延、愈細密，則所得的結論必愈精確；否則，不是一偏之見，就是矛盾百出。方法的嚴密與否，決定一位學者的研究成果，同時決定他在學術上的地位。一切學者所追求的最高理想，就是這種最簡括的原則；研究文學的人當不例外。

文學研究的最基本工作，是先瞭解文學；而瞭解文學得先瞭解作品與作家的關係。作品是作家生活意識的表現，要想瞭解文學，就得先發掘作家的個人意識與時代意識。

每位作家的作品，不管是一篇詩、一首辭、一篇賦、一闋詞、一段曲、一部小說或一齣戲，都有他寫作的意識，換言之，都有他爲什麼要寫這篇東西的「用意」。若把每位作家各篇作品中的

「用意」作一歸納，就發現了這位作家的一貫意識。作家所用的體裁儘管不同，所表現的材料或許改換，然萬變不離其宗，都在表現他的「意識」。作家寫作的意識。是人人不同的，所以稱爲「個人意識」。然後再將許許多多的個人意識作一比較，就發現了某些作家的個人意識是大同小異，某些作家的是大異小同，這些同與不同，又有時代先後的不同，於是我們稱那些大同小異的爲一個時期，那些大異小同的爲另一時期。此之謂「時代意識」。個人意識是由個人的各種小的因素所構成，如天資、血統、教育、朋友、環境、思想、宗教、天性以及一時的感觸等。時代意識是由思想主流、宗教影響、政治制度、經濟關係、外來影響以及其他各種大的因素所構成。這種個人意識與時代意識決定文學的一切。研究文學的人第一步工作就在發現和比較這些意識，然後才能認識作品的價值與藝術的造詣。對文學的認識錯誤或認識的不徹底，絕不會得出正確的結論。

然個人意識是逐漸蛻變的。研究文學的人，如果不瞭解一位作家的意識蛻變，也就無法眞正瞭解他的作品。我們拿到一部集子，第一步工作是將集子裏的作品照作者的年齡作一繫年；繫年的工作愈精，愈可幫助我們瞭解作品。否則，許許多多的誤解，許許多多的附會，就由這裏產生了。如陶淵明的「和劉柴桑」詩裏有句：「弱女雖非男，慰情良勝無」，這本是思男無男，聊以自慰的話，而已往解釋者都說：「弱女喩醨酒」。說是陶淵明好喝酒，家貧買不到好酒，聊以薄酒自慰，並讚美他說：「可謂巧於處窮」。如把陶詩作一繫年，就知他這時是二十九歲，尙無兒子，所以有盼子之情。三十歲有了兒子後，高興的了不得，他在「命子詩」裏說：「顧慙華鬢，負影隻立，三千之罪，無後爲急」。頭髮已經白了，還沒有兒子，最大的罪過莫過於無後，你看這是怎樣想得個兒子；及至聽到兒子生後，又是怎樣的高興，他認爲兒子生的日子也好，時辰也好。從三十歲的盼子與生子情形，可以證明他二十九歲時的「弱女雖非男，慰情良勝無」的弱女是寫實，並不是醨酒的比喻。還有，他的「與子儼等疏」裏有句：「汝輩稚小，家貧，每役柴米之勞，何時可免！念之在心，若何可言」！這首疏是他的遺囑，明明是擔憂他死後，孩子們幼小，生活發生問題；可是據梁啓超的考證，長子儼生於陶淵明十八歲，而陶壽五十有六，那末，他死時，儼已三十八歲，最小的兒子也有三十一歲，怎能稱「稚小」呢？梁啓超還是用比較嚴密的方法，考證出淵明享年五十有六；如依舊說，陶壽六十三歲的話，他死時，儼應爲四十六歲，最小的兒子也應該有三十九歲，如說「稚小」，豈不成了笑話？作了繫年，就知陶死時，儼始二十六歲，小兒子僅十九歲，稱爲稚小而爲他們生活擔憂，也就較近情理了（詳拙著「陶淵明評論」第一章「陶淵明作品繫年」）。還有，陶淵明的詩，許多人說他有故國舊君之思，作了繫年後，才知道所謂故國舊君之詩是他早年或晉末亡前的十六年作品，晉還沒有亡，怎會有故國舊君之感呢？不要認爲這是枝節問題；就由這些枝節的認識，才能眞正瞭解作品；眞正瞭解了作品，才能眞正瞭解作者；眞正瞭解了作者，才能瞭解作品之所以產生；最後，由每個作家與每篇作品的眞正瞭解，才能建設正確的文學理論。

再如，曹植的洛神賦，讀者既不注意它的寫作年月，也不注意它在怎樣的環境之下寫的，就以「文選」裏的李善注來解釋，使它的意義不可瞭然了。李善說：

魏東阿王，漢末求甄逸女，既不遂，太祖回與五官中郎將（卽曹丕）。植殊不平，晝思夜想，廢寢忘食。黃初中，入朝，帝示植甄后玉鏤金帶枕，植見之，不覺泣，時已爲郭后讒死。帝意亦尋悟，因令太子留宴飮。仍以枕賚植。植還，度轘轅，少許時，將息洛水上，思甄后。忽見女來，自云：「我本託心君王，其心不遂，此枕是我在家時從嫁，前與五官中郎將。今與君王，遂用薦枕蓆，懽情交集，豈常辭能具。爲郭后以糠塞口，今披髮，羞將此形貌重覩君王爾」！言訖，遂不復見。所在，遣人獻珠於王，王答以玉佩。悲喜不能自勝，遂作「感甄賦」。後明帝見之，改爲「洛神賦」。

這是一篇鬼話，後人不察事之眞僞，就拿它來解釋「洛神賦」，「洛神賦」的眞正意義也就蒙蔽了。此賦寫於黃初三年，而黃初三年曹植朝見曹丕的情形，據「三國志」「陳思王植傳」引「魏略」注說：「初植未到關，自念有過，宜當謝帝，乃留其從官著關東。單將兩三人，微行入見淸河長公主，欲因主謝，而關吏以聞，帝使人逆之，不得見。太后以爲自殺也，對帝泣。會植科頭負鐵鑽徒跣詣闕下，帝及太后乃喜。及見之，帝猶嚴顏色不與語，又不使冠履。植伏地泣涕，太后爲不樂，詔乃得復王服」。我們所以引這段話的用意，是想說明：黃初三年時曹植與曹丕會面，不是以兄弟之親，而是以君臣之禮，且君臣也不是常態的君臣。一個是犯了罪，降了官，維恐維懼；一個是忿恨在心，嚴顏不與語。在這種情形之下，如說：「入朝，帝示植甄后玉鏤金帶枕，植見之，不覺泣；帝意亦尋悟，因令太子留宴飲，仍以枕賚植」，簡直是不可想像。即令曹植少年時曾經愛戀甄后，曹丕即位後，甄后與植已是君臣之分；何況以待罪之身，怎敢夢想她「薦枕蓆」呢？更是不可想像。還有，「洛神賦」明言：「覩一麗人，於巖之畔」，怎麼能與「爲郭后以糠塞口，今披髮，羞將此形貌重覩君王」相合呢？種種證明，可知這段記載根本是荒誕無稽，而李善拿來注「洛神賦」，更是荒唐萬分！所以要瞭解一篇作品：第一、要知道寫作的年月；其次，要知道在怎樣的環境與心情下寫的，才能眞正瞭解。(註一)

再如阮籍的詠懷詩，沈德潛說是：「反覆零亂，興寄無端。和愉哀怨，雜集於中，令讀者莫求歸趣」。這樣的印象，由於他把阮籍的八十五首詠懷詩當作一個時候寫的，而不知這是他一生作品的總稱。如將這些作品依着他一生的意識蛻變來讀，一點也不「反覆零亂」，而「歸趣」所指，清楚了然。

然作者的意識蛻變中，又有其不變性。如把曹植的作品作一分期，就可證明這種事實。他的一生作品可分四個時期：一是曹操未死以前，他們弟兄與建安七子吃喝玩樂，無憂無慮，這階段的作品，我們總稱爲「終宴不知疲」的時期。二是曹丕即位到曹丕去世，這時期因他們弟兄不和，曹丕即位時子建大哭，這次哭，給曹丕一種難以寬恕的仇恨，佞臣們就希旨奏陳他許多罪狀，幾乎被殺。這期間作品的題旨不出「追思罪戾」與「不勝犬馬戀主之情」，因而我們稱爲

「譏巧令親疏」的時期。三是曹叡卽位以後，對藩國的峻迫雖未稍減，但對曹子建似乎寬鬆了許多，所以表現建功樹名的理想最濃厚的如「求自試表」、「求存問親戚疏」、「陳審舉之義疏」與其他許多詩賦，都是這時期寫的，我們總稱之爲「甘心赴國憂」的時期。然理想終是理想，曹叡對他儘管敬重，終不敢用，到後來他的希望完全幻滅了，精神與體質也起了劇烈的變化，於是他信仰仙道以求解脫，這時期的作品都是表現成仙的題旨，故稱爲「逍遙八紘外」的時期（詳見第十四章曹植條下）。用他的四句詩，正好象徵他一生作品的四個時期。（註二）這四個時期的作品所表現的題旨或有不同，然其中有一個不變性，就是他在二十五歲時所宣稱的：「戮力上國，流惠下民，建永世之業，垂不朽之功」（與楊德祖書）。這種理想主宰他一生的四個時期。卽令第四期裡有成仙的意識，然這種意識是由不能達到他的理想而產生的。

再如陶淵明的作品，也可分爲四個時期：一是未作官以前，雄心勃勃，很想有所建樹，稱之爲「猛志逸四海」的時期。二是作官以後，作官與他的志趣性格完全不合，感到極端的矛盾苦痛，稱之爲「冰炭滿懷抱」的時期。三是經過十年的宦場生活，實在無法忍受，決然歸田，稱之爲「復得返自然」的時期。四是返回自然後，心靈的涵養逐漸卓越，一直達到物我同一的境界，稱之爲「不覺知有我」的時期。我們也用他的四句詩，正好象徵他一生作品的四個時期，然這四個時期有一不變性，卽「少無適俗韻，性本愛丘山」，主宰他的一生。（註三）

把握到了作家的個人意識，再將一個民族（比如中國）的各個作家作個比較，就又發現時代意識。個人意識是由一個作家的作品比較得來，時代意識是由許多作家的作品比較得來。例如同以「黃鵠」與「燕雀」作比，曹植說：「燕雀戲藩柴，安識鴻鵠遊」（蝦䱇篇）！他是瞧不起燕雀而尊崇鴻鵠。然而阮籍說：「寧與燕雀翔，不隨黃鵠飛」（詠懷詩）。同是鴻鵠而比喻不同。同是談到妻子，曹植說：「棄身鋒刃端，性命安可懷。父母且不顧，何言子與妻」（白馬篇）？而阮籍偏偏說：「繁華有憔悴，堂上生荊杞。一身不自保，何況戀妻子」？同是提孔子，曹植說：「孔氏刪詩書，王業粲已分。騁我徑寸翰，流藻重華芬」（薤露行）。而阮籍說：「孔聖臨長川，惜逝忽若浮。去者余不及，來者吾不留。願登太華山，上與松子遊」（詠懷）。像這樣一點一滴地作比較，就發現了曹植與阮籍的不同；然他二人的不同，並不僅僅是他們兩個人，而是他們代表了一羣與他們同樣的人。如果我們順着時代由曹植往上推，一直推到屈原，有五百年期間的作家，都同曹植的想法大同小異。再順着時代由阮籍往下推，一直推到李白，也有五百年期間的作家，都同阮籍的想法大同小異。這樣就發現了文學上的兩個時代。從作品裏所表現的意識的不同，再追究兩個時代的思想、政治、教育、宗教、社會、經濟與外來影響的種種不同，就知道了所以組成文學時代的原因。所以，文學上的時代是由每個作家的個人意識比較得來，不是由帝王的朝代決定的。朝代可能影響文學，但並不是朝代變了，文學馬上就變，一定等到這個朝代的一切制度影響了作家，文學才會變，因此，朝代不能作爲文學史分期的標準。（分期標準，詳見第十一章）。

我所以要這樣一點一滴來認識作品，一步一步來認識作家，一層一層來認識作家的時代，無非想避免主觀，避免偏見，眞正地瞭解文學，建立一種正確的理論。研究文學的人，都想避免偏見，然問題是在怎樣才能避免。偏見有兩種：一屬個人的，一屬時代的。個人的偏見，就是從主觀的立場來看作品，也就是戴着有色眼鏡來看作品，因爲戴着有色眼鏡，才將一切作品都變成了同一的色調。民族意識强烈的人，將「紅樓夢」看成民族血淚鑄成的作品；另一批爲藝術而藝術的人，將忠君愛國的作品，又都解作唯美主義或戀愛故事。這些都是戴着有色眼鏡，而不能站在作者的時代與作者的本身來看作品。時代的偏見，就是拿當代流行的觀點來看作品。比如「詩經」，好容易因訓詁學、考據學、古代社會學與人類學的發達，漸漸顯露了本來面目，可是，郭沫若之流，因受唯物史觀的時代偏見，將許多詩篇都解釋成無產階級的作品了。剛剛卸下了一種有色的時代眼鏡，馬上又戴上另一付有色的時代眼鏡。由此可知，避免偏見是怎樣的困難！

要想避免偏見，得從作者的本身來認識作品，作品的時代來認識作品。所謂作者的本身，就是將一位作者所有的作品擺在一起，毫無成見地來看每篇作品所表現的意識是什麼？用什麼文體來寫作？用什麼材料來表現？用那些詞彙來描寫？諸如此類的比較，就發現了作者的本人。這樣還不够，仍得進一步來追問他的血統，他的天資，他的性格，他的教育，他的環境，他的思想，他的友朋，他的時代的政治與經濟的設施，因爲這些因素是促使他寫作的原動力，也是限制他祇能用這種文體，這樣材料，這些詞彙的因素。一個人的內心表現在他的外表，祇能從這些零星瑣碎的外表來認識一位作家。我們處理這些零星瑣碎的外表，一點不加愛憎，一點不加取捨，祇用比較的方法將它們作一種統計，那末，作者的本來面目也就自然呈現了。其次，再將各個作家作一比較，發現了他們的異同而分出時代先後，再追究這個時代的政治、經濟、教育、社會、宗教、思想主流與外來影響，這樣，就又認識了每一個時代是怎樣形成的。很顯然，這樣的文學研究法，是由作者的本身出發，看他說些什麼？爲什麼要創作？然後再追究到所以造成他這樣作家的外在的許多因素。所以我們說：「從作家的本身來認識作品，從作家的時代來認識作品」。

可是現在研究文學的人，不是從作品的本身出發，而是在歷史上或社會上找些事件或現象，逼着作家來接受，於是摶撦附會，武斷臆測的種種偏見就發生了。其所以如此的原因有二：一是讀書方法的不當，二是研究方法的錯誤。茲再分述於下：

現在研究文學的人，都是今天讀到一部「詩經」，明天讀到一部「楚辭」，後天讀到一部陶詩，再後天讀到一部杜詩，眼界大一點的，又零星地讀到一些外國作品，從這些東麟西爪的作品裏來得結論，來認識作品。這樣的讀書方法，不管他讀過多少作品，絕對不能認識文學的整體。因爲他是零碎的讀書，祇能得些零碎的知識，說不到是學問，更說不到治理學問。如果換個方式，將我國的文學作品，按着「全上古三代秦漢三國六朝文」、「全漢三國晉南北朝詩」、「全唐文」、「全唐詩」、「宋詩鈔」、「全宋詞」、「全元曲」（因爲這幾部集子都是按作家的先後排列的），一個作家也不跳，一篇文章也不漏，那末，你就發現第一個作家怎樣影響第二個，第二個怎樣影響第三個，第三個怎樣影響第四個，一個個怎樣接着影響，你就清清楚楚看到文學怎樣在演變，爲什麼要演變，同時，你也瞭解作家爲什麼要寫作，寫作的目的何在，以及其他許許多多問題。這樣的讀書才算是有計劃，有系統。這樣讀書的結果，對文學才會有整個的認識，徹底的瞭解。其次，現在研究文學的人，因爲讀書方法的不當，無法看出文學之所以演變，換言之，就是無法從史的觀點來解釋文學，祇有從橫截面來看作品。中外古今的作品那末多，那末雜，研究者又因天資、環境、學識、思想、文字等等的限制，祇能看到自已所能看到的一點。然每個研究者都想從自已看到的一點建立一個體系。這個體系都以爲能自圓其說，而實際是矛盾百出。實在說來，祇從橫截面來認識作品，是永遠無法認識作品的，因爲他無法看到全體。打一個極淺近的比喻：倘若我們從一個「固定」的角度來看一張桌子，祇能看到桌子的一面；換一個「固定」的位置來看，又祇能看到另一面。角度不同，所看到的也就不同。越是看不到全面的人越固執，因爲他們在「固定」的角度之下，祇能有「固定」的見解。如果捨棄這種祇看桌子的外形，而從做桌子的最基本「用意」來看，就可認識桌子的全面：因爲用處與位置的不同，桌子的或高或矮，或大或小，或方或圓，桌腿的或多或少，因事，因地，因時，因用而隨時決定。這樣，比較祇從已成桌子的外形來認識桌子要方便多了。研究文學亦復如此。祇從已成作品的外形來看，中外古今那末多的作品，可能讀到的有幾？從有限裏得結論，如果他所根據的是事實，還可得到一點眞理；然偏見多於眞理，所得的眞理往往反被偏見掩蓋了。沒有了偏見，然後才可談文學；充滿偏見的人，在文學裏是發現不出眞理的。

從以上的檢討，可知方法的重要。然方法之完善與否，不在他能發現其他方法的錯誤，而在能否綜合所有的方法而得到同一的結果。現在用以研究文學的方法不外歸納的、演繹的、科學的、歷史的、考證的、訓詁的、比較的、美學的、修辭的、社會的、經濟的、傳記的等等。然這些方法都有是限度的。在它的限度內，固可得出眞理，超過了他的限度就會產生錯誤。（註四）因爲這些方法都是從一個角度出發，而文學是人生的表現，人生是整體的，有機的，祇從一個角度來看，往往忘掉了此點與彼點的關係，就得不到全面的眞理。由我們的試驗，祇有從生活意識作出發點來研究文學，才能綜合所有的方法而求得同一的結果，並可修正了各種方法間彼此的錯誤。這部「文學新論」就是我們試驗的綜合報告。

註一　拙著「文學欣賞新途徑」中的「曹子建洛神賦的意義」一文中有更詳細的解釋。

註二　請參閱拙著「文學研究新途徑中」的「曹植作品的分期」。（啓德出版社印行）

註三　請參閱拙著「陶淵明評論」中的「陶淵明作品繫年」。

註四　請參看拙著「詩經研究」中的「科學方法與文學研究」。（水牛出版社印行）

第二章　文學的本質

爲解決問題的便利，姑且給文學下個定義：

凡作者的意識用意象來表現，而表現時以文字爲工具的，謂之文學。（註一）

從這個定義，可以看出文學的三種要素：一是意識；二是意象；三是文字。這三種要素，又可分兩方面來講：一是文學的內容，卽意識，也就是文學的價值；二是文學的形式，卽意象與文字，也就是表現的技巧。玆先論意識以及意識與文學價値的關係。

意識極爲重要，它是文學的靈魂，沒有它也就沒有文學，沒有它，也就產生不出好的作品。它決定一位文學家地位的高低，同時也決定一篇或一部作品的價值。

意識是作者的理想透過實踐後所激出的情感。（我們這裏所用的意識，旣不同於一般心理學、社會學所用的意識，也不同於唯物論者所用的意識形態）。作者的理想一定得透過實踐，換言之，就是要依此理想去實行，才能產生意識。人類的生活，都由理想的實踐而產生，我們嘗說：「我想作什麼」，「想作什麼」就是理想；然想了後得去實踐，才能達到目的，坐而言不能起而行絕不會達到目的。達目的的行動過程就是生活。不過有的理想是遠大的，有的理想是暫時的；有的是自動的，有的是被動的；有的是有意義的，有的是無意義的；有的是精神的，有的是物質的；有的是很容易實現的，有的是得努力而才能實現的。如果考察一下我們的生活，無不由這遠大的或暫時的，自動的或被動的，有意義的或無意義的，精神的或物質的，容易的或艱辛的理想之實踐而產生。然實踐理想時，無不與實際社會接觸，接觸後就激出心理上各色各樣的反應，我們稱之爲意識。

或許有人要問：生活由理想的實踐而產生，用之於古代作家則可，用之於現代作家似不盡然。因爲古代作家，其志不在寫作，他原本的目的在立德、立功，立言是在立功不成，萬不獲已的舉動，所以他的生活可以說是由理想透過實踐而產生。可是現代的作家一開始的目的就在立言，並未經過立功不成的階段。不錯，現在一開始寫文章的青年，往往就有立志作一位文學家的志願，然有幾位是成功的？除過記些詞彙，學點寫作技巧，善於玩弄文字而外，有幾位產生了傑作？其中比較成功的，還是因爲先有一段比較有意義的生活，他將這段生活表現出來，才成爲一部可讀的東西。他如沒有這段生活，根本寫不出東西。而這段生活是有限的，寫一兩部作品也就用完了；如果他沒有新生活的繼續，他的天才也就完結了。一位眞正成功的作家，通常都在三十歲以後，就因爲三十歲以後他的生活經驗才會豐富起來。巴爾札克說：「我有我的涼廚，我有我的養魚池」。意思就是說：他已儲備了許許多多的生活經驗，可以隨時取用；然他總得事先儲備。由此可知，生活對於作品的重要。現在許多職業作家之所以旅行、冒險、刺激、觀察、體驗，無非想充實自己的生活。古代作家與現代作家不同的，一個是先有生活而後寫作，一個是先決定寫作再找生活，其由理想經過實踐而產生生活是一樣的。

那末，假如承認生活是由理想的實踐而產生，是不是作家祇能表現他實踐過的生活呢？考察、體驗、研究、理解、博聞是不是一樣可以作爲作家的表現資料呢？考察、體驗、研究、理解、博聞等等祇可作爲生活的補助，專憑這些是無法產生深刻的生活。假如對教育是門外漢，他到一個學校去考察，能得到些什麼呢？同樣，一位作家對他所要考察的對象事先毫無瞭解，考察的結果，一定是一無所得。一個人對機器毫無知識，他到工廠去參觀，能得到什麼印象呢？至如體驗、研究、理解、博聞，都得先有了基礎，然後再去體驗、研究、理解，才會有結果。所以考察、體驗、研究、理解、博聞，祇能作補助某項生活的不足；倘若對某項生活毫無經驗的人，而去作某項生活的考察、體驗、研究、理解，是得不到東西的。我們嘗說：作品產生於想像；然想像基於經驗，經驗愈豐富，想像力則愈强。假如一個人對某項生活根本沒有經驗，就無法想像某項生活。大作家之所以想像力豐富，由於他的經驗豐富；經驗豐富，他可以推情度理，想像出許多未曾經驗過的事實，而與事實相符。但要知道：推情度理是由豐富的經驗而來，絕不是憑空想。

或許又有人要問：生活旣是由理想的實踐而產生，然爲什麼不說：文學是生活的表現，而要說是生活意識的表現呢？玆分層解答如下：

第一、文學是生活的表現，一點不錯；然要追問一句，文學是生活的影印麼？文學像一面鏡子，生活是什麼樣子就什麼樣子反映在鏡子裏麼？不是的。作家要表現一段生活，一定要有所取捨，甚而有所增減；既對現實生活有所取捨、增減，那就不是生活的本來面目。你說文學是生活的表現，這句話就不恰當了。

再者，文學既不是現實生活的影印，須由作者有所取捨、增減，那末，一定有一種更較基本的因素在主宰作者。這種最基本的因素就是意識。我們說：意識是理想透過實踐後所激出的情感，情感才是作者寫作的最原始推動力，作家寫作的目的就在發洩情感。生活也不過是他表現情感的資料，凡能恰當表現他的情感的，他就取；凡不能恰當表現他的情感的，他就捨；凡能加强表現他的情感的，他就增；凡是削弱表現他的情感的，他就減。甚而我們可以說：作品中所表現的生活之眞假，並不是眞實的事情就是眞，虛構的事情就是假。許多初習寫作的人，把親身經歷的可歌可泣的事實報告出來，而讀者反認爲是假；可是有許多作家虛構的事件，讀者反認爲是眞。所以作品表現的生活之眞假，不能以現實生活爲準。如果情感眞，虛構的事件可變爲眞；情感假，眞實的事實可變爲假。如此講來，說文學是生活的表現能站得住麼？

第二、「文學是生活的表現」一語，既不恰當，怎樣講才算是恰當呢？如果改成「文學是生活意識的表現」，那就比較恰當了。因爲意識是理想透過實踐後所激出的情感，這種情感自然是作者親身經驗過的。親身經驗過的情感才算是眞。作者的理想愈高，意志愈强，激出的情感必愈眞摯，所謂「生活卽奮鬥」者卽此。否則，一個人根本沒有理想，或有理想而實踐時並不認眞，那就不會有眞摯的情感，所謂「行尸走肉」者卽此。或許有人要問：難道情感一定得由理想的認眞實踐才能激出麽？不能由同情心的激發麽？旣謂「同情」，你一定得有這樣的「情」，才能同別人的「情」。比如巴爾札克從戲院裏出來，看到一對貧苦的工人夫婦，聽了他們的悲慘遭遇，於是他們的破帽，好像戴在他的頭上，他們的破衣，好像穿在他的身上，他們的貧苦，好像就是他的貧苦。這是同情；然如果巴爾札克不是窮苦出身，過着窮苦的生活，對這貧苦的工人，不會引起他的同情。同情，也得有自己的「情」作基礎才能吸取別人的「情」。此卽我們所以要將文學是生活的表現，改爲「文學是生活意識的表現」的緣故。

第三、意識旣是理想透過實踐後所激出的情感，那末，這裏有三種主要的因素：一是理想；二是實踐；三是情感。理想係由作者的家庭、教育、朋友、思想、宗教、環境等所構成，此其所以我們研究一位作家時，要追究他的家庭，他的教育，他的朋友，他的思想，他的宗教，他的環境等等的緣故。當實踐他的理想時，必定遇到異樣的家庭、教育、社會、思想、宗教、環境等的人們，阻止他的理想的實現，此其所以我們追究他的時代的家庭、教育、社會、思想、宗教、政治、環境等等的緣故。知道了他的理想，又知道了他實現理想時的阻力，自然就知道他所激出的是什麽樣的情感；同時，也就掘出了作者之所以寫作的原動力了。然而這種家庭、教育、社會、政治、思想、宗教、環境等之構成一個人的個性與一個時代的特徵，都是有機的，牽一髮而動全身的，並不是雜揉的；可是以往研究文學的人，有的祇從血統，有的祇從社會，有的祇從政治，有的祇從思想，有的祇從宗敎，有的祇從環境，發現了這一點，忽略了那一點，尤其忽略此一點與彼一點的關係。儘管對文學的研究有了許多貢獻，也遺留了許多偏見。所以要發掘作家的個人意識與時代意識，就在承受已往研究的「優點」，而捨棄他們的缺點。因爲這樣的研究，才是研究作家整個的人，而不是片面的認識。

以上所談，比較抽象，謹再舉例以明之。我國的偉大作家屈原，他終身的理想是推行「美政」，然一方面遇到昏君，另一方面遇到佞臣，無法實現他的「美政」，而他的意志又非常堅定，他再三表示說：「亦余心之所善兮，雖九死其猶未悔」，「雖體解吾猶未悔」。可是他的意志愈强，而阻力也愈大。他祇有對君太息說：「荃不揆余之中情兮，反信讒而齌怒」；對佞臣慨嘆說：「世溷濁而嫉賢兮，好蔽美而稱惡」；結果，他只好一死了之。「已矣哉！國無人莫我知兮，又何懷乎故都？旣莫足與爲美政兮，吾將從彭咸之所居」！假如他遇到困難，變了意志，就不會那麼苦痛；然而他不，絕不敷衍，絕不屈服，他是：「寧溘死而流亡兮，余不忍爲此態也」。意志愈堅定，阻力愈强烈，所激出的情感也愈深刻。屈原是先有了理想，又要推行他的理想，所以激出他的深厚意識而產生了不朽的「離騷」。假如他當初沒有理想，或有理想而中途變節，也不會產生這樣深厚的意識，那末，屈原也就不成其爲屈原了。

瞭解了意識的含義，瞭解了意識的來源，瞭解了作家所表現的是他的生活意識，那末，就瞭解本文一開始講的：「意識是文學的靈魂，沒有它就沒有文學」。同時，也可瞭解「沒有它也產生不出好的作品」。沒有生活意識的人而想寫作，只有兩種結果：一是由觀念出發而寫些口號或乾枯無味的理論；二是堆砌典故或模仿他人。好的作品都是生活意識的自然流露，也可以說是生活意識的白描，既不模仿，也不用典。典故是古人的生活，沒有生活的人，才用典故來塡塞作品。瞭解了這些，再講爲什麼意識決定文學家地位的高低。

作家的意識是逐漸蛻變的；然蛻變之中有其不變性，不變性愈大，則作家的意識愈深厚；意識愈深厚，則作家的地位愈高。意識之深厚與否，取決於意志的堅定與否，意志愈堅定，則意識愈深厚。我國作家裏，一方面像屈原、曹植、杜甫；另一方面像陶潛、阮籍、李白之所以高於其他作家的，不是沒有原因。可是另外，像兩漢的作家，他們既受儒家的影響，想建功樹名；多少又受道家的影響而有隱的思想，於是進取心就爲減退，所以他們的地位，較屈原等爲差。到了漢末的建安七子，他們根本沒有理想，更無所謂堅強的意志，因而沒有深厚的意識，所以他們只能稱爲辭章家，不能稱爲文學家。到了六朝，張華、陸機、潘岳、謝靈運等都在仕與隱兩重理想中搖擺，所以沈德潛在「古詩源」裏批評張華說：「筆力不高，少凌空矯捷之致」；批評陸機說：「胸少慧珠，筆又不足以舉之」；批評潘岳說：「絕少生韻」；批評謝靈運說：「謝詩追琢」。

一般說，偉大的時代才能產生偉大的作家，實際並不盡然。「偉大時代」一語的含義異常糢糊，有時指政治清明，社會安定，文治武功鼎盛的時代，如漢、唐；然有時又指百家爭鳴，思想煥發，如春秋、戰國。以文治武功的鼎盛爲偉大，兩漢作家較之屈原，實不得稱之爲偉大；如以百家爭鳴，思想煥發爲偉大的時代，春秋、戰國固然出了一位屈原；然學校廢弛，道德淪喪，思想衰落的三國時代，也產生了一位曹植。時代之偉大，與作家之偉大，並無必然關係。作家之偉大與否，實由作家意識之深厚與否來決定。比如一位專家，他之所以被稱爲專家的，由於他專心從事一件工作，久而久之，他達到了人家所達不到的境界，才稱之爲專家。作家的意識亦然。他從一個理想路線出發，百折不撓，威武不屈，始終力行，自然他所感受的就比較別人所感受的眞而且摯，他所表現的也就眞而且摯，同時代的人都達不到他的境界，才顯出了他的偉大。

意識，不但決定文學家地位的高低，而且是美感的基礎。凡作者所表現的意識引起讀者共鳴的，就能引起美感；否則，也就引不起美感。例如陶淵明的作品都帶有極濃厚的隱的意識，讀者一定也得有隱的意識，才能引起共鳴。像勢利薰心，熱中進取的人，是感不出美的。不說別人，王維少年時就感不出陶淵明作品的美。他在「與魏居士書」說：「近有陶潛，不肯屈腰見督郵，解印綬，棄官去，後貧乞食。詩云：『叩門拙言辭』，是屢乞而多慚也。當時一見督郵，則安食公田數頃。一慚之不忍，而終身慚乎？此亦人我攻中，不鞭其後之累也」（陶澍註「陶靖節集」引張子烈語）。從王維少年時爲求一個進身，不惜假裝優伶，就知他那時是怎樣的熱中功名，所以他不會瞭解陶淵明。可是後來知道：「少年不足言，識事年已長；事往安可悔，餘生幸能養」的時候，就一再稱讚淵明說：「無才不敢累明時，思向東谿守故籬。豈厭向平婚嫁早，却嫌陶令去官遲」（早秋山中作）。「酌釀賦歸去，共知陶令賢」（奉送六舅歸陸渾）。他簡直把陶淵明當成先知先覺者來尊崇，來仿傚了。所以要有同類的意識，才能欣賞同類的作品；否則，格格不入，不會引起美感的。

一時代有一時的共同理想，當作家共同奔向這個理想時，有的因意志不堅，一遇困難，就隨風轉舵，結果，有的走了十步八步停止了，有的走了三十步五十步改變了方向，故而他們作品的生命也是短暫的。另有極少數的作家，他們的意志非常堅定，利祿不足以動其心，刀俎不足以折其性，終身向自己的理想奔馳，他所感受的自然要深刻。因爲他的理想是一個時代的共同理想，他的感受也就代表了一個時代的感受，於是他的作品，也就成了一個時代的紀念碑。

從以上的分析，可知意識是作品的淵源，意識是作品價值的標準，意識是美感的基礎。沒有意識，根本產生不出作品，所以意識決定文學的內容。

瞭解了意識是什麼以及意識與文學的關係，那末，再進一步來解釋作者怎樣表現他的意識。茲先談意象。

意象類似一般美學上所說的形相，不過形相祇指事物的形相，有某樣事物，才能有某樣的形相，形相祇能依據實有的事物而言。意象的來源固然也出於事物，然其主動在作者，作者可以依據某一事物而描繪形相，也可以連貫或增減事物的本來面目而創造形相。所以形相是外在的、機械的、呆板的；而意象是內在的、有機的、靈活的。意象是由作者的意識所組合的形相。這種形相，作者有充分處理的自由。且舉一個極淺的例。元人馬致遠的「天淨沙」：

枯藤老樹昏鴉。小橋流水平沙（普通板本作人家）。古道西風瘦馬。夕陽西下，斷腸人在天涯。

用「枯藤」、「老樹」、「昏鴉」、「小橋」、「流水」、「平沙」、「古道」、「西風」、「瘦馬」、「夕陽西下」等等形相，來烘托出一種「斷腸人在天涯」的意識。「枯藤」、「老樹」等等都是顯明的事物形相，得先有「枯藤」、「老樹」等事物，然後才能有這些形相；不過，將這些形相組合起來表現「斷腸人在天涯」的意識的這是馬致遠的創造。這些形相本來是分散的、凌亂的、不相連屬的，現在照着馬致遠的意識從新組成了一個意象。這種意象，事實上可能有，也可能沒有，所以稱之爲意象。

瞭解了意象，再來解釋作家怎樣用意象來表現意識。以上是一個極顯明的例；而意象，在作家實際運用時則千變萬化。再舉數例，以概一般。曹植的「吁嗟篇」：

吁嗟此轉蓬，居世何獨然！長去本根逝，宿夜無休閑。東西經七陌，南北越九阡。卒遇回風起，吹我入雲間。自謂終天路，忽然下沉泉。驚飇接我出，故歸彼中田。當南而更北，謂東而反西。宕宕當何依，忽亡而忽存！飄颻周八澤，連翩歷五山。流轉無恆處，誰知吾苦艱！願爲中林草，秋隨野火燔。糜滅豈不痛，願與根荄連！

曹植所以寫這首詩，因爲曹丕卽帝後，他獲罪於曹丕，貶爲安鄉侯，繼改鄄城侯，又改封鄄城王。其後由鄄城而雍丘，而浚儀，再還雍丘，而東阿，而陳，十一年間，丕及嗣主叡遷植封地者六次。所以數改封地者，恐曹植坐大，篡奪帝位。魏的法制，將諸侯王遠封邊疆，既不許入朝覲見，也不許諸侯王彼此相見；而曹植建樹心切，嘗想獨自求見，以冀試用，然終不可得。在這種環境與心情下，他用「轉蓬」來象徵他的處境與苦悶。這首詩裏的「本根」是指朝廷，他本不想離開朝廷，然爲環境所迫，非遠離不可，致使東飄西盪，毫無定所。但他最後還是不願離開朝廷，所以詩的結尾說：「願爲中林草，秋隨野火燔。糜滅豈不痛，願與根荄連」！這是曹植拿「轉蓬」作意象來表現他的意識。

再如左思的「詠史」：

吾希段干木，偃息藩魏君。吾慕魯仲連，談笑却秦軍。當世貴不羈，遭難能解紛。功成恥受賞，高節卓不群。臨組不肯緤，對珪寧肯分。連璽曜前庭，比之猶浮雲。（詠史之三）

要瞭解這首詩的意象，得先知道段干木與魯仲連的故事。段干木是：「守道不仕，魏文侯欲見，造其門，干木踰墻避之。文侯以客禮待之，出過其閭而軾。其僕曰：『君何軾』？曰：『段干木賢者也，不趨勢力，懷君子之道，隱處窮巷，聲馳千里，吾安得勿軾？干木先乎德，寡人先乎勢。干木富乎義，寡人富乎財。勢不若德貴，財不若義高』。又請爲相，不肯，後卑己固請，見與語，文侯立，倦不敢息。秦嘗欲伐魏，或曰：『魏君賢人是禮，國人稱仁，上下和合，未可圖也』。文侯由此得譽於諸侯」（史記）。段干木並沒有作官，在家偃臥以自安，然能作魏侯的屏藩，故說：「偃息藩魏君」。魯仲連是：「好奇偉俶儻之劃策，而不肯仕宦任職。好持高節，游於趙。會秦圍趙，魏將欲令趙尊秦爲帝，乃見平原君曰：『事將奈何』？平原君曰：『前亡四十萬衆於外，今又內圍邯鄲而不能去。魏王使新垣衍令趙帝秦。今其人在是』。魯仲連曰：『梁客新垣衍安在？吾將爲君責而歸之』。魯仲連見新垣衍曰：『彼秦者棄禮而上首功之國也。權使其士，虜使其民。彼卽肆然而爲帝，過而爲政於天下，則連有蹈東海而死耳，吾不忍爲之民也』。新垣衍曰：『秦稱帝之害，何如』？魯仲連曰：『秦無已而帝，則且變諸侯之大臣，彼將奪其所不肖，而與其所賢，奪其所憎，而與其所愛。彼又使其子女讒妾爲諸侯妃姬，處梁之宮。梁王安得晏然而已乎？而將軍又何以得故寵乎』？於是新垣衍起而再拜謝曰：『始以先生爲庸人，吾今日知先生爲天下之士也。吾請出，不敢復言帝秦』。秦將軍聞之，爲却軍五十里。於是平原君欲封魯仲連，魯仲連辭讓。使者三，終不肯受。平原君乃置酒，酒酣，起前以千金爲魯仲連壽，魯仲連笑曰：『所謂貴乎天下之士者，爲人排患釋難解紛而無取也。卽有取者，是商賈之事，而連不忍爲也』！遂辭平原君而去，終身不復見」（史記魯仲連傳）。知道了這個故事，就可看出「吾慕魯仲連，談笑却秦軍。當世貴不羈，遭難能解紛。功成恥受賞，高節卓不群」的意象。將段干木與魯仲連的故事聯合起來，就可瞭解：「臨組不肯緤，對珪寧肯分。連璽曜前庭，比之如浮雲」的意義。左思想表現他的理想，然不直接說出，而用段干木與魯仲連的兩段故事。故事的本身就是行爲，行爲的本身也就有形相，左思是「吾希段干木」，「吾慕魯仲連」，那末，這兩種形相適切表現了他的心志，也就是藉意象表現了他的意識。凡是詠史詩都是詠懷詩，都是借題發揮，來表達作者的意識，並不是站在歷史的立場而客觀地歌詠史事。

從以上的兩個例，不管用事物的形相或以歷史的故事，都是用意象來表現。詩、詞、歌、賦、樂府、散曲、小說、戲劇以及小品文等等，祇要是稱爲文學的無不是用意象來表現。不過小說，戲劇是將意象變爲人物來表現，而人物也是由作者的意識從現實社會或歷史故事中組合而成。小說與戲劇所創造的人物愈生動，則其意象愈顯明；創造的人物愈多，則其作品愈偉大；創造的人物愈不朽，則其作品也愈不朽。「紅樓夢」之所以不朽，因它創造了賈寶玉、林黛玉、薛寶釵、史湘雲、王熙鳳、賈探春、劉老老、賈雨村、賈政以及其他數十位不朽的人物。「西遊記」之所以不朽，因爲他創造了孫悟空、唐僧、豬八戒等不朽的人物。其他如「三國演義」、「水滸傳」、「金瓶梅」等等，沒有不是因爲它創造了幾位不朽的人物而不朽的。所以西洋的批評家喜歡將小說或戲劇家的創造人物，比作與市政府的戶籍科爭勝負。戶籍科是登記人口的，而小說戲劇家是創造人物的，一個在登記，一個在創造，二者好像在比賽，看誰登記或創造最多似的。然這些人物是作者站在他的意識的立場來創造的，因而這些人物也就同時代表了作者的個人與作者的時代。這些人物本來是分散的、凌亂的、不相連屬的，而作者由他的意識將這些人物重新組合成爲一個新的世界，如同馬致遠組織「枯藤」、「老樹」、「昏鴉」等等散亂的形相而成爲一首曲一樣。

不過意象的表現有兩種方式：一是作者心靈直接的表現；一是作者心靈間接的表現。直接的表現，就是作者用自己的生活來表現，間接的表現，就是作者用第三身的人物來表現。陶淵明的「飲酒詩」：

結廬在人境，而無車馬喧。問君何能爾？心遠地自偏。採菊東籬下，悠然見南山。山氣日夕佳，飛鳥相與還。此中有眞意，欲辯已忘言。

這是陶淵明的代表作。如果你不知道他從彭澤令歸田後，心靈是怎樣的怡然自得，毫無塵俗的牽染，你就不會瞭解這首詩是怎樣的美好。每句詩都是他心靈的寫照，生活的實錄，不加絲毫的修飾，沒有無謂的渲染。開首四句就寫他的心靈說：家住在這人羣裏，然沒有人來客往的喧鬧；問你爲什麼能這樣，因爲心要是離人群遠了，你所住的地方自然也就偏僻了。因爲不與塵俗往還，而能怡然自得，才能有「採菊東籬下，悠然見南山」的超人境界。一般批評家都讚嘆這「悠然」二字用的妙，其實並不是用字的妙，而是先有「悠然」的心境，才有「悠然」的表現。這是生活的實錄，也是生活的白描。「山氣日夕佳，飛鳥相與還」，也得先有「悠然」的心境，才能觀賞到這種「悠然」的現象。至於「此中有眞意，欲辯已忘言」，更是道盡了人生的「悠然」境界，這裏已入玄理，是人生的一種最高境界。如對人生的理解達不到這種境界，就無法瞭解這句話的深奧。像這類詩，讀者一定得先瞭解作者，以及作者所達的人生境界，才能眞正的領悟。

另一方面如溫庭筠的「菩薩蠻」：

小山重疊金明滅，鬢雲欲度香腮雪。懶起畫蛾眉，弄妝梳洗遲。照花前後鏡，花面交相映。新貼繡羅襦，雙雙金鷓鴣。

還有馮延巳的「謁金門」：

風乍起，吹皺一池春水。閑引鴛鴦香徑裏，手挼紅杏蕊。鬥鴨闌干遍倚，碧玉搔頭斜墜。終日望君君不至，舉頭聞鵲喜。

這兩闋詞都是作者將自我移情到第三身的離婦身上，描繪她們起床或白晝無聊的情景。讀了以後，固然也感染到一種苦悶無聊的情緒，惟這種情緒的引起是由第三身的人物上，與採菊一詩由作者的心靈所直接引起的稍有不同。因為這兩種表現方法的不同，作品的形式也就不同了。

其次，再談文字。

藝術的部門分文學、音樂、繪畫、跳舞、彫塑與建築，而各部門作者的意識沒有不是用意象來表現，分別祇在表現時所用的工具。如用文字，就是文學；如用聲調，就是音樂；如用彩色線條，就是繪畫；如用刀，用木塊，用石膏，就是彫塑；如用大理石，用木材，用甎瓦，就是建築。（這是就原則而言，如就技巧上講，則又各有特徵）。藝術的各部門都用意象來表現，所以它們有親屬的關係；祇因所用的工具不同，產生不同的名稱。

因為文學是以文字為工具，最易給人一種誤會，以為凡是文字所寫的東西都是文學。前人將經、史、子、集都放在文學範圍內就由這種誤解。因而文字與意象的區別，就得作一詳細的分辯。

文字的使用有兩種方式：一是概念的；一是意象的。理論的探討，歷史的陳述，事件的說明，大多用概念的方式；文學的作品，無不用意象。文字的本身，個別講來，大多是概念的，如馬致遠的「天淨沙」裏：「枯」字，「藤」字，「樹」字，「昏」字，「鴉」字等都是概念，因爲這些字都是由許多同類事物中抽象得來，如「枯」字是從許多「枯」的現象中得來的概念；將它與「藤」字連合起來，就產生一種顯明的形相。其他如「老」與「樹」，「昏」與「鴉」，「小」與「橋」，「流」與「水」，「平」與「沙」等表示概念的字組合起來，都成了顯明的形相。再把這些散亂、零星的形相組合起來，就表現了「斷腸人在天涯」的意識。文學作品沒有不用意象來表現，且以意象的顯明與否決定作者表現技巧的造詣高低。王國維在「人間詞話」闢頭就說：「詞以境界爲最上，有境界則自成高格，自有名句」。他所說的境界，就是我們所用的意象。他的話在論詞，實際上可推及一切的文學作品。

文人寫作都注意文字的推敲；推敲的目的就在使形相顯明。皮日休說：「百鍊成字，千鍊成句」，可知古人是怎樣地注重推敲。洪景盧「容齋續筆」有一條說：「王荆公絕句『春風又綠江南岸』，原稿『綠』作『到』，圈去，註曰：『不好』。改『過』字；復圈去，改爲『入』；旋改『滿』，凡如是十許字，始定爲『綠』」。「到」「過」「入」「滿」等字都不能產生顯明的形相，祇有一個「綠」字最恰當。歐陽修每寫一詩，糊於牆上，改了又改，當改定時常不存原文一字。比如「醉翁亭記」原稿，發端凡三四行，復悉塗去，而易爲「環滁皆山也」，則形相顯露。王國維說：「『紅杏枝頭春意鬧』，著一『鬧』字，而境界全出。『雲破月來花弄影』，著一『弄』字，而境界全出矣」。「世說新語」講：「謝太傅寒雪日內集，與兒女講論文義。俄而雪驟，公欣然曰：『白雪紛紛何所似』？兄子胡兒曰：『撒鹽空中差可擬』。兄女曰：『未若柳絮因風起』。公大笑樂」。「柳絮因風起」之所以較「撒鹽空中」爲佳者，就因更妙肖自然。以上所講，好像仍在討論意象，是的，文學的表現離不開意象，問題就在怎樣將文字組成意象。作品技巧的高低，意象運用的成熟與否，也是決定作品好壞的因素。

總之，文學的要素有三：一是意識；二是意象；三是文字。意象與文字都是表現意識的；如果缺乏意識，意象與文字就變成空洞而無所依附了。從這三種因素，可以解答文學上的一切問題。

瞭解了意識，瞭解了意象與文字在文學上的功用，那末，再進一步來解釋文學的範圍。我們解釋了文學的三種要素，現在，就根據這三種要素，來看那些著作是文學，那些著作不是文學。所謂文學，必須同時具備這三種要素：祇有意識而不用意象與文字來表現；祇有意識與意象而表現時不以文字爲工具；或祇有文字而所表達的不是意識與意象，都不得稱之爲文學。今逐層分析於下。

第一、文學是以文字爲表達的工具，但以文字所寫的作品，並不都是文學。章太炎說：「文學者，以有文字著於竹帛，故謂之文；論其法式，謂之文學」。這樣講來，凡是文字所寫的東西都可稱爲文學了，難怪有些文學史家不僅將經、史、子、集都認爲是文學，且將「告示」、「訴狀」、「錄供」、「履歷」、「契約」、「目錄」、「報章」、「姓氏書」統統也算是文學了。犯這種錯誤的不止中國人，西洋人也是如此。英國的文學批評家亞諾爾德（Mathew Arnold）就說：「文學是一個廣泛的詞。它可以解作用文字書寫或印成一本書的一切，如歐幾里得的『幾何原理』，或牛頓的『物界原理』」。英國文學史家哈蘭姆（Hallam）也說：「文學是由書本分給的智識」。很顯然，現代人都不這樣看了，如果把一切的書籍都認作爲文學，那也就沒有其他學術了。

第二、用意象與文字來表現，而表現的不是意識，也不能稱之爲文學。「戰國策」的「齊策」有一段文章：

鄒忌修八尺有餘，而形貌昳麗。朝服衣冠，窺鏡，謂其妻曰：「我孰與城北徐公美」？其妻曰：「君美甚，徐公何能及君也」。城北徐公，齊國之美麗者也，忌不自信，而復問其妾曰：「吾孰與徐公美」？妾曰：「徐公何能及君也」？旦日，客從外來，與坐談，問之：「吾與徐公孰美」？客曰：「徐公不若君之美也」。明日，徐公來，孰視之，自以爲不如。窺鏡而自視，又弗如遠甚。暮寢而思之，曰：「吾妻之美我者，私我也；妾之美我者，畏我也；客之美我者，欲有求於我也」。於是入朝見威王曰：「臣誠知不如徐公美，臣之妻私臣，臣之妾畏臣，臣之客欲有求於臣，皆以美於徐公。今齊，地方千里，百二十城，宮婦左右，莫不私王；朝廷之臣，莫不畏王；四境之內，莫不有求於王：由此觀之，王之蔽甚矣」。王曰：「善」。乃下令群臣吏民：「能面刺寡人之過者，受上賞；上書諫寡人者，受中賞；能謗譏於市朝，聞寡人之耳者，受下賞」。令初下，群臣進諫，門庭若市；數月之後，時時而間進；朞年之後，雖欲言無可進者。燕、趙、韓、魏聞之，皆朝於齊，此所謂「戰勝於朝廷」。

這段文章寫得非常生動，且以故事的體裁來講，使人如見其形，如聞其聲，然能稱之爲文學麼？它最終的目的在勸戒，祇不過拿比喻來進諫，並不是抒寫情感。文學的目的在表現情感，凡不以情感爲主，而以故事的體裁來說明道理或哲理的，都不得稱之爲文學。如「莊子」、「左傳」、「戰國策」裏許多津津有味，引人入勝的文章，雖以故事的手法寫出，然不能就認「莊子」、「左傳」或「戰國策」是文學。這些作品與文學極爲接近，祇因目的不同，名稱也就不同了。

第三、歷史與文學的區別。一般人很容易將歷史著述認作文學，如「史記」，就有人認爲是最好的文學作品。今以「三國志」與「三國演義」二書作例來說明它們的區別。

「三國演義」是由「三國志」而來，然一個是文學，一個是歷史。歷史家的目的在求眞，他將事實搜集完畢後，祇能冷靜地、理智地、系統地將事實陳述出來；如果編者有個人的意見，祇能在文章的末尾「論」或「讚」裏表示，對事實的本身不能任意增減。（當然也有憑編者的意思隨意增減的，這不是歷史家應有的嚴正態度）。至於文學家則不然，他的目的在表現他的意識，他可根據他的意識任意改變事實，誇大事實或增減事實。如果我們將「三國演義」與「三國志」作一對照，就發現作者將所有的人物幾乎都改變了面目。他寫劉備怎樣仁慈；曹操就怎樣奸兇。劉備怎樣禮賢；曹操就怎樣妬賢。劉備怎樣義氣，曹操就怎樣權詐；劉備怎樣盡忠義，曹操就怎樣謀篡奪；劉備怎樣愛民，曹操就怎樣害民。然而事實並不完全如此。再如諸葛亮，是「三國演義」裏演義成分最大的人物。他本來是政治家，而「三國演義」把他寫成軍事家。他六出祁山，實際是毫無所獲，他的將才，實際不如司馬懿，然司馬懿不是稱讚他：「孔明眞神人也」（九十九回），就是「孔明眞有神出鬼沒之計，吾不能及也」（同上）；再不然就是說：「孔明效虞詡之法，瞞過我也，其謀略吾不如之」（一百二回）。最後諸葛亮死了，還在稱讚說：「吾能料其生，不能料其死」，「此天生奇才也」（一百五回）。這幾次讚揚，事實上是失敗的諸葛亮，在我們的想像裏，成了戰無不勝，謀無不果的軍師。還有周瑜，實際確是一位英雄，沒有他，吳、蜀不能聯合，赤壁不能勝戰，在宋人的心目中，他還是一位英雄，像蘇東坡的「赤壁懷古」就說：「遙想公瑾當年，小喬初嫁了，雄姿英發。羽扇綸巾談笑間，檣櫓灰飛烟滅」。「羽扇綸巾談笑間，檣櫓灰飛烟滅」，以「三國演義」看來，正是諸葛亮，周瑜那當得起？然而事實總是事實，「三國演義」的作者無法掩蓋這種事實，祇有壓低周瑜的才能，誣衊周瑜的人品，使他成了肚量狹小，詭譎多端，被諸葛亮一氣再氣之後，終於氣死。氣死後，諸葛亮還來一個最漂亮的祭弔。再如借箭一事，「三國志」裏根本沒有這回事，「三國志平話」裏有借箭，然是周瑜的功業，可是到了「三國演義」，就變成諸葛亮的勛績了。還有魯肅，實在也是一位政治家與外交家，吳、蜀聯盟，他的關係很大，然到「三國演義」，他成了庸才。從「三國演義」與「三國志」對照的結果，我們得到一個結論：凡寫蜀的人物，「三國演義」的作者就特別細膩，特別用氣力，也特別賦予同情；凡寫魏、寫吳的人物，就特別潦草，特別歪曲事實，而使讀者對這些人物起一種反感。

「三國演義」的作者爲什麼要這樣寫呢？作家所創造的人物，都是爲表現他的意識，都有他的目的；這種目的，一定得追究出來，否則，就不能瞭解作品。可是寫「三國演義」的目的是什麼呢？

「三國演義」以桃園三結義作開始，而三結義的人物是劉備、關羽與張飛。劉備的出身是織蓆小兒，關羽的出身是流亡之徒，張飛的出身是賣酒屠豬，三人都是平民。劉備領徐州牧後，袁術大罵說：「汝乃織蓆編履之夫」（十四回）。劉備與袁術交鋒，術又罵說：「織蓆編履小輩」！諸葛亮在東吳舌戰羣儒時，席中一人也罵劉備是「織蓆編履之夫」（四十三回）。劉備在陽平關與曹操鏖兵，也被曹操罵是「賣履小兒」（七十二回）。劉備自立爲漢中王，曹操在鄴聞知，大怒說：「織蓆小兒，安能如此」（七十三回）！還有，劉、關、張殺敗黃巾賊，救了董卓，卓問三人現居何職，劉備答曰：「白身」。卓甚輕之，不爲禮。袁紹與華雄戰，數折大將，關羽斬華雄頭獻於帳下，紹問關羽職位，聽說是劉玄德的馬弓手，紹大喝說：「與我打出去」！從這些地方，可知劉備、關、張都是出身微賤。然為什麼作者要以出身微的人物作主人翁呢？「三國演義」實際是「蜀漢演義」，自桃園三結義始，一切的活動，都是以蜀漢為主，蜀亡以後，故事也就完結。

劉、關、張已經是平民，而「三國演義」裏最主要的人物諸葛亮，也是一個躬耕南陽的布衣。他的出現，作者幾乎用了兩回的篇幅來描寫；出現後，三國裏的一切活動，都是直接地或間接地受着他的主宰；他死後，故事也就潦草結束。「三國演義」，再縮小範圍來說，實際是「諸葛亮演義」。（我有「三國演義節本」一書，即專節諸葛亮故事，故亦稱「諸葛亮演義」，正中書局出版）。我們再問一句，作者為什麼要以這樣的布衣平民來作主人翁呢？要解決這個問題，就得追究到作者的時代。

原來我國文學，從元朝起，起了一個大的變化，走向了新的道路。元人以游牧民族入主中國，根本不懂文化，更不重視讀書人。它把人民分為十等，讀書人列在第九等。第八等是娼妓，第十等是乞丐。讀書人是在妓娼之下，乞丐之上，眞把讀書人糟蹋到萬分！我國的讀書人，一向以作官為出路，而元人每佔領一個地方，都派一個功臣治理，甚至縣官也是如此。這些官又都是世襲的，結果，文人失了出路。元朝開始幾十年沒有科舉，後來因為事實需要，也舉行了幾次，而是有名無實，眞正的讀書人仍然得不到官位。及至明朝，統制者雖是漢人，然明太祖對士大夫非常嚴峻。洪武九年，葉伯巨上書說：「今之為士者，以混迹無聞為福，以受玷不錄為幸。以屯田工役爲必獲之罪，以鞭笞捶楚爲尋常之辱」。從這幾句話，就可想像出文人在明朝初年所受的迫害。葉伯巨也就因爲說了這幾句話而死於獄中。「三國演義」作者是元末明初的人，在這種政治的社會的環境之下，就可知他的感遇。文人無出路，自然對當時的政府起了反感，無怪張飛要喊着說：「哥哥乃漢朝宗親，就稱皇帝，有何不可」（七十三回）的造反話了。讀書人既然沒有出路，祇有站在平民立場來替平民講話，於是產生了平民文學。平民作家當然要選平民爲他的主人翁，他的同情心當然也放在平民身上，於是平民建立的帝國自然成了正統，而貴族出身的曹操、孫權必然成爲奸賊。文人在受着輕視的心情之下，作者是文人，自然要對文人加以重視，於是躬耕南陽的諸葛布衣被誇大起來了。但是，作者的氣忿是不敢明白表現的，祇有一方面隱匿姓名，另一方面用歷史故事作掩護，讓人看來，他是在寫歷史，實際上是在表現他的意識。這一點意識捉到了，作者表現的一切手法也就瞭然了。如祇認「三國演義」是一部單純的歷史通俗演義，那就大錯而特錯。（註二）

從「三國演義」的分析，可知意識在文學中的重要，也可知歷史與文學的區別。歷史事件可以作爲文學家表現的資料，然得經過作者的意識重新組合；仍照歷史的實事來舖陳，絕對不會討好。比如「列國志演義」與「三國志演義」同稱爲歷史小說，而讀者喜「三國」不喜「列國」，受「三國」的感動而不受「列國」的感動，此中道理，就由意識之是否存在。「列國志演義」一步一趨地依據原來事跡，不敢稍加改動，祇不過把它通俗一下，讓人容易誦讀而已，說不到是創作；而「三國志演義」依據作者的意識整個改變了事實，所以它是文學而不是歷史。歷史與文學的區別在這裏，意識之在文學中的重要性也在這裏。

以上，從意識、意象與文字的交互關係，將文學與哲學、文學與歷史、文學與一般著述作一區分，那末，一方面，加强了對於文學的認識；另方面，也給文學劃清了範圍。以下再談意識怎樣決定形式。

我們開始就是：「文學的內容，卽意識，也就是文學的價値；文學的形式，卽意象與文字，也就是表現的技巧」。那末，所謂形式，當然指意象與文字而言。可是我們祇講明了作家用意象與文字來表現他的意識，並沒有講意識怎樣抉擇意象與文字來表現他的意識，現在再作說明。

我們曾說「意象是由作者的意識所組合的形相」，玆將這句話再作深一步的解釋，就可知意識怎樣決定意象。

形相既是事物的形相，而作家所見到的事物則受環境與時代的限制。比如「詩經」時代，那時的作家都處在農村，用以表現的形相，祇限於農業社會的事物。後來城市發達，文人都到城市中生活，用以表現的形相，則又是城市的事物。卽令到現在，作家還是祇能拿他所生存的環境事物當作形相來表現。他有海的生活，就用海；他有鄉村的生活，就用鄉村；他有城市的生活，就用城市；他有軍人的生活，就用軍人；他有富貴的生活，就以富貴；他有貧賤的生活，就以貧賤。作家之選擇形相，儘管他有充分的自由，還得受生存環境的限制。

然主要的不在環境，而在選擇事物形相時的意識。比如同是一棵松樹，一般人看來也不過是一棵樹；但讓孤高自賞的人看來，成了表現他的意識的形相。你得先有孤高自賞的心理，然後才能欣賞這棵孤松。同是一個月亮，在你高興的時候，好像它也在笑；當你悲哀的時候，好像它也在愁苦。事物的本身沒有變，變的是你的情感，所以事物的意義也在變。由此可知意識怎樣在抉擇形相。但形相還是散亂的、不相連屬的、無組織的、如果要把它變成意象，還得經過一番組合；這組合，更是由意識來作決定。

我們給「意識」的解釋是「理想透過實踐後所激出的情感」，所以意識也就是情感。不過當作家表現這種情感時，有的人所表現的是純情感，有的人在情感上加了一點理智。純情感的表現，稱之爲抒情的；加上理智的表現，稱之爲言志的。抒情的表現是主觀的、理想的；言志的表現是比較客觀的、現實的。就由這兩種精神的不同，於是產生了各色各樣的形式。所謂古典主義、寫實主義、自然主義，也不過是意識表現時偏向於理智的、客觀的、現實的；所謂浪漫主義、象徵主義、唯美主義，也不過是意識表現時偏向於情感的、主觀的、理想的。因此，許多西洋文學史家就拿這兩種意識來作文學史的分期標準，也有許多文學理論家就拿這兩種意識作爲文學分類的標準。

因爲意識的不同，作家組合意象時的手法自然也不同。所謂手法，包括造句、選詞、用事、修辭、結構、謀篇以及一切用意象用文字表現的方法。玆以中國的歌與詩爲例，再作說明。

文學的最原始形式爲歌，所以「詩經」裏所收輯的大部分作品都是歌。歌謠、音樂、跳舞，在原始的時候，是三位一體的藝術，後來歌謠儘量向意義方面求發展，音樂儘量向諧和方面求發展，跳舞儘量向姿態方面求發展，三種藝術才有獨立的特徵，成爲獨立的藝術。實際講來，跳舞與音樂發生尤早，歌謠，不過是有意義的語言文字的音樂。三百篇大部分都能唱，分別祇在有些篇得配樂器來唱，有些篇不配樂器，祇是口唱，故謂之「徒歌」而已。因爲歌謠是抒情的，所以與抒情的音樂脫離不了關係，在形式上自然產生兩種特徵：(一)字句的長短不齊。既是先有音樂，後有歌謠，實際上，歌謠也就是依據樂調所填的詞句，那末，樂調的長短，是順着情感而定，歌謠字句的長短也順着情感而定了。(二)聲調的迴旋曲折。音樂的聲調是迴旋曲折的，愈迴旋，則意味愈濃厚；愈曲折，則情感愈深厚。歌謠既與音樂不能分離，則迴旋曲折之表現於歌謠上的爲重疊。

後來抒情的意識裏加上理智的成分，變成了言志詩，於是形式也就改變了。所謂「志」就是「懷抱」，就是文人對修身、齊家、治國、平天下的懷抱。當實踐這種懷抱時，因爲有得意與失意的不同，於是產生各種不同的情感，而這種情感都有理智的成分在內，所以表現的形式，自然與純抒情的形式不同。就拿「詩經」中的大小雅來說，它與國風的形式就不相同。大小雅有故事的陳述，而國風是純情感的表現；大小雅比較理智，比較冷靜，而國風就比較熱情，比較生動；大小雅因爲有故事的陳述，故篇幅較長，而國風祇是情感的抒寫，故篇幅較短。祇要把國風與大小雅作一比較，就可發現這種區別。在「風」「雅」裏已經顯出這種區別，漢以後「詩」的時代正式產生後，這種區別更爲顯著。比如四言詩的形式出於國風，然當四言詩的形式初形成時，全部詩篇雖以四言爲主，然爲配樂的關係，字數並不固定。卽至音樂與四言詩脫離關係，再加以言志的意識，於是四言就成了莊嚴肅穆的固定形式。

總之，因爲意識的不同，而各個作者都在尋找適當表現他意識的意象與文字，於是產生了形式。這些形式以各個作家來說都是不同的；但比較來說，又有大同小異，大異小同之分，於是產生各種主義以及詩、詞、歌、賦、小說、戲曲等等的名稱。追其根源，無不是爲表現意識而設，也無不是由意識來決定它們的形式。所以我們說：意識決定文學的形式。

到此爲止，我們從意識，解釋了文學的價值；從意識，解釋了文學的形式。以後就根據這種認識，提出文學上的幾條原則，以作進一步的探討。

註一 這個定義現在要略加修正，修正後的是：「凡作者的意識用意象來表現，而表現時有其一定的對象，並以文字來表現的謂之文學」。原說三種要素，亦擴展爲六種要素：一是作者；二是意識；三是意象；四是表現；五是對象；六是文字。請參看拙作「怎樣了解文學」一文。

註二 請參閱拙著「文學欣賞新途徑」中的「三國演義的價值」。

第三章　文學的內容與形式

意識決定一切，當然也決定文學的內容與形式。這個問題相當複雜，絕不像一般人所想像的那末簡單。爲解答問題的方便，最好用比較方法，換言之，就是用兩種不同的意識所產生的作品作比較，就很容易看出其中的微妙。我國文學史上有兩種主要思潮，一是仕，一是隱，就以這兩種思潮來看文學的內容與形式。茲先解釋「仕」與「隱」兩種意識。阮籍的「大人先生傳」有兩段話，一是：

> 天下之貴，莫貴于君子。服有常色，貌有常則，言有常度，行有常式。立則磬折，拱若抱鼓。動靜有節，趨步商羽。進退周旋，咸有規矩。心若懷冰，戰戰慄慄。束身修行，日愼一日。擇地而行，唯恐遺失。誦周孔之遺訓，歎唐虞之道德。惟德是修，惟禮是克。手執圭璧，足履繩墨。行欲爲日前檢，言欲爲無窮則。少稱鄉閭，長居邦國。上欲圖三公，下不失九州牧。故挾金玉，垂聞組，享尊位，取茅土，揚聲名於後世，齊功德于往古。

這是「仕」的理想。

另一段是：

與世爭貴，貴不足爭。與世爭富，富不足先。必超世而絕羣，遺俗而獨往。登乎太始之前，覽乎物漠之初。慮周流于無外，志浩蕩而自舒。飄飄乎四運，翻翱翔乎八隅。欲縱肆而彷彿，洸瀁而靡拘。細行不足以爲毀，聖賢不足以爲譽。

這是「隱」的理想。仕者的最高理想是「揚聲名于後世，齊功德于往古」；隱者的最高理想是「慮周流于無外，志浩蕩而自舒」。「仕」與「隱」的理想不同，決定了一個人的志趣、教育、修養、言語、行爲、禮貌、服飾、儀容、態度、生活、心理、見識、人生觀以及其他的殊異。「文」如其「人」，當他們從事寫作的時候，他們的一切都表現在作品裏。我們根據這「仕」與「隱」兩種理想，稱屈原到曹植這期間的文學爲宗經時期，其意識爲仕；阮籍到李白這期間的文學爲詠懷時期，其意識爲隱，玆就這兩期來談文學的內容與形式。

屈原到曹植這期間的作家都有一揚聲名於後世，齊功德於往古」的志願。然能達到目的麼？不可能。就在這不可能之下，又因他們個性、思想與處境的不同，所受的阻礙與感受也就不同，於是產生不同的作品。先從屈原講起。

屈原所受的阻礙，如第二章所講，一是昏君，一是佞臣（詳第十四章），然他的意志是堅强的，他的性格是耿介的；但他是貴族，他與楚懷王同宗，又不能像一般文人可以周遊列國而求售，衹有容忍終生。所以他的感受特別深，情感也特別强。情感最好用歌來表現，而「辭」的本身就是一種歌，所以「離騷」雖是長篇，實際是無首無尾，無始無終，欲斷而復續，將作而遽止的歌。「離騷」之難以分段的緣故，由此。同時，他又想：「手執圭璧，足履繩墨。行欲爲目前檢，言欲爲無窮則」，所以他的行爲檢點而守法度。他一方面批評佞臣們說：「固時俗之工巧兮，偭規矩而改錯。背繩墨以追曲兮，競周容以爲度」。另一方面又自己勉勵說：「民生各有所樂兮，余獨好修以爲常。雖體解吾猶未變兮，豈余心之可懲」。在這種行爲拘謹與嚴守規律下，作文的時候自然也要嚴謹，所以「離騷」一文雖是歌體，然較其他的歌的組織要嚴密得多。再者，仕人們都是「誦周孔之遺訓，歎唐虞之道德」，他們都是由六經裏學到些修身、齊家、治國、平天下的大道理，並將這些道理作爲人生行爲的最高原則，所以他們所處的是觀念世界，並不是現實世界，因此，他們又極重理智。屈原說：「依前聖以節中」，這是他的生活由觀念出發的明證。由觀念出發的作家，都比較理智，都可控制他的情感，溫柔敦厚的風格，就由這裏產生。所謂溫柔敦厚，就是把自己的思想與情感表達到恰如其分，既不過火，又不傷害對方。試問，沒有理智控制，能以作到這種地步呢？卽令如此，班固還要批評屈原是「露才揚己」。足證漢人更要理智，此點以下再談。仕者們所居的是城市，他們不瞭解大自然的美，在他們心目中的大自然都是人類心靈的象徵，所以「善鳥香草，以配忠貞。惡禽臭物，以比讒佞。靈修美人，以媲於君。虙妃佚女，以譬賢臣。虯龍鸞鳳，以託君子。飄風雲霓，以爲小人」（王逸楚辭注）。再者，他們都受過高深的教育，都受過文辭的訓練，所以作品是引經據典，文字是古雅深奧。

從以上的陳述，屈原作品的內容與形式可有幾種特徵，就內容言：㈠他的寫作目的是言志，就是要表達自己的懷抱。㈡他是由觀念出發，處處受理智的束縛，所以本是奔放的情感，也受到理智的壓抑，而表現出溫柔敦厚的風度。㈢他是作官的人，所以用仕人的生活作爲表現的資料。再就形式言：㈠因爲他住在城市，根本不瞭解大自然的美，卽令以自然的事物作爲意象而來表現意識，也將自然作爲比喻，並非欣賞自然的本身。㈡因爲他的行爲非常拘謹，所以他的作品的結構也比較嚴密（這是對歌而言），後來影響了漢賦的形式。㈢因爲他是貴族，而且受過高深的教育，所以文字古雅。

其次，再談西漢作品的內容與形式。

西漢作家如賈誼、司馬相如、董仲舒、東方朔、王褒、劉向、揚雄等，他們的志願都像屈原，然遇到的阻礙則不同。加以他們的思想與性格又不同，於是作品的內容與形式也就不同。西漢作家所遇到的最大阻礙有三：

一是：高祖起自匹夫，其登帝位，由於羣臣的擁戴，功臣宿將，皆封列侯。這些列侯的地位是與儒家思想相反的。當時天下初定，制度未立，諸侯王都自相僭擬，封地過於古制。賈誼以爲應當改正朔、易制度、定官名、興禮樂，而主要目的就在限制諸侯王的權限，所以「絳、灌、東陽侯、馮敬之屬，盡害之」（漢書賈誼傳）。絳是絳侯周勃，灌是灌嬰，東陽侯是張相如，馮敬爲御史大夫，都是貴族，當然要反對建議削弱他們勢力的賈誼，結果被謫長沙。漢初，有野心的幾位王侯如吳王濞、梁孝王武、淮南王安、都是招賢納士；然所以招賢納士，並不是向心的，而是離心的，那就是說，他們都在培養自己的勢力。嚴忌、枚乘等本來仕吳，因吳王有反意，阻諫不聽，他們又仕梁，而梁孝王也有反意。淮南王也是因反而被誅的。這些貴族之所以尊崇儒者，是想利用他們而來「僭擬」，而來「地過古制」；可是儒者是主張「大一統的」，是主張「一統乎天子的」，與貴族的割據思想自然衝突。晁錯的被殺，就由貴族的反對。一方面因爲西漢初期的幾位君主都不喜歡儒生，另一方面諸侯王卽令有喜儒生者，其目的在利用儒生，而非用儒家之道，所以武帝以前，儒生得意者甚少。卽令武帝所用之儒生，亦非純儒。

二是：漢行郡縣，自然要採官僚政治。官僚政治的目的在使賢者在位，能者在職，而官僚制度建築在法令上。主持法令者爲胥吏，所以漢初公卿，多出胥吏，儒雅賢厚之人，亦多借徑於吏以發身。這種胥吏制度是以資歷升遷的，與儒家以才顯名而列不次之位的理想又不合。董仲舒說：「古所謂功者，以任官稱職爲差，非所謂積日纍久也。故小材雖纍日不離於小官，賢才雖未久，不害爲輔佐。是以有司竭力盡知，務治其業，而以赴功。今則不然，纍日以取貴，積久以致官，是以廉恥貿亂，賢不肖渾殽，未得其眞。毋以日月爲功，實試賢能爲上。量材而授官，錄德而定位，則廉恥殊路，賢不肖異處矣」(元光二年舉賢良對策)。漢時尚法家，又與儒家的理想不合。

三是：漢室天下初定，需要養生息民，所以西漢天子大多是信黃老而以無爲爲功。高祖六年，曹參爲齊相，以蓋公善治黃老，使人請之。蓋公爲言：治道貴清靜，而民自定。參用其言，齊國安集，稱爲賢相。高祖九年，拜田叔爲首相，田叔也是道家。惠帝二年，國相蕭何卒，曹參爲相國，以所治齊者治漢，爲漢相三年而民歌之曰：「蕭何爲法，較若劃一。曹參代之，守而勿失。載其淸靜，民以寧壹」。五年曹參卒，六年以陳平爲右丞相，平爲高祖謀臣，少時本好黃老，以文帝十七年卒。文帝及竇后皆好黃老，以恭儉寬厚爲政，海內富庶，幾置刑措。及景帝嗣位，以竇太皇太后好黃老，景帝及諸竇不得不談老子，尊其術。文、景之治，曾受黃、老思想的影響，毫無問題。漢初諸臣除田叔、蓋公、曹參、陳平外，如張良於高祖末學辟穀，也是習黃、老之術。其後直不疑、汲黯、鄭當時皆學黃、老而顯貴。晁錯之子章，亦以修黃、老言，顯名於諸公間。武帝初立，所擧賢良或治申、商、韓非、蘇秦、張儀的學說，都被罷去，而不及黃、老；然欲興儒術，仍阻於竇太皇太后而不果。六年五月竇太皇太后崩，始絀黃老刑名百家之言，延文學儒者數百人，而公孫弘以春秋，白衣而爲天子三公，封平津侯，天下學士，靡然嚮風。由此，可知儒生在當時所處的環境。

從以上的陳述，儘管西漢政治有儒、法、道三家的衝突，儘管西漢君主不十分重視儒生，儘管儒生的意見往往不被採用；然西漢的君主都是求賢若渴，祇武帝一人，就有公孫弘、兒寬、董仲舒、夏后始昌、司馬相如、吾丘壽王、主父偃、朱買臣、嚴助、膠吾、終軍、嚴安、徐樂等，集一時之盛。儒生每有諫諍，儘管不甚採用，然或奬以官級，或奬以金錢，使其不至十分失望，所以意志雖受阻礙，而激出的情感並不强烈。

再者，西漢作家多少都受黃、老思想的影響，如賈誼的「鵩鳥賦」，就充分表現了黃、老的達觀思想。司馬相如是「其仕宦，未嘗肯與公卿國家之事，常稱疾閒居，不慕官爵」。由他的「大人賦」，就可看出他受黃、老思想的影響。劉向少年以信神仙方術之事而致繫獄。揚雄也是「清靜亡爲，少嗜欲。不汲汲於富貴，不戚戚於貧賤」。這種黃、老思想，固然沒有積極地讓他們走向隱的道路，而減輕了他們的進取心，這是事實。因爲進取心的減輕，遇到應該直諫的時候，往往也不敢直諫。因此，意志的堅強性就要減低。意志減弱，則激出的情感自然就較淡泊。所以揚雄說：「位極者宗危，自守者身全。是故知玄知默，守道之極。爰清爰靜，游神之廷。惟寂惟寞，守德之宅」（漢書揚雄傳）。

由以上的意識產生漢賦，而漢賦之所以鋪張揚厲，委屈陳述，就由不敢直諫。司馬相如之寫「上林賦」是在「欲明天子之義，歸之於節儉，因以風諫」。他寫「難蜀父老」是爲「相如欲諫，業已建之，不敢；乃著書，以風天子」。揚雄之寫「甘泉賦」是爲「欲諫則非時，欲默則不能已，故遂推而隆之，以徵戒齋肅之事」。再如他寫「長楊賦」是爲「藉翰林以爲主人，子墨爲客卿以風」。賦的目的在「風」，揚雄有一段話解釋的很明白。他說：

> 雄以爲賦者將以風之。必推類而言，極麗靡之辭，閎侈鉅衍，競於使人不能加也。既迺歸之於正，其覽者已過矣。往者，武帝好神仙，相如上「大人賦」，欲以風帝，反縹縹有凌雲之志。繇是言之，賦勸而不止，明矣。又頗似俳優淳于髡、優孟之徒，非法度所存，賢者

> 君子詩賦之正也，於是輟不復爲。

從這段話，可知賦的目的在諷諫，然不敢直諫。「史記」的「屈原賈誼列傳」也說：

> 屈原既死之後，楚有宋玉、唐勒、景差之徒者，皆好辭，而以賦見稱；然皆祖屈原之從容辭令，終莫敢直諫。

以賦爲文章之稱的始於荀卿、宋玉等，而荀、宋就不敢直諫。

知道了西漢作家的志願以及他們所遇到的阻礙，又因他們的思想與性格而產生的「賦」的文體後，再將他們與屈原的意識與作品作一比較，更可看出意識怎樣在決定文學的內容與形式。

屈原與西漢作家固然都有「揚聲名於後世，齊功德於往古」的志願，而所遭遇的阻礙則大不相同。屈原所遭遇的一方面是昏君，一方面是佞臣；而西漢作家所遭遇的一方面是英俊之主，一方面是有爲之臣；不過因爲主張不同，所以遭到冷落。其次、屈原的意志非常堅强；而西漢作家多少受了道家影響，意志就不那末堅定，如賈誼在「弔屈原」文裏就說：「所貴聖人之神德兮，遠濁世而自藏」，不得志就隱藏起來；甚而還說：「歷九州而相其君兮，何必懷此都也」，這裏沒有人用，到別處去好了，何必死守在這裏呢？你看，他的意志就動搖了。第三、屈原少時雖被楚懷王重用一時，然後因國外國內的環境所迫，終不得重用，而又親眼看到國家的喪師失地，日趨滅亡；可是西漢的時候正是國運興隆之際，作家們如有諫諍，不是升官，就是獎勵。第四、屈原的性格是異常耿介，有話就要講，所以他說：「吾固知謇謇之爲患兮，忍而不能舍也」；可是西漢作家就不敢直諫，直諫了怕危害自己的身家性命。第五、在這種不同的性格與環境之下，屈原之所感受的自然要深刻，情感自然要眞摯；而西漢作家所感受者自然要輕微，情感自然要淡薄。無怪乎班固要批評屈原爲「露才揚己」（語見劉勰「辨騷」）。班固完全從理智出發，而屈原比較從情感出發。

根據以上五點的不同，再看辭與賦的不同。

賦由辭演變而來，然因二者的意識不同，也就顯出不同。第一、辭出於歌，它一方面在表現懷抱，而同時在發抒情感，所以其詞溫而雅，其情眞而摯；可是賦源於理智，它的目的在「或以抒下情而通諷諭，或以宣上德而盡忠孝」（班固「兩都賦序」）。「通諷諭」、「盡忠孝」，完全是理智，與情感無涉。第二、在結構上，辭（此處僅指騷體言）顯鬆懈，然鬆懈中正流露出情感之委婉回轉；賦顯嚴密，愈嚴密，愈顯出理智的強烈。第三、辭在寫我，所用故事詞藻，祇求達情而已；而賦在對人，所用故事詞藻，必求古奧艱澀。第四、辭在抒情，故自然而感人；賦在風諫，故乾枯而堆砌。所以屈原與西漢作家，儘管他們都從觀念的世界出發，儘管他們所表現的都是仕人意識，儘管他們所用的文字都是深奧，儘管賦出於辭，然因意識的不同，使作品的內容與形式又顯然不同。

以上將屈原與西漢作家的意識作一比較，而分析其作品之內容與形式；以下再以東漢作家與西漢作家爲例，來研究他們的不同。

東漢中興，諸將帥都有儒者氣象。光武少時，往長安受「尙書」，通大義，及爲帝，每朝罷，數引公卿郎將講論經理，諸將之應運而興者，亦多近於儒，與西漢開國功臣，多出於亡命無賴者不同。茲以太學生一項而論，西漢成帝時爲數最多，也不過三千餘人；到了東漢順帝時代，竟然增到十倍，爲數三萬餘人。兼以郡國有學校，名儒開私塾，一年裏所產生的士人，何止萬人？東漢之世，墨、名、法、縱橫、雜家，可說都漸次失傳，獨霸政壇的則爲儒生。然儒家的理想眞能實現麼？不能，因爲另有新的阻力產生了。

一是：光武用人，常據讖書，明帝、章帝相繼如此。讖書產生於西漢末季的成、哀之世，而眞正提倡，還在東漢。光武時，桓譚曾力諫讖書之不可信，不聽。一次要建靈臺，商議建築的地址，「光武問譚曰：『吾欲讖決之，何如』？譚默然良久，曰：『臣不讀讖』。帝問其故，譚復極言讖之非經，帝大怒，說『桓譚非聖無法』，將斬之，譚叩頭流血，良久，乃得解。出爲六安郡丞，意忽忽不樂，道病卒」。這是犧牲於讖書下的一位作家。明帝時，傅毅就因明帝相信讖書，求賢不篤，士多隱處，所以寫「七激」以爲諷。自中興以後，儒者爭學圖讖，兼復附以妖言。張衡也曾上疏禁之，終無結果。

二是：章帝以後，外戚爲患；章帝死後，竇太后臨朝，竇憲以重戚，出內詔命，擅取驕恣，崔駰曾數次諫之。及出擊匈奴，道路愈多不法，駰爲主簿，前後奏記數十，指切長短。憲不能容，因而疏之。安帝時，鄧太后臨朝，鄧騭兄弟輔政，而俗儒世士，以爲文德可興，武功宜廢，遂寢蒐狩之禮，息戰陣之法，以致猾賊縱橫，馬融乃上「廣成頌」以爲諷，鄧氏以爲忤己，滯於東觀爲校書郎中，十年不得調。他的侄兒死了，自請罷官，鄧太后猶以爲他嫌官小，把他關閉起來。鄧太后崩，安帝親政，雖復信用，然他已懲於鄧氏，不敢再違忤勢家了。

三是：順帝以後，宦官爲害。順帝嘗問張衡，天下所疾惡者爲宦官，然懼其害己，皆不敢檢舉，盼他詳言其害。衡不得已，詭對而出。閹豎恐張衡爲患，遂共讒之。衡乃作「思玄賦」，以宣寄情志。獻帝時，蔡邕奉特詔，言外戚與宦官之害，致被誣告，幾致殺身之禍。被赦後，又取罪於中常侍王輔之弟王智錢，誣他「怨於囚放，謗訕朝廷」。因此，亡命江湖者十多年。仲長統「法戒篇」講外戚與宦官之害，非常詳明。他說：「光武皇帝，慍數世之失權，忿彊臣之竊命，矯枉過直，政不任下，雖置三公，事歸臺閣。自此以來，三公之職，備員而已。而權移外戚之家，寵被近習之豎，親其黨羽，用其私人，內充京師，外布列郡。顚倒賢愚，貿易選擧，疲駑守境，貪殘牧民。撓擾百姓，忿怒四夷。招致乖叛，亂離斯病。此皆戚宦之臣所致然也。反以策讓三公，至於死免，乃足爲叫呼蒼天，號咷泣血者也」！

從上所述，可知東漢作家所遇的環境較之西漢作家的更要惡劣，照道理，他們的情感要比較强烈，而事實適得其反，他們的情感比西漢作家的還要淡薄，因爲他們對黃、老的信仰加深了。西漢作家固然都受黃、老影響，然沒有公開承認的；到了東漢就公開承認了。傅毅說：「游心於玄妙，清思乎黃老」（七繳）。仲長統說：「安神閨房，思老氏之玄虛；呼吸精和，求至人之彷佛」（後漢書本傳）。馬融說：「今以曲俗咫尺之羞，滅無貲之軀，殆非老莊所謂也」（後漢書本傳）。張衡也說：「方將師天老而友地典，與之乎高睨而大談。孔甲且不足慕焉，稱殷彭與周聃」（後漢書本傳）。不祇直言黃老，且將孔老並稱。馮衍說：「觀覽乎孔、老之論，庶幾乎松、喬之福。嘉孔丘之知命兮，大老聃之貴玄」（後漢書本傳）。崔駰說：「夫謙德之光，周易所美。滿溢之位，道家所戒」（獻書戒竇憲）。張衡也說：「感老氏之遺誡，將廻駕乎蓬廬。彈五弦之妙指，詠周孔之圖書」（後漢書本傳）。由此可知，東漢作家是怎樣受了黃老的影響。

因爲受了黃老影響，所以東漢作家都不積極仕進。班彪是「仕不急進」；班固是「性寬和容衆，不以才能高人」；仲長統是「每州郡命召，輒稱疾不就」；崔駰是「常以典籍爲業，未遑仕進之事」；張衡是「不慕當世所居之官」；蔡邕是「閑居翫古，不交當世」。他們這時仕進的態度，從崔駰與蔡邕的兩段話裏，可以得到眞正的說明。崔駰說：「夫君子非不欲仕也，恥夸毗以求舉。叫呼衒鬻，縣旌自表，非隨和之寶也。暴智耀世，因以干祿，非仲尼之道也」（達旨）。蔡邕說：「卑俯乎外戚之門，乞助乎近貴之譽，榮顯未副，從而顚踣。下獲熏胥之辜，高受滅家之誅，曾不鑒禍，以知畏懼」（釋悔）！從這兩段話，可知他們所以不願仕進以及信仰黃老的原因。圖識、外戚、宦官與儒、道思想，組成了東漢作家的複雜意識，由此意識而產生東漢的文學。

東漢文學，除承襲西漢的文學外，然因意識的不同，漸漸轉變到新的方向。仍以賦爲例，來看東漢文學的新趨勢。

在西漢，寫賦的用意在風；到了東漢，作家既不願仕進，那末，寫賦的用意在於詠懷了。如張衡的「思玄賦」就是詠懷，所以他不是說：「竦余身而順止兮，遵繩墨而不跌」；就是說：「何孤行之煢煢兮，孑不群而介立」。甚而在「歸田賦」說：「超埃塵以遐逝，與世事乎長辭。……揮翰墨以奮藻，陳三皇之軌模。苟縱心於物外，安知榮辱之所如」？簡直有隱的思想了。因爲「諷諫」與「詠懷」的不同，賦的名稱雖同，而內容與形式就不同了。不同之點有六：（一）一是「通諷諭」，「盡忠孝」；一是比較表現自我之所感。（二）一是理智的；一是比較情感的。（三）一是觀念的；一是比較現實的。（四）一是無個性的；一是比較有個性的。（五）一是結構嚴整的；一是比較鬆懈的。（六）至於文字，一個是詰屈聱牙；一個比較是通俗流暢。

以上以屈原與兩漢作家爲例，換言之，以作家之有仕的意識的爲例來看意識怎樣決定作品的內容與形式。現在再以兩晉、南北朝及唐初作家爲例，換言之，以作家之有隱的意識的作例，兩相對照，更可看出意識的重要。

兩晉及南北朝、唐初作家沒有不受老、莊或釋家影響的。阮籍是「博覽群籍，尤好老莊」。嵇康是「博覽無不該通，長好老莊」。他自己也說：「老子、莊周，吾之師也」。又說：「託好老、莊，賤物貴身。志在守樸，養素全眞」（幽憤詩）。向秀是「雅好老莊之學」，並爲莊子一書作注。謝鯤是「通簡有高識，不脩威儀，好老易」。張華是「好古師老彭」（遊俠篇）；又是

「伯陽爲我誡，檢跡投清軌」（遊獵篇）。陸機，晉書本傳雖說他：「伏膺儒術，非禮不動」；但同時又說：「機以三世爲將，道家所忌。……固辭都督」。他在「豪士賦」也說：「饕大名以冒道家之忌」。足證他多少也受道家的影響。何劭是「優游自足，不貪權勢」。潘尼是「性靜退不競，唯以勤學著述爲事」。張載是「性閑雅」。張協也是「淸簡寡欲……守道不競，以屬詠自娛」。成公綏是「閑默自守，不求聞達」。左思是「不好交遊，惟以閑居爲事」。（以上所引，除標明出處外，其餘均見「晉書」各家本傳）。至於這時期的代表作家陶淵明，雖沒有明言受道家影響，實際上受道家的影響最大。到了謝靈運以後，釋家的影響就漸漸顯露出來，如沈約、王維、孟浩然就是最顯著的。玆將以上作家受了釋道思想後所產生的意識，撮述於下。

第一、以「隱」的意識爲主流。「隱」對「仕」而言，「隱」就是「不仕」。不管這時期的作家眞心假意，或實際有濟世之志然因環境關係不敢作官如阮籍，或因個性關係而不宜於作官如嵇康；或口裏喊着「志不在功名」而實際官運亨通如張華；或一面發着牢騷一面患得患失如潘岳；或因作官而致「寤寐涕盈衿」，然實際是「惜無懷歸志」如陸機；或由積極而消極，由消極而幻滅如左思；或作官不稱意，忿而歸於山林如謝靈運；或因「孤且直」的性格而「棄置罷官去」如鮑照；或身在朝而心在野如謝朓；或官運亨通而故作淸高如江淹；或實際勢利熏心而口口聲聲講「所累非外物，爲念在玄縱」如沈約；或性格眞正放誕而不願作官如王績；或始宦後因風疾而去官如盧照鄰；或毫無人格，心口不一的弄臣作家如沈佺期、宋之問；或性情坦蕩而終身不達如孟浩然；或少年激進而老年篤靜如王維；或以魯仲連、謝安石爲終身的理想人物如李白。總之，這時期的作家都以隱的思想爲出發點，至如思想的純正與否是另一問題。

第二、以作官爲謀生手段。這時期的作家都無建樹心理，作官祇爲謀生，所以爲窮而仕，成了他們的口頭禪。如陶淵明說：「此行誰使然，似爲飢所驅」（飲酒詩）。謝靈運說：「狗祿反窮海」（登池上樓）。鮑照說：「誰令乏古節，貽此越鄉憂」（上潯陽還郡道中作）。王維說：「此去欲何爲？窮邊狗微祿」（宿鄭州）。王昌齡說：「但營數斗祿，奉養每逢羞」（放歌行）。岑參說：「負郭無良田，屈身狗微祿」（郡齋閒坐）。又說：「久別二室間，圖他五斗米」（懷二室舊廬）。韋應物說：「家貧無舊業，薄宦各飄颺」（發廣陵留上家兄兼寄上長沙）。這時期作家裏有的眞是爲窮而仕，如陶淵明，有的並不眞窮，也說爲窮而仕，足證說窮成了一種風氣。而此種風氣之所以養成，因無建樹心理。所以沈約「用事十餘年，未有所薦達，政之得失，唯唯而已」。此與宗經時期作家所表現的建樹心理頗不相同。

在這種意識之下所產生的文學有三種特徵：

一是：以詠懷爲主要題旨。「詠懷」這兩個字是借用阮籍的「詠懷」詩，而阮籍又是詠懷時期開始的第一位作家。一考八十五首「詠懷」詩的題旨，都是歌詠他自己的所見所聞，所遇所感，很少表現建功樹名的心理。這時期的作家都是個人主義的，他們寫作的目的都在表現自我，如陶淵明是「常著文章自娛」；鮑照是「長歌欲自慰」；韋應物是「濡毫意僶俛，一用寫悁勤」，

「披懷始高詠」；岑參是「高歌披心胸」；李白是「浩歌待明月，曲盡已忘情」。所以我們稱這時期的作品爲詠懷文學，作者爲詠懷作家。

二是：以大自然爲描寫的對象。這時期的作家都想「超世而絕群，遺俗而獨往」，大自然成了他們逃避現實的理想地帶。「從容養餘日，取樂於桑楡」（張華語）；「靜念園林好，人間良可辭」（陶淵明語）；「安得凌風翰，聊恣山泉賞」（謝朓語）；「煩惱業頓捨，山林情轉殷」（孟浩然語）。又說：「余意在山水，聞之諧夙心」。「結廬對中岳，青翠常在門。遂耽水木興，盡作漁樵言」（岑參語）。這時期所讚美的是山林，與宗經時期所讚美的是城市，適恰相反。曹子建的贈丁儀王粲說：「從軍度函谷，驅馬過西京。山岑高無極，涇渭揚濁清。壯哉帝王居，佳麗殊百城。員闕浮出雲，承露概泰清」，這是讚美城市。可是謝靈運所讚美的是大自然。他說：「列宿炳天文，負海橫地理。連峯競千仞，背流各百里。滮池溉秔稻，輕雲曖松杞。兩京愧佳麗，三都豈能似」（會吟行）。西漢淮南小山的「招隱士」說：「虎豹鬥兮熊羆咆，禽獸駭兮亡其曹。王孫兮歸來，山中兮不可以久留」！可是王維說：「空山新雨後，天氣晚來秋。明月松間照，清泉石上流。竹喧歸浣女，蓮動下漁舟。隨意春芳歇，王孫自可留」（山居秋暝）。王維所指的王孫正是淮南小山所指的王孫，而一個說「山中兮不可以久留」，一個說「王孫自可留」。王維是在做翻案文章，可是這翻案文章是有時代意識作背景的。

三是：不嚴守格律。這時期的作家既認爲「細行不足以爲毀，聖賢不足以爲譽」，他們的行爲要「自然」、要「肆志」、要「自安」、要「任性」，行爲既不受世俗的禮教拘束，在行文的時候，自然也不願受格律的拘束。王士源稱讚孟浩然是「文不爲仕，佇興而作」，足證另有一批人是文而爲仕。「爲仕」與「佇興」不同，於是文學的形式也就不同。他們最常用，也最適合他們的性格，同時也是他們使用最成功的文體，是五七言古風和樂府詩體。樂府詩體爲漢樂府之流裔，樂府本是歌，字數長短不拘，最適於表現情感。五七言古詩也出源於漢樂府，是一種比較自由的詩體。如果將樂府詩五七言古風與律詩作比較，就知道它們是怎樣不同的兩種詩格。律詩與仕的意識發生密切關係，律詩正是「仕」者顯示才學的媒介。律愈嚴，字愈奇，韻愈險，典愈多，愈顯出作者的天才高，學識博。杜甫要做到「語不驚人死不休」，韓愈要做到「險語破鬼膽」的地步，這種現象，在詠懷作家裏是見不到的。

知道了詠懷作家的意識以及由此意識所產生的文學，那末，再進而將它與東漢作家的意識與作品作一比較，更知道意識怎樣在主宰一切。不過這裏我們要特別注意的，就是東漢作品爲走向詠懷作品的橋樑，所以它們乍一看來，好像相同而實際不同。因爲歷史是連續的，是逐漸演變的，如不加以精細的分析，祇見其連續而不覺其變，或覺到他的變而不知從何處變起。所以這裏我們要特別注意東漢與詠懷作家之「同」與「變」，那末，就可知道東漢作家之仍屬於宗經一派，而不能稱爲詠懷作家的緣故。

第一、東漢作家的根本思想是儒家的，雖說他們比西漢作家所受道家的影響要深而且鉅，但因根本沒變，所以仍得稱爲儒者。詠懷作家的基本思想是道家的，後來又加上釋家。內中雖有儒家思想的成分，因爲基本不同，質與量也就不同了。所以東漢作家的意識仍爲「仕」；而詠懷作家的意識就變爲「隱」了。第二、東漢作家的行爲仍由觀念發出，非由現實；可是詠懷作家就由現實出發了。比如上引張衡的「歸田賦」說：「超埃塵以遐逝，與世事乎長辭」，實際上他長辭了麼？並沒有。他是「將迴駕乎蓬廬」，他是「苟縱心於物外」，注意這個「將」字與「苟」字，他是想這樣而實際並沒有這樣，因而我們稱他是「觀念的」。至於詠懷作家，他們既受道家思想的影響又爲環境所迫不得不隱，因而他們的生活行爲是現實的，不是觀念的。第三、因爲東漢作家的意識既然是「仕」，行爲又從觀念出發，所以比較理智；至如詠懷作家的行爲由現實出發，所以是情感的。第四、因東漢作家所處的仍是城市，他們仍以城市或仕者的生活作爲意象而來表現意識；至如詠懷作家所居處的爲山林或農村，他們就以山林或農村爲資料來表現他們的意識。第五、東漢作家既爲仕者，他們的行爲就比較「動靜有節，趨步商羽」，所以他們所用的文體就比較是嚴整的；詠懷作家是「細行不足以爲毀，聖賢不足以爲譽」，他們所喜歡用的文體就自由得多。第六、東漢作家所用的文字比較典雅；而詠懷作家用的就比較通俗，不避俗字俗語，好的詩句，都用白描的手法。總上六點，是東漢與詠懷作家顯然不同之點。不過這裏要注意的，就是我們在作東西漢作家比較時，曾說：「一是理智的；一是比較情感的。一是觀念的；一是比較現實的。一是無個性的；一是比較有個性的。一是結構嚴整的；一是比較鬆懈的。一是詰屈聱牙的，一是通俗流暢的」。而現在又說「一是觀念的；一是現實的。一是理智的；一是情感的」等等，是不是有了矛盾呢？不是的。這是兩個地方的比較，在東、西漢作家的比較下，西漢作家是觀念的，而東漢作家就比較現實；然與詠懷作家相比，則東漢作家就比較是觀念的，而詠懷作家就變爲現實的了。其他數項，都是如此。由此可知，爲什麼我們要說「東漢作品爲走向詠懷作品的橋樑」，它們極爲接近，可是並不相同。由此，更可知作品是怎樣地在逐漸演變，演變的痕跡，如不細加分析，就無法辨別。由此，更可知爲什麼要用意識來解釋文學的一切問題，因爲它是最基本的，它變了，文學的一切也都跟着變了。

以上各點，足證意識怎樣在決定文學的內容與形式，以及內容與形式的不可分。玆再將以上的話作一總結，對內容與形式的關係就更可了然。

我們說意識就是情感，當作家表現情感時，有兩種態度：一是爲我而表現，一是爲人而表現。就因爲這兩種態度的不同，於是產生不同的形式。最明顯的例，就是寫日記。有的人寫了日記，嚴秘地隱藏起來，連自己的父母姊妹，兄弟朋友也不讓看，這種日記的寫法是一種形式。又有一種人的日記，他的目的就爲發表，是爲別人而寫，那末，他的寫法，又是一種。凡是爲自己所寫的日記，情感必是眞摯的，有什麼話就寫什麼話，想到什麼就寫什麼，想怎樣寫就怎樣寫，不受什麼拘束。爲人所寫的日記，寫法就大大不同了。往往想寫的，怕引糾紛，於是不寫了。往往事實並不如此，然爲爭取讀者的喝彩，反將事實增加或減少。或者爲達到某一目的，往往虛構許多事實，而博得讀者的同情。寫日記的目的既然爲人，就不得不減輕眞摯的情感，增加許多僞造與技巧。

寫作的目的既是爲人，那末，當你寫作時，第一就得考慮你要寫作的對象是誰？如果是兒童，不祇將你的知識降低到一般兒童的程度，文字要力求簡易，造句要力求明白，結構要力求簡單，故事要力求通俗，情感要力求單純，這樣才能得兒童的喜好，於是就產生了「童話」這種體裁，換言之，就是「童話」這種形式。假如你的對象是平民，平民的知識是低落的，識字是不多的，那末，當你寫作時，就得使用他們所瞭解的文字，他們所知道的故事，他們所常見的事物。比如唐人爲宣傳佛敎，他們就將佛經的敎義，編成許多通俗易曉的故事，用淺顯的文字，簡單的結構，將故事講出來或寫出來，就成了「變文」這種體裁。到了宋朝，國泰民安，一般老百姓需要娛樂，於是產生「說話人」這種行業。對象既是平民，他們就將「變文」的形式與內容，略微變更一下，換言之，原來祇講佛經故事的，現在改爲說愛情，說鬼怪，說歷史，說社會的不平，而適應各階層聽衆的需要，於是產生了「平話」這種體裁。倘若你的對象是讀書人，而且是受過極高敎養的讀書人，那末，不止你採用的故事是須讀書人所喜歡聽的，而且文字要深奧，要典雅，結構也得嚴整，纔能顯出你的才高識廣。唐人傳奇，就是在這種對象下產生的。由此可知，寫作的對象，怎樣來決定你的形式。

話說回來，寫作的對象固可決定形式，然並不是決定形式的唯一因素，仍有其他的因素存在。爲容易明瞭起見，先以戲劇、電影、電視、立體電影、廣播劇的關係爲例，來說明此中的道理。沒有戲劇，絕對不會有電影，電影是戲劇加上電光所組成的東西。沒有電影，絕對不會有電視，電視是電影加以改造的東西。沒有電影，也絕對不會有立體電影，立體電影，也是電影改造後的東西。同樣，沒有戲劇，沒有廣播，也絕對不會有廣播劇的產生。從這個例子，我們可得一個認識：一切文體，都是因因相襲，沒有第一個，絕對不會有第二個，沒有第二個，絕對不會有第三個。所謂第二個，不過是物質的進步，時代的需要，將新的成分加在第一個上面所重新組合的東西。儘管第二個是從第一個來的，然因加了新的成分與新的組合，成了新的體裁，而有了新的名稱。所謂詩、辭、歌、賦、小說、戲曲等等名稱，都是這樣因因相襲而產生的。沒有國風，絕對不會產生四言詩的形式。沒有漢樂府，絕對不會產生五言詩或七言詩的形式。沒有楚辭，絕對不會產生賦的形式。六朝時，沒有反切與四聲的發明，五言或七言詩絕對不會變成五律或七律的形式。沒有變文，絕對不會有平話；沒有平話，絕對不會有明人的擬平話；沒有擬平話，絕對不會有長篇的說部如「水滸傳」、「西遊記」等。這些形式都有先後的次第，都是一步接着一步而演變，都由物質的進步或環境的需要，而將前一形式加了一些新的成分進去而重新組成的。以現代人看來，各種文體複雜到萬分；以歷史演變的次第來看，一切文體，都不是憑空創造，都有所憑藉。所以形式的決定，固由於寫作的對象，然也由於歷史的因素，如果這一歷史階段根本沒有某種文體，作者就無法憑藉原有的文體加以改造而成爲新的文體。法國文學史家，同時也是批評家的布倫提葉（F. Brunetière）以文體的演變來看文學史的演變，不是沒有道理的。

知道了形式怎樣在形成，以及形式怎樣在演變，茲再進一步來追究意識怎樣決定形式。情感的表現既有兩種態度：一是爲我，一是爲人。那末，文學就顯出兩種基本形式：一是抒情的，一是言志的。抒情的作品出於純情感的，言志的作品則加上了理智。所謂理智，實際就是應付環境的顧慮。本應該直接講的，爲環境的顧慮，改爲象徵的說法。本應該嚴厲指責的，爲環境的顧慮，改爲溫柔敦厚。本應該坦白直陳的，爲環境的顧慮，故意用些典雅的辭藻。本應該輕鬆愉快的，爲環境的顧慮，變成莊嚴肅穆。總之，因對象，因時地的不同，產生不同的形式。因爲有了顧慮，文學家就於當時流行的抒情形式上加了理智，而成了另一種形式，於是新的文體產生了。

這話說的太抽象，玆舉數例以作說明。

我們講過，文學的最原始形式是歌，而最原始的歌都是抒情的。又因爲歌與音樂脫離不了關係，所以歌的情調是輕鬆愉快，形式上是長短不齊與語句重疊。這種情形，不祇「詩經」中的「國風」如此，卽原始的楚歌（稱之爲「辭」的），西漢的樂府，唐五代的曲子詞，元人的曲，都是輕鬆愉快，長短不齊，音調重疊。這些形式到了有懷抱的文人手裏，因他們要適應環境，要利用文學，要以文學有所陳述，於是產生各色各樣的形式，而又有各色各樣的文體名稱了。例如，國風的形式應用到廟堂，應用到歌功頌德，應用到追述功德，應用到君臣宴飲，這種環境下需要莊嚴肅穆，原本輕鬆愉快，長短重疊的形式，變成四言的，單調的，齊整的；這種形式，被人稱爲「四言詩」。然在四言形式初初形成的時候，還脫離不了音樂，於是在四言，單調，齊整的形式中，多少還有點輕鬆不齊；可是到了漢、魏的時候，四言的形式完全與音樂脫離關係，更加肅穆莊嚴，而成了僵死的形式。到這時候，音樂倒過來是配四言的，並不是四言配音樂了。這種情形，卽令到現在還是如此。一遇到嚴肅的場合，或歌功頌德的時候，仍然以四言的形式寫出。所謂音樂，都是請製譜家配製的。

再如楚歌，它的形式原來也是輕鬆愉快，長短不齊；可是到了言志詩人的屈原手裏，就變成了整齊，嚴肅。但在屈原的作品裏，抒情的成分還是很重，整齊與嚴肅之中，還存留着音樂的意味。到了辭再變而爲賦的時候，就與音樂完全脫離關係。賦的目的本在「諷」，而所「諷」的對象又爲君主，在君臣尊卑之分的情境下，文人說話當然要小心了，當然要有顧慮了，換言之，也就加上强烈的理智，西漢的賦，也就結構謹嚴，文字深奧了。

再如西漢的樂府，原來也是民歌，也是輕鬆愉快，也是長短不齊；可是到了言志詩人的手裏，因爲要拿這種形式來言志，於是變成了整齊的「五言」或「七言」。到了六朝的時候，因爲梵文的輸入，梵文是拼音文字，使人啓悟到中國文字的反切，由反切產生四聲，由四聲又將五言與七言改爲律絕。總之，所謂文體，也不過是作家在表現情感時，偏重「爲我」或「爲人」的兩種態度，再加上原有文體的影響而形成的表現方式。

瞭解了文體的形成，再談西洋文學上各種主義的形成。

所謂各種主義，實際上也就是爲我表現與爲人表現的兩種基本態度，再加上環境需要所產生的形式。就拿古典主義與浪漫主義來說，古典主義的特徵是理智的、客觀的、現實的、社會的、中庸的、摹擬的、平實的、一般的、守舊的、守格律的；而浪漫主義恰恰與此相反，它是情感的、主觀的、理想的、個人的、好奇的、創造的、誇張的、特殊的、創新的、不守格律的。這些特徵，那一種不是由「爲我表現」或「爲人表現」的兩種態度而來呢？以上是隨便舉一些特徵，依據這兩種基本態度，還可以尋找出或演繹出更多的特徵。古典主義與浪漫主義如此，其他如寫實主義、自然主義之與象徵主義、唯美主義，無不如此。

第四章　文學的價值

第二章裏，我們曾說：「意識是作品價值的標準」，在這一章裏再細作討論。意識決定一切，意識當然決定文學的價值。這個問題，想從兩方面作解答：一從作家的人格，一從作家的意識。文學價值的高低，決定於作家意識的眞摰與否；而作家意識的眞摰與否，由於作家人格的是否一致。瞭解一位作家的最簡單辦法，就是拿他的傳記和他的作品來對照。作品是表現他的理想，傳記是記載他的行爲，如果理想與行爲一致，這位作家的人格就一致；否則，就不一致。人格不一致的作家，他的意識就不會眞摰，他的作品價值就發生了問題。玆以張華與江淹作例，看看他們的人格是否一致、意識是否眞摰以及他們的作品在文學上的地位，那末，他們作品的價值也就可知了。張華與江淹都是我們所說的詠懷作家，他們的思想都是道家的或釋家的。

張華的思想他自己承認是道家的，他說：「伯陽爲我誡，檢跡投清軌」（遊獵篇）。又說：「我則異於是，好古師老彭」（遊俠篇）。因爲受了道家影響，所以他又說：「自予及有識，志不在功名。虛恬竊所好：文學少所經」（答何劭）。「守精味玄妙，逍遙無為墟」（遊仙詩）。「恬淡養玄虛，沈精研聖猷」（贈摯仲治詩）。因為他受了道家影響，他對人生好像看得很透徹。他說：「人生若浮寄，年時忽蹉跎。促促朝露期，榮樂遽幾何」（輕薄篇）？「人生忽如寄，居世遽能幾？至人同禍福，達士等生死。榮辱渾一門，安知惡與美。遊放使心狂，覆車難再履」（遊獵篇）。這是他的思想，也可說是他的志願。實際如何呢？我們來看他的傳記。

「晉書」（卷三十六）本傳說：

初帝（晉武帝）潛與羊祜謀伐吳，羣臣多以為不可，唯華贊成其計。其後祜疾篤，帝遣華詣祜，問以伐吳之計。……及將大舉，以華為度支尚書，乃量計運漕，決定廟算。衆軍既進而未有尅獲。賈充等奏誅華以謝天下，帝曰：「此是吾意，華但與吾同耳」。時大臣皆以為未可輕進，華獨堅持以為必尅。及吳滅，詔曰：「尚書關內侯張華，與前故太傅羊祜，共創大計，遂典掌軍事，部分諸方，算定權略，運籌決勝，有謀謨之勳」。……華名重一時，衆所推服。晉史及儀禮憲章並屬於華，多所損益。當時詔誥，皆所草定。聲譽益盛，有臺輔之望。……出華為持節都督幽州諸軍事，領護烏桓校尉安北將軍，撫納新舊，戎夏懷之。東夷馬韓、新彌諸國，依山帶海，去州四千餘里，歷世未附者二十餘國，並遣使朝獻。於是遠夷賓服，四境無虞。頻年豐稔，士馬彊盛。朝議擬徵華入相，又欲進號儀同。……楚王瑋受密詔，殺太宰汝南王亮、太保衛瓘等，內外兵擾，朝廷大恐，計無所出。華白帝：「以瑋矯詔擅殺二公，將士倉卒，謂是國家意，故從之耳。今可遣騶虞幡使外軍解嚴，理必風靡」。上從之，瑋兵果敗。及瑋誅，華以首謀有功，拜右光祿大夫，開府，儀同三司，侍中、中書監。金章紫綬，固辭開府。賈謐與后共謀，以華庶族，儒雅有籌略，進無逼上之嫌，退爲衆生所依，欲倚以朝綱，訪以政事，疑而未決。以問裴頠，頠素重華，深贊其事。華遂盡忠匡輔，彌縫補闕，雖當闇主虐后之朝，而海內晏然，華之功也。華懼后族之盛，作「女史箴」以爲諷。賈后雖凶妬，而知敬重華。久之，論前後忠勳，進封壯武郡公，華十餘讓，中詔敦譬乃受。

從以上的傳記，可知張華是一位有權謀、有魄力、有膽量、有辦法、識廣見遠的政治家；然與他的志願離得多末遠！他一方面主張伐吳，一方面使東夷二十餘國賓服，這難道是：「自予及有識，志不在功名」麼？他臨死時，妖怪數現（他是相信這些的），當他兒子勸他歸隱時，他反說：「天道玄遠」，這難道是「伯陽爲我誡，檢跡投清軌」麼？當他作官作得正與頭時，何劭作詩勸他隱退，他答詩說：

吏道何其迫！窘然坐自拘。纓緌爲徽纆，文憲焉可踰。恬曠苦不足，煩促每有餘。良朋貽新詩，示我以游娛。穆如灑清風，煥若春華敷。散髮重陰下，抱杖臨清渠。屬耳聽鶯鳴，流目翫儵魚。從容養餘日，取樂於桑榆。

這是一篇應酬話，他自己也承認，所以最後他說「發篇雖溫麗，無乃違其情」。話說得很漂亮，而事實並不能如此。事實上，他還在歌功頌德，感恩無已呢！他對何劭講的或許是眞心話，「是用感嘉貺，寫心出中誠」，但不去實行。他既終身作着大官，且有所建樹，然他是儒家麼？不是的。儒家是「誦周孔之遺訓，歎唐虞之道德」，而在他的作品裏，一點也找不出儒家的痕跡。「圖緯方伎之書，莫不詳覽」（「晉書」本傳），他是治記聞辭章之學的人，並沒有政治上的遠大理想。

其次，再看江淹。如果把江淹的「自序傳」等作品與「梁書」（卷五十九）本傳講他的仕宦情形作一對照，迥然也是兩個人。他在「自序傳」裏自我介紹說：

淹嘗云：人生當適性爲樂，安能精意苦力，求身後之名哉！故自少至老，未嘗著書。惟集十卷，謂如此足矣。重以學不爲人，交不苟合。又深信天竺緣果之文，偏好老氏清淨之術。仕所望不過諸卿二千石，有耕織伏臘之資，則隱矣。常願幽居築宇，絕棄人事。苑以丹林，池以綠水。左倚郊甸，右帶瀛澤。青春爰謝，則接武平皋；素秋澄景，則獨酌虛室。侍姬三四，趙女數人，不則逍遙經紀，彈琴詠詩。淹之所學，盡此而已矣。

又在「與交友論隱書」裏，談他不能作官的原因說：

飄然十載，竟不免衣食之敗，何則？性有所短，不可韋弦者有五：一則、體本疲緩，臥不肯起。二則、人間應修，酷嬾作書。三則、賓客相對，口不能言。四則、性甚畏動，事絕不行。五則、愚婞妄發，輒被口語。有五短而無一長，豈可久處人間耶？……旣信神農服食之言，久固天竺道士之說，守淸淨，煉神丹，心甚愛之。行善業，度一世，意甚美之。今但願拾薇藿，誦詩書，樂天埋性，斂骨折步，不踐過失之地耳。

他的志願如此，事實上呢？直到六十三歲臨死，沒有一天停止做官，而且官運亨通。只學一事，就知他也是一位政治家。「梁書」本傳講：

少帝初，以本官兼御史中丞，時明帝作相，因謂淹曰：「君昔在尚書中，非公事不妄行。在官寬猛能折衷，今爲南司，足以振肅百寮」。淹答曰：「今日之事，可謂當官而行。更恐才劣志薄，不足以仰稱明旨耳」。於是彈中書令謝朏，……多被劾治，內外肅然。明帝謂淹曰：「宋世以來，不復有嚴明中丞，君今日可謂近世獨步」。

他在政治上的事業雖不如張華，然仕途的一帆風順，差可比擬。不必列舉他的歷任官銜，僅就明帝稱讚他的兩句話，就知他是一位有辦法的人。

然言行的不一致，怎麽會影響意識的眞摯呢？意識是作者的理想透過實踐後所激出的情感。理想愈高，意志愈强，社會的阻力亦愈大，則激出的情感必愈眞摯，愈深厚。張華與江淹的理想是求「虛恬」，求「無爲」，求「淸淨」，求「自然」；可是事實上並不去求，一生做着官。如果他們要像阮籍、嵇康那樣，眞心不願作官而又不得不作，就可激出「胸中懷湯火」的意識；不是的，他又願意作，而且作得很起勁，這樣怎會有眞摯深厚的意識呢？張華與江淹都是窮小子出身，以作官來謀生，不必厚非；然他們物質的慾望沒有止境，物質慾望太高了，就影響求「虛恬」，求

「無爲」，求「清淨」，求「自然」的意志。江淹是「仕所望不過諸卿二千石，有耕織伏臘之資則隱矣」；且要「苑以丹林，池以綠水，左倚郊甸，右帶瀛澤，侍姬三四，趙女數人」。這種慾望與南朝時豪華貴族來比，當然是小巫見大巫；而他們是信仰道家的，是尊崇佛家的，以他們的理想來比，那就不相配稱。如果把他們的慾望與陶淵明的相比，就知道他們是怎麼的奢侈了。陶淵明說：「菽麥實所羨，孰敢慕甘肥」（有會而作）。「豈期過滿腹，但願飽粳糧」（雜詩）。「敝廬何必廣，取足蔽床席」（移居）。「耕織稱其用，過此奚所須」（和劉柴桑）。「營己良有極，過此非所欽」（和郭主簿）。「傾身營一飽，少許便有餘」（飲酒詩）。也唯有這樣低的慾望，作官不如意時，才能決然隱退。陶淵明是爲窮而作官，他在「歸去來兮辭序」裡，很坦白地承認。他說：「及少日，眷然有歸與之情。何則，質性自然，非矯勵所得；飢凍雖切，違己交病。嘗從人事，皆口腹自役，於是悵然慷慨，深愧平生之志。猶望一稔，當斂裳宵逝」。寧願挨餓受凍，也不願作昧良心的事，本打算祇作一年，實際作了八十多天就不作了。後來窮得連飯也沒得吃，祇有以借貸來維持生活。卽令窮至這個地步，有人勸他作官，他不是說：「擺落悠悠談，請從余所之」；就是說：「紆轡誠可學，違己詎非迷？且共歡此飲，吾駕不可回」。他的意志所以這樣堅强，所以有這樣的勇氣，因爲：「豈不實辛苦，所懼非飢寒。貧富常交戰，道勝無戚顏」（詠貧士）。怕的不是飢寒，而希求的是道，如果道得勝了，飢寒有什麼關係呢！所以決定一位作家的高低，並不是祇据他們的理想，而是由他們追求理想的意志。追求理想的意志愈强，則生活的感受也愈深，那末，他的意識也就愈眞摯。意識愈眞摯，作品也就愈深刻；作品愈深刻，作品的價值也就愈大。陶淵明在生活上苦痛了，可是他的作品不朽了。天下事沒有十全的，又想高官厚祿，又想作品不朽，從古到今，沒有那末一回事。朱熹在他的「語錄」說：「晉、宋人物，雖曰尙淸高，然箇箇要官職。這邊一面淸談，那邊一面招權納貨。陶淵明眞個能不要，此所以高於晉、宋人物」。朱熹這話是批評晉、宋作家，實際可應用於一切我們所稱的詠懷作家。就由這個標準，詠懷作家的地位高低也就決定了。

因爲言行的不一致，激不出眞摯的深厚的意識，所以也寫不出深刻雄偉的作品。鍾嶸評張華說：「其體浮豔，興託不奇。巧用文字，務爲姸冶。雖名高曩代，而疏亮之士，猶恨其兒女情多，風雲氣少」（詩品）。沈德潛也批評張華說：「筆力不高，少凌空矯捷之致」（古詩源）。沈德潛又許江淹說：「頗能修飾，而風骨未高」。「梁書」「江淹傳」又說他：「淹少以文章顯，晚節才思微退，時人皆謂之才盡」。這一切現象，都由意識不能眞摯的緣故。曹丕說：「文以氣爲主」（「典論」「論文」），什麼叫「氣」，這是値得我們硏究的。他所說的「氣」，就是孟子說的：「我善養吾浩然之氣」的氣，氣是由培養得來的。怎樣培養，孟子講的很明白，他說：「其爲氣也，配義與道，無是，餒也。是集義所生者，非義襲而取之也。行有不慊於心，則餒矣」。義就是正義，也就是正確的理想。道是道路，也就是所應力行的道路。養氣以理想爲基礎，理想愈成熟，愈一貫，則氣愈壯，即所謂「理直氣壯」，「以理率氣」。然所謂愈成熟，愈一貫是對行爲而言，那就是說，一種理想愈能與行爲配合，愈能在行爲中得到證實，則氣愈壯，因而孟子說：「配義與道，無是，餒也」。理想的養成是由一根線索而逐漸擴大，逐漸豐富，逐漸深入，以至於無微不至，所以孟子又說：「是集義所生者，非義襲而取之也」。理想是一點一滴集許許多多的正義而完成，並不是抄襲人家說的應該而成的。理想得與行爲配合，愈配合則氣愈壯；理想與行爲違背，則氣就餒了。理想的成熟是逐漸培養而得，那就得繼續培養，所以孟子又說：「以直養而無害，則塞於天地之間」。理想到了成熟的地步，也就是浩氣養到成功的地步，到這時，自然是「至大至剛」；到這時，信仰才能堅定；到這時，才能爲正義而犧牲一切；到這時，文章的氣才能盛，「氣盛則言之短長與音之高下者皆宜」（韓愈「答李翊書」）。因此，養氣得先從培養理想起。沒有理想的作家，根本不會有氣；即令有氣也不會壯。所以曹丕批評建安七子說：「應瑒和而不壯，劉楨壯而不密，孔融理不勝詞」（典論論文）；「公幹有逸氣，但未遒耳。仲宣獨自善於辭賦，惜其體弱，不足起其文」（又與吳質書）。他們所以如此，就因爲沒有理想。瞭解了氣是由理想與實踐配合而成，就瞭解張華之所以「浮豔」，所以「興托不奇」，所以「務爲妍冶」，所以「兒女情多」，所以「風雲氣少」，所以「筆力不高」，所以「少凌空矯捷之致」，江淹之所以「修飾」，所以「風骨不高」，所以「才思微退」的緣故。

反過來講，陶淵明是怎樣呢！蘇東坡批評他說：「吾於詩人無所甚好，獨好淵明之詩。淵明作詩不多，然其詩質而實綺，癯而實腴，自曹、劉、鮑、謝、李、杜諸人皆莫及也」。乍聽這話，不會使人相信，曹植、劉禎、鮑照、謝靈運、李白、杜甫，在我們心目中地位多麼高，蘇東坡說他們都不如陶淵明，怎能使人相信呢？實際上，愈瞭解陶淵明的思想與行爲，愈知道他言行的一致；愈瞭解他的生活，就愈瞭解他的作品，因爲他的作品都是他的生活的白描。愈瞭解他在人生境界裏所造詣的地步，愈能欣賞他作品的眞精神。所以他的作品看起來容易懂，實際上並不眞懂；看起來很平淡，實際上意味無窮。如果再肯化點工夫，將他給予後世的影響作一歸納，就知道他是怎樣偉大了（請參看拙著「陶淵明評論」第六章「陶淵明在中國文學史上的地位」）。由此可知，意識的眞摯與否，決定文學家地位的高低。

從以上的陳述，可得四點結論：

第一、決定一位作家的價值，先看他有否理想；沒有理想的作家，根本不會有意識，也就根本不會產生深刻的作品。沒有理想的作者而從事寫作，祇有玩弄文字，注重結構。這些人可稱爲辭章家，不能稱爲文學家。建安七子之在文學上地位不高者，由此。

第二、決定一位作家的意識是「仕」或「隱」，在看他的基本理想是什麼。如果他的理想由儒家出發，稱之爲「仕」，由道家或釋家出發，稱之爲「隱」。作官與否，並不能決定他的意識，因爲有些作家是拿作官來謀生，毫無建功樹名的志願。

第三、只有理想並不能決定一位作家地位的高低，而要看他實踐的程度。理想愈高遠，意志愈堅定，所受的阻力必愈大，則激出的意識必愈眞摯與深厚，那末，作品也就愈深刻。

第四、深刻的作品，才有深刻的感動力，才有廣大的影響。所謂文學的價值，實際就是對人類的感動力。感動力愈大，則價值愈高。文學之所以感人，由於它的意識，所以我們說：「意識決定文學的價值」。

第五章　文學的美與醜

美與醜，原是美學上的問題，現在專就文學來討論。爲討論的方便，先引幾種以往研究的成果，看看他們將這個問題解決到什麼程度，然後再申述我們的意見，就比較容易明白。

意大利美學家克羅齊說：

> 審美底造作的全過程可以分爲四個階段：一、諸印象；二、表現，卽心靈底審美底綜合作用；三、快感的陪伴，卽美的快感，或審美底快感；四、由審美的事實到物質底現象的翻譯（聲音、音調、動向、線紋與顏色的組合之類）。任何人都可以看出，眞正可以算得審美底，眞正實在底，那首要點是在第二階段。（朱光潛譯克羅齊的「美學原理」頁九八——九九）

就根據這段話來作分析，看看克羅齊的正確點與錯誤點在那裏。

第一、先從「諸印象」說起。印象是怎麼來的呢？爲什麼有些事物對我們有印象？有些事物沒有印象呢？爲什麼同一事物對我們又產生不同的印象呢？比如杜鵑，鮑照看到它的感想是：「聲音哀哀鳴不息，羽毛憔悴似人髡。飛走樹間啄蟲蟻，豈憶往日天子尊！念此死生變化非常理，心中惻愴不能言」（擬行路難）！他看到杜鵑所得的感想是人生不常。而杜甫感到的則是：

「杜鵑春暮至，哀哀叫其間。我見常再拜，重是古帝魂。……今忽暮春間，值我病經年。身病不能拜，淚下如迸泉」（杜鵑）。同一杜鵑而兩人所感受的則完全不同。再如對葵藿，江淹感受的是：「況我葵藿志，松木橫眼前」（遊黃蘗山）。將葵藿看作微不足道的小草；而杜甫是：「葵藿傾太陽，物性固難奪」（自京赴奉先縣詠懷）。將葵藿作爲忠君的象徵。不但杜甫，曹子建也與杜甫有同樣的印象。他說：「葵藿之傾葉，太陽雖不爲之回光，然向之者誠也。臣自比葵藿，若降天地之施，垂三光之明者，實在陛下」（上疏求存問親戚）。葵藿的本身並沒有變，而給人的印象則不同。這是什麼道理呢？再如，岑參、儲光義、高適與杜甫，有一天同去登慈恩寺塔所得的感受，岑參是：「淨理了可悟，勝因夙所宗。誓將掛冠去，覺道資無窮」。儲光義是：「俯仰宇宙空，庶幾了義歸」。高適是：「盛時慚阮步，末宦知周防。輸效獨無因，斯焉可遨遊」。杜甫與他們都不同，而是：「自非曠世懷，登玆翻百憂。……黃鵠去不息，哀鳴何處投？君看隨陽雁，各有稻粱謀」！岑、儲、高都因登塔而加强了隱的意志；杜甫則反瞧不起雁燕，而以黃鵠自居，有以天下爲己任的抱負。這又是何等樣的不同！如果我們將同一事物而引起各種不同的感受作一比較，或將某些事物祇引起某些人的印象，而引不起另一些人的注意；另一些事物又祇引起另一些人的印象，而又引不起某些人的注意作一比較，就知道這種現象絕不是偶然的。克羅齊的全部美學對這些問題並未加以注意。他祇知道一件事物，因人、因時、因地而引起不同的印象，並不知道不同之中還有相同，相同之中又有不同，因爲他祇注意到印象，而未注意到所以產生印象的根源。印象是由意識而來，意識決定作家對事物的印象。印象並不是美感的根源，而美感的根源爲意識。

第二、再談「表現，即心靈底審美底綜合作用」。既知印象的來源由於意識，那末，組合印象的也由於意識。比如馬致遠的天淨沙，「枯藤」、「老樹」、「昏鴉」、「小橋」、「流水」、「平沙」、「古道」、「西風」、「瘦馬」、「夕陽西下」都是印象，然能以把這些印象組合起來，由於「斷腸人在天涯」的意識。沒有這種意識，這些印象絕對不會組合到一起。這些印象是來「表現」「斷腸人在天涯」的；如果沒有這句詩作背景，所有的印象都失了「作用」。我們的心靈所以起審美作用的是由全篇詩的綜合作用；單獨的印象，對我們並不起美感。如單獨的「枯藤」、「老樹」、「昏鴉」對我們有什麼美感呢？另一方面，單獨一句「斷腸人在天涯」，又起什麼美感呢？美感起於諸印象的恰當表現。所謂恰當不恰當是對意識而言，諸印象恰當地「表現」了某種意識，就引起美感；否則，就引不起美感。由此可知，美感產生於意識，不產生於「表現」。表現僅祇是一種媒介，作者用這種媒介來表現他的意識，讀者透過這種表現來欣賞作者的意識，仍是意識決定美感，而不是表現。固然可以說克羅契所謂的「表現」，就是指「綜合作用」，但他沒有講出是什麼因素。所以綜合作用也就使人不清楚了。

第三、再談「快感的陪伴，即美的快感，或審美的快感」。這一階段是必然的結果，實際上，這一階段與第二階段是同時產生的，並沒有先後的次第。作家有了「斷腸人在天涯」的意識，於是在自然界或人生境界裏搜求印象（實際應當說形相）來表現這種意識，卽至這些印象恰當地表現了這種意識，在作家心靈裏就起了一種欣喜的光輝。這種欣喜的光輝，稱之謂美感。所以美感是與完成表現同時俱來的，沒有先後的分別。凡未完成的表現，產生不出美感，如王安石的絕句「春風又綠江南岸」，「綠」字原寫「到」、「過」、「入」、「滿」等字，都不能恰當地表現出作家的意境，卽至找到了「綠」字，這種意境就很顯明的表現了出來，於是美感也就陪伴着產生了。在用「到」、「過」、「入」、「滿」的過程中，作家感到的不是美感，而是苦惱；因爲苦於找不到一個適當的字。卽至想到「綠」字，作家的心靈才引起一種欣喜，也就是美感。

第四、最後再談「由審美底事實到物質現象的翻譯」。這一階段是與諸印象同時產生的，拿文學來說，有了翻譯的詞彙，然後才能有印象，沒有詞彙，印象是模糊的，是無以名之的，是無法翻譯的。比如劉老老進了大觀園，什麼東西都是新鮮，什麼東西都是好看，然都不知道是什麼名稱，也就無法表現。人類是用語言文字來思考的，一個嬰兒當他不會說話的時候，不會思考，一個不認識字的人不會用文字來表現。一個人的詞彙愈豐富，則他的觀察力也愈强，表現力也愈强。物質底現象的翻譯是與審美的事實同時發生的，不前不後。一切的作家都是將物質現象的翻譯工具熟練後，才能完成審美的事實。假如王安石根本不認識這個「綠」字，他也就不會用這個字，也不會知道祇有這個字是最恰當。克羅齊這種四階段的分法是勉强的，根本不合創作的過程，更不合審美的過程。

從以上的檢討，可以看出克羅齊美學是架空的，缺乏一層最根本的基礎。他發現了許許多多的眞理，也遺留了許許多多的錯誤。從他的結論，可知他缺乏歷史知識。所謂歷史知識，並不是指零零星星，東鱗西爪的歷史事件的知識，是說對於某一問題有歷史發展的知識。既然不能從一個問題的歷史觀點來解決問題，祇有從平面或橫截面來看。從歷史的發展來看，可以看出某一問題的原始形態如何，後來加了什麼因素，變成了什麼形態，再後來又加了什麼因素，又變成什麼形態。這樣追究下來，問題雖然複雜，順歷史的發展來解決，可以有條不紊，如蠶抽絲，各種問題都可迎刃而解。如果不從歷史的發展而從橫截面，因爲每一種現象都有數千年或數百年的歷史累積，現象異常複雜，加以處理問題者的學識、環境、時代、才智的種種限制，自己所能看到的祇是有限的一面，所以你所看到的不是我所看到的，我所看到的也不是你所看到的，各從一面，各言一理，議論紛紜，學說紛歧，就是這樣起來的。因爲缺乏歷史發展的知識，所以將原是動態的現象而看成靜態的，祇有以機械的方式來處理問題，得出的結論自然是表面的，無根的。中庸說：「物有本末，事有終始，知所先後，則近道矣」。學者的任務就在找出事物的本、末、終、始才能解決一切問題。

朱光潛的美學是承繼克羅齊的，然他進步了。他說：

形式派美學的弱點就在信仰過去的機械觀和分析法。他把整個的人分析爲科學的、實用的（倫理的在內）和美感的三大部分，單提「美感的人」來討論。它忘記美感的人同時也還是「科學的人」和「實用的人」。科學的、實用的和美感的三種活動在理論上雖有分別，在實際人生中並不能分割開來。「美感的人」是抽象的，在實際上並不獨立存在。形式派美學把美感經驗從整個有機的生命中分割出來，加以謹嚴的分析，發見就觀賞的「我」說，祇有單純的直覺，沒有意志和思考；就所觀賞的「物」說，祇有單純的形相，沒有實質、成因、效用種種意義。照這種分析看，文藝自然與抽象思想和實用生活無關。（文藝心理學頁一六九）

這段話非常正確，所以朱光潛雖是承繼克羅齊的美學，實際上是修正了克羅齊的美學。

朱光潛對美感的解釋進步多了，他說：

美感經驗就是形相的直覺。這種所謂「形相」並非天生自在一成不變的，在那裏讓我們用直覺去領會它，像一塊石頭在地上讓人一伸手卽拾起似的。它是觀賞者的性格和情趣的返照。觀賞者的性格和情趣隨人隨時隨地不同，直覺所得的形相也因而千變萬化。比如古松長在園裏，看來雖似一件東西，所現的形相却隨人隨時隨地而異。我眼中所見到的古松，和你眼中所見的不同，和另一個人所見的又不同。所以那棵古松就呈現形相說，並不是一件唯一無二的固定的東西。我們各個人所直覺到的並不是一棵固定的古松，而是它現的形相。這個形相一半是古松所呈現的，也有一半是觀賞者本當時的性格和情趣而外射出去的。明白這層道理，我們就可以明白直覺與形相是相因爲用的。我們在上文說，直覺除形相之外別無所見，形相除直覺之外也別無其他心理活動可見出。有形相必有直覺，有直覺也必有形相。直覺是突然間心裏見到一個形相或意象，其實就是創造，形相便是創造成的藝術。因此，我們說美感經驗是形相的直覺，就無異於說它是藝術的創造。（同上，頁十三——十四）

這段話是朱光潛美學學說的基本觀點，他的一切理論都由這裏出發。現在再來看它的正確性。

他說形相並不是天生自在，一成不變，是依觀賞者的性格、情趣而隨人隨時隨地而不同，所以直覺所得的形相也因而千變萬化。形相既隨各個人的性格與情趣在變化，那末，最基本的，不在形相而在個人的性格與情趣。性格與情趣是怎樣來的呢？是不是先得解答了個人的性格與情趣，才能解答形相之所以千變萬化呢？如此講來，朱光潛的美學也是架空的。雖說他的認識比克羅齊進步了，然因他不能從最基本的觀點出發，差之毫釐，謬以千里，所以他與克羅齊一樣，還是不能徹底的解決問題。

還有，他說藝術的創造是「突然間心裏見到一個形相或意象」，這是大錯而特錯。藝術的創造絕不是突然間，而有必然的心理作背景。比如陶淵明寫「悠然見南山」，如果他沒有悠然自得的意識作背景，決不會突然間見到或寫出「採菊東籬下，悠然見南山。山氣日夕佳，飛鳥相與還」的悠然意象。這首詩的開頭說：「結廬在人境，而無車馬喧。問君何能爾？心遠地自偏」。請注意這句「心遠地自偏」的涵義。這句話有極深厚的人生觀在裏面，如果沒有這種人生觀的人，或有這種理想而達不到這種人生境界的人，絕對寫不出採菊東籬這首詩。陶淵明這種意境是經過數十年的奮鬥與苦惱，才涵養到這種境界，絕不是突然的。一切的作品都有它的意識作背景，不能以突然視之。

由此可知，朱光潛同克羅齊所犯的錯誤是一樣的，都是由橫截面來認識文學，都是用機械的分析方法來認識作品；儘管朱光潛較之克羅齊要進步得多。

從以上的批判，可得一個結論：美感、就是作家的意識得到恰當表現時，心靈裏所引起的欣喜。意識得到恰當的表現，就是美感，所以克羅齊說：

審美的看法始終祇關心表現是否恰當，這就是說：它是否美。（朱譯「美學原理」頁九六）

美的意義既然瞭解了，那麼再談什麼是醜。美與醜是相對的，美既是意識得到恰當的表現；那末，醜就是意識的不恰當表現。先舉一例，以便說明。謝靈運有一首詩叫「初去郡」，寫道：

彭薛裁知恥，貢公未遺榮。或可優貪競，豈足稱達生？伊余秉微尚，拙訥謝浮名。廬園當棲巖，卑位代躬耕。顧己雖自許，心迹猶未並。無庸方周任，有疾像長卿。畢娶類尚子，薄遊似邴生。恭承古人意，促裝返柴荊。牽絲及元興，解龜在景平。負心二十載，於今廢將迎。理棹遄還期，遵渚騖修坰。遡溪終水涉，高嶺始山行。野曠沙岸淨，天高秋月明。憩石挹飛泉，攀林搴落英。戰勝臞者肥，鑒止流歸停。即是羲唐化，獲我擊壤情。

謝靈運說他自己是：「恭承古人意，促裝返柴荊」，而他尊崇的古人是周任、長卿、尚子與邴生。茲將這些人的故事作一陳述，就看出謝靈運的生活是否和他們相像。周任說：「陳力就列，不能者止」（見論語），意思是說倘若不能盡職，最好辭官不幹，所以謝說：「無庸方周任」。實際上謝的去官是因：「靈運爲性偏激，多失禮度，朝庭唯以文義處之，不以應實相許。自謂才能，宜參權要，既不見知，常懷憤恨。廬陵王義眞，少好文籍，與靈運情款異常。少帝卽位，權在大臣，靈運構扇異同，非毀執政，司徒徐羨之等患之，出爲永嘉太守。……在郡一周，稱疾去職」。這樣的去職難道是甘心自認爲「無庸」嗎？因爲去職，懷恨在心，漸有造反之意，臨刑時，他作詩說：「韓亡子房奮，秦帝魯連恥。本自江海人，忠義感君子」。所謂「子房奮」，所謂「魯連恥」，所謂「忠義」，都是臨死時的遁辭。假如他眞有子房之奮，魯連之恥，那他根本不應作劉宋的官，因爲他的祖父曾爲晉朝的宰輔。及至作官不得志後，又想造反，那能與張子房、魯仲連相比呢？司馬長卿因有消渴疾，實際上是不慕官爵，所以常稱疾閑居，而靈運是忿不能參預權要，故而稱疾，又何得與司馬長卿相比？尙子平隱避不仕，爲子女嫁娶畢，敕斷家事，勿復相關，而靈運回會稽後，要決回踵湖、岯崲湖爲田，因太守孟顗不予，結爲仇敵。「宋書」本傳說：「會稽東廓有回踵湖，靈運求決爲田，太祖令州郡履行。此湖去廓近，水物所出，百姓惜之。顗堅不與，靈運既不得回踵，又求始寧岯崲湖爲田，顗又固執。靈運謂顗非存利民，正慮決湖多害生命（著者按：因孟顗信佛甚篤），言論毀傷之，與顗遂構仇隙。因靈運橫恣，百姓驚擾，乃表其異志，發兵自防」。霸佔山林土地本爲南朝貴族的一種惡風，而謝靈運效尤之，像這樣的橫恣霸道，奪公產爲己有，難道算是敕斷家事，而與尙子平相比嗎？邴曼谷「養志自修，爲官不肯六百石，輒自免去」，而謝靈運襲封康樂侯，食邑二千戶，還嫌不能參預權要，這能算是薄遊麼？又怎能與邴曼谷相比呢？還有他說：「廬園當棲巖，卑位代躬耕」，更是言不由衷。本傳講他：「因父祖之資，生業甚厚，奴僕既衆，義徒門生數百，鑿山浚湖，功役無已。……嘗自始寧南山伐木開逕，直至臨海，從者數百人，臨海太守王琇驚駭，謂爲山賊，徐知是靈運，乃安。……在會稽亦多徒衆，驚動縣邑」。這樣的生活能算是棲巖麼？能算是卑位麼？他不拿古人作比，還覺不出他的言行不一致，一與古人相比，相比之下，就發現了他的原形。祇從「初去郡」這首詩的外表來看，對仗得非常完整，結構也相當謹嚴，用典也很多，辭藻也非常豐富，然與他的生活作一對照，這首詩醜到什麼程度！話說得越漂亮，當眞面目揭穿後，越顯出醜陋。醜、如同美一樣，是對意識而言，醜是意識的不恰當表現。祇從作品的結構、典故、詞藻與意義，並不能決定作品的美與醜，而美與醜的決定是在意識之是否恰當的表現。

克羅齊說：

醜就是不成功底表現。就失敗底藝術作品而言，有一句看來似離奇底話實在不錯，就是：美現爲整一，醜現爲雜多。所以我們嘗聽到有幾分是失敗底藝術作品的「優點」，這就是其中「一些美的部分」；完美底作品就沒有這種情形，我們不能列舉它們的優點，指出某某部分爲美，因爲它們既是完整底融會，通體就祇有一種價值。生命流注於全體，它不退縮

到某某個別部分。（朱譯「美學原理」頁八二）

「美現爲整一，醜現爲雜多」，這話一點不錯，然克羅齊並沒有解釋清楚。玆根據文學是意識的表現，將上兩句的眞理再爲闡釋。

我們說意識與表現是一致的，旣然是一致，那末，有某樣的意識就得有恰如其當的表現。古人所說：「天衣無縫」，「如大匠斫，無斧鑿痕」，「羚羊掛角，無跡可尋」，都是表現達到最成功，換言之，意識與表現恰恰完美無間，所以現出整一。反之，如果意識不眞摯，生活與作品不能一致，那作者所表現的決不能與意識一致，所以顯出矯揉造作，堆砌典故，文勝於質等等的雜多現象。這整一與雜多固然從形式來講，然而形式實由意識而來。兩者必須一致，且不能分離。如此講來，克羅齊對整一或雜多的解釋是對的，然說不出其中的眞正道理。

朱光潛對這個問題補充說：

據克羅齊說：美是「成功的表現」，醜是「不成功的表現」。這兩句結論中的第一句是我們所承認的，但是第二句關於醜的話却有一個大難點。把「醜」和「美」都放在美學範圍裏並論時，就是承認「醜」和「美」同樣是一種美感的價值。但是「不成功的表現」就不算是藝術，就是美感經驗以外的東西。……如果我們全部接受克羅齊的美學，勢必走到這種難境，因爲克羅齊把美看成絕對的價值，不容有程度上的比較。……如果承認美的價值是有比較的，則表現在「恰到好處」一個理想之下可以有種種程度上的等差。愈離「恰到好處」的標準點愈遠就愈近於醜。依這一說，「醜」「美」一樣是美感範圍以內的價值，它們的不同祇是程度的而不是絕對的。（文藝心理學頁一五九——一六〇）

這段話是有道理的，然我們一樣可用意識來加說明。意識是有眞摯與否的程度上的分別，所謂「愈離恰到好處的標準點愈遠，就愈近於醜」的意思，也就是愈離眞摯意識的標準點愈遠就愈近於醜，因爲表現是對意識而言。表現的是意識，並不是空洞無物。意識的眞摯與否，決定文學價值的高低；意識的眞摯與否，同時也決定文學藝術的美醜。

在第二章裏我們曾說：「意識是美感的基礎」，這句話在這一章裏得到充分的說明，也可說這一章就是爲解釋這一句話而寫的。

第六章　理想與寫實

第四章裏，我們將張華與江淹的言行作一對照，來決定文學的價值；第五章裏，又將謝靈運的言行作一對照，來決定文學的美與醜。不成問題，要給讀者一種印象，認爲言行一致的作家，可能產生好的作品；言行不一致的作家，絕對寫不出好的作品。這個印象是對的，然讀者一定要問，是不是作家祇能寫他自己的生活呢？如果寫賊盜，是否作家得當過賊盜，或就是賊盜呢？寫神仙，是否作家也就是神仙呢？寫英雄俠客，是否作家也就是英雄俠客呢？這個疑問是應該的，現在，就來解釋這個問題。

一位青年作家當他開始寫作的時候，祇能寫他自己經驗過的事情；無法描寫社會現象，因爲他不會觀察。觀察社會是要生活豐富，寫作技巧比較成熟後的事。一個民族的文學演變也是如此。一個民族的初期作家也祇能寫他自己經驗過的事；用冷靜的態度來觀察自然，觀察社會，他們是不會的。我國的文學史裏，謝靈運以前，沒有所謂山水文學，就由這種緣故。山水文學是在作家能够「遺情捨塵物，貞觀丘壑美」（謝靈運「述祖德詩」）後產生的。換言之，就是作家能夠用第三者的立場，冷靜地來觀賞自然美的時候，才能產生山水文學。三百篇裏有所謂「興」，興並不是描寫自然，而僅是一種詩篇的興起。漢人的古詩十九首裏，如「靑靑河畔草，鬱鬱園中柳」一類辭句，也不是自然的描寫而仍是興。陶淵明與謝靈運同時，他有些詩句，已經接近自然的描寫，而實際還不是自然的描寫。如「平疇交遠風，良苗亦懷新」；如「傾耳無希聲，在目皓已結」；如「鳥哢歡新節，冷風送餘善」；如「鬱鬱荒山裏，猿聲閑且哀。悲風愛靜夜，林鳥喜晨開」，好像是在描寫自然，實際上並不是以客觀的冷靜的態度來寫自然，還是在表現他的心情。這些詩句與整首詩的意境是分不開的。可是到謝靈運就不一樣了。且引「過始寧墅」一詩爲例。

束髮懷耿介，逐物遂推遷。違志似如昨，二紀及茲年。緇磷謝淸曠，疲薾慚貞堅。拙疾相依薄，還得靜者便。剖竹守滄海，枉帆過舊山。山行窮登頓，水涉盡洄沿。巖峭嶺稠疊，洲縈渚連綿。白雲抱幽石，綠篠媚淸漣。葺宇臨迴江，築觀基層巔。揮手告鄉曲，三載期歸旋。且爲樹枌檟，無令孤願言。

這裏「巖峭嶺稠疊，洲縈渚連綿。白雲抱幽石，綠篠媚淸漣。葺宇臨迴江，築觀基層巔」，多麼美麗，簡直是一幅畫景。然與詩情的發展似無關係，好像在詠懷詩裏嵌入的風景畫。如將這幾句詩勾掉，與全詩的發展毫無影響，反覺意味緊湊。以這幾句詩的本身來講，多麼客觀，多麼冷靜，多麼以第三者的立場來刻畫自然。

引導我國文學家走向自然界的有兩種思想：一是道家，一是釋家。道家所主張的自然，是求心靈的自然，如「任眞」、「自安」、「肆志」、「任性」等等，都指心靈上的自然，或在自然裏得到慰安，並不是表現自然。釋家是求靜，釋家的思想影響了文學家後才產生山水文學。我國作家裏，謝靈運以前，間或有受釋家影響的，但在他們的作品裏，並沒有公開地承認，直到謝靈運才公開承認，所以山水文學才從他開始。不過在他的身上，人格還是剛剛分裂，「仕」與「隱」兩種意識相爭不下，所以顯出這種矛盾與雜糅的現象。如上首詩說的：「違志似如昨」，「疲薾慚貞堅」，都是矛盾心理的表現。後來漸漸的演變，兩重人格可以在一個人的心靈裏安然相處時，如謝朓的「既歡懷祿情，復協滄洲趣」（之宣城郡出新林浦向板橋）；韋應物的「心絕去來緣，跡順人間事」（寄恆燦）；孟浩然的「泛造幽人室，始知靜者妙。儒、道雖異同，雲林頗同調。兩心喜相得，畢景共談笑」（宿終南翠微寺）。到了這種境界的時候，兩重人格漸漸調協，漸漸融化，就可純粹站在第三者立場來冷靜地觀賞自然，描寫自然，直到王維，山水文學也達到了登峯造極的境地。

因爲人格的分裂，作家學到了一種移情作用的本領，能以第三者立場來靜觀山水，表現山水，到後來，更以第三者立場來觀察人物，表現人物。如第二章裏所引的溫庭筠與馮延巳的兩闋詞，就是好例。不過詞的原始由於娛樂，娛樂離不開歌舞，歌舞離不開愛情，所以初期的詞人，往往移情到婦女的身上而來表現她們的心理。這是表現人物的初期現象。直到平民意識發達，平話文學產生，作者就移情到一般的社會，一般的人物，而用第三者立場來表現一般社會的人物。如「三國演義」之寫劉備、關羽、張飛、諸葛亮、曹操、周瑜；如「水滸傳」之寫宋江、李逵；「金瓶梅詞話」之寫西門慶、潘金蓮、李瓶兒；如「紅樓夢」之寫賈寶玉、林黛玉、薛寶釵、史湘雲、賈雨村等等，都是作者能够移情到第三者身上，來觀察他們的行爲，體驗他們的生活，分析他們的性格，注意他們的面貌而來表現他們。作者移情作用的本領愈大，則創造的人物也愈多，愈顯出作者的偉大。

不過這裏有一個問題，就是移情作用由作者的人格分裂而來，是不是善於移情的人，人格就有問題呢？不是的。人格與移情作用是兩回事，雖說移情作用的產生由於人格的分裂，而演變的結果，移情作用就變成了作家的一種本領。在作家人格剛剛分裂時，的確影響了他們的作品，如張華、江淹與謝靈運等；卽至養成一種移情作用的本領後，反爲文學上的一種必要才能，否則，戲劇與小說裏的人物描寫、社會表現就不會產生。不過這裏又產生了一個疑問，就是：作家養成了一種移情作用的本領後，他的意識是否仍需眞摯呢？是否也是愈眞摯愈好呢？茲以「三國演義」爲例，來解答這個問題。

「三國演義」裏的人物如劉備、曹操、關羽、張飛、諸葛亮、周瑜、魯肅等等都是極生動，極有個性的人物，然將這些人物與「三國志」作一對照，就知道他們都不是原來的面目。比如曹操，他在三國的時侯，確是一位雄才大略的豪傑，而「三國演義」把他寫成奸詐、嫉賢、陰險與害民。張飛實際是相當謹慎，而「三國演義」把他寫成魯莽、粗野。諸葛亮實際是長於治民而短於用兵，「三國演義」把他寫成呼風喚雨，計無不成，謀無不果的軍師。周瑜實際是一位眼光遠大，肚量寬宏的將才，赤壁之戰，功勞最大，而「三國演義」把他寫成肚量窄小，眼光如豆，結果還被諸葛亮氣死。魯肅也是一位老成持重的謀士，如果沒有他的策劃，吳、蜀不會聯合，三國的局勢也不會成功；然在「三國演義」裏變成了庸才。爲什麼「三國演義」要壓抑魏、吳的君臣而誇揚蜀漢的君臣呢？實在講來，「三國演義」是「蜀漢演義」。以桃園三結義作開始，開始後，一切活動，均與蜀漢有關。作者的同情心完全放在蜀漢這一方面。爲什麼要這樣呢？「三國演義」更可縮小範圍來講，是「諸葛亮演義」。用兩回的篇幅來寫諸葛亮的出場，出場後，一切的活動都集中在他的身上，都是直接的或間接的受着他的主宰。他死後，「三國演義」也就潦草的結束。然而爲什麼？我們這樣地一步一步追下去，就發現了作者所以要寫這部書的意識。（此中原因，第二章裏解釋「三國演義」時，曾有說明；第十六章裏將有更詳細的解釋，此處從略）。

從以上的例證，可知「三國演義」的作者完全是站在平民意識的立場來寫作，他代表了他的時代意識。不過平話時期的作家大多數是匿名的，無法從他的生平來證實他的意識，祇有將這一時期的作品擺在一起來比較，始可知道這一時期整個的時代意識。作者雖將他的情感移殖到各色各樣的他所創造的人物身上，然他創造這些人物都有目的的；儘管他的人物的性格極複雜，其目的都在表現他的意識。不過作者人物的來源有兩種：一由實際社會的觀察，一由歷史事實的搜集（包括神怪故事在內）。理想人物與實際人物不同的，係理想人物把實際人物的性格單純化後並又誇大化。一個實際人物的性格異常複雜：有寬仁的我，同時也有奸詐的我；有忠厚的我，同時也有刻薄的我；有粗魯的我，同時也有謹愼的我；有正直的我，同時也有善變的我。這些性格是數不清的。作家要從一個實際人物創造另一個理想人物時，必得單取一種或幾種來描寫，這樣才能顯出人物的特性。選定某一理想人物表現某一種性格時，還得把此種性格誇張；所謂誇張的意思，就是把實際人類所有與某選定性格相同的，儘可能的都加在這個理想人物身上，因爲不如是，性格不能顯著。不過作家選擇性格的範圍，略有不同，一個在實際社會，一個在歷史領域。然二者都是在表現他的意識。

到這裏，可以瞭解，「文學是社會的反映」一語的意義。文學不是一面鏡子，社會有什麼現象，就直接反映到文學裏。所謂社會的反映，是透過作者的意識來反映。比如「三國演義」，它寫的是三國故事，如果你以爲就是表現三國時代的事蹟，把三國事蹟作些考證，就算瞭解了「三國演義」，那是大錯而特錯。我們要在羅貫中生存的期間來發現他的意識，才可以眞正瞭解「三國演義」。再如「西遊記」，也絕不是考證考證唐玄奘與孫猴子的故事，就算瞭解了牠。不是的，一定要先知道吳承恩的身世以及他所處的社會的政治的環境，才知他是懷着一肚子牢騷來寫作。那末，就知道了他所寫的唐僧並不是歷史上的玄奘；他所寫的孫猴子，也不是印度傳說中的猴子。故事的來源儘管是依據歷史上的玄奘與印度的猴子，然作者要寫他們的，則另有目的。（關於「西遊記」一書，將於下章中詳細論述）。再如我國文學史上許許多多詠史詩，作者並不是在歌詠史事，而是拿史事來作爲自我的詠懷。作者用以表現意識的材料儘管變換，然萬變不離其宗，沒有不是表現他的意識。要眞正瞭解一部作品，必得從作者的個人意識與時代意識着手；祇從表面的材料下工夫，得不出眞理來的。

還有，自「文學是社會的表現」一語流行後，於是「觀察社會」也流行起來。要知道所謂「觀察社會」，祇是作者對某一方面的社會知識不足時，考察一下或體會一下所需要描寫的社會；絕沒有全憑觀察社會就能成爲偉大作家的。憑觀察社會與觀察自然所得來的印象，祇能作小品文的材料，而不能寫出偉大的作品。因爲偉大的作品，都是作者先有一種遠大的理想，而想實現這種理想時受到社會阻礙後所產生的意識而完成的。

講到此，就可解答本章開始，讀者所疑問的寫賊盜、神仙、俠客等故事，是不是作者本人也得是賊盜、神仙、俠客的問題。作者之寫這些故事，僅是拿他們作爲材料來表現他的意識，並不就是寫賊盜、神仙、俠客的生活。比如「水滸傳」的故事是寫賊盜，然作者實在目的在寫「逼上梁山」的意識，並不是眞的在寫賊盜，所以賊盜反變成了忠義好漢。如「西遊記」是神仙故事，然作者在寫「逼叛天宮」的意識，實際也就是「逼上梁山」的意識，作者把距離放得更遠罷了。再如元明以後所產生的俠義小說，都是在寫社會的不平。因社會上有許許多多的不平，人們又沒法剷除這些不平，祗有在想像裏創造些俠義之士來報打不平。這些故事僅是表現意識的材料，並不就是作者的生活，所以言行不必一致。張華、江淹等是拿他們自己的生活作爲表現意識的材料，實際就是他們的意識本身，所以拿他們的言行作對照，就可知他們的意識是否眞摯。可是「三國」、「水滸」、「西遊」等作品，就不能這樣來看了。

從上可知：寫作技巧怎樣地在演變，怎樣從自我的表現走向社會的表現；然無論怎樣演變，都是意識在決定一切。由此，更可知將文學分爲寫實的或是理想的是怎樣地沒有意義。現代人是將偏重社會表現的作品稱爲寫實的，偏重自我表現的作品稱爲理想的。實際上，不管是社會的或自我的，都不過是一種表現意識的材料，不能作爲文學價值的標準。卽令自然主義者的領袖左拉也在說：「藝術作品祗是臨着情感的屏障所窺透的自然一隅」。意思就是透過意識所見到的自然，並不是毫無選擇地在作自然的模擬。佛羅貝爾是大家承認的寫實主義大師，而他罵寫實主義說：

大家所共稱的寫實主義與我毫不相干。雖然他們硬要拉我當一個主教。自然主義所追求的都是我所鄙視的，他們所喝采的都是我所厭惡的。在我看來，技巧細節，地方掌故，以及事物在歷史上的眞確，都卑卑不足道，我所到處尋求的祗是美。(引自朱光潛「文藝心理學」)

瞭解了以上所講的，就可瞭解這段話。然因不瞭解理想與寫實的眞正意義，不知產生了多多少少的惡劣影響。許許多多的青年作家，有志於寫作，然不知從培養意識着手，祗拿一管筆，一張紙，憑空揑造點事實，令讀者一眼就看出他毫無生活經驗。還有人誤於寫實之名，將一種社會上發生的現實故事忠實地報告出來，自認為是寫實作品；可是讀者看來，不祇索然寡味，且感不出其眞實性。要知文學上的眞實與否，並不是事實的眞實與否，而是意識的眞實與否。意識眞，虛構的事情可以使人有極眞實的感覺；意識僞，極眞實的社會事件，反使讀者認爲是虛構。又有人誤於「理想」之名，造些傳奇故事，以巧遇取奇，以結構取勝，實際上祇是一些黃色讀物而已，在文學上毫無價值。所以理想與寫實要是不從意識來解釋，無從知道它的眞正意義。

第七章　文學家的特性與天才

我們從意識來解決文學上的一切問題，然文學家爲什麼能有眞摯的意識呢？又不得不追究到文學家的特性。知道了他們的特性，那末，他們之所以能成爲文學家，也就可以瞭然了。他們的特性有二：一是耿介的性格，二是堅定的信仰。玆分別述之於下。

（一）耿介的性格　作家的性格都是耿介的。這種性格，在事業上有莫大的阻礙；在生活上，有莫大的痛苦；可是就由這種阻礙與痛苦，才能成爲文學家。人們常說：作家的心靈像最精緻的試音器，祇要空氣裏微有波動，它就受了震動；而所以易受感動的，由於耿介。又聽說：作家的心靈就像一面鏡子，蒙不得一點灰塵；所以蒙不得灰塵，也是由於耿介。又說：作家的眼睛裏存不得一粒沙子；作家的心像赤子：都是由於耿介的緣故。宋玉說：「獨耿介而不隨兮，願慕先聖之遺敎。處濁世而顯榮兮，非余心之所樂。與其無義而有名兮，寧窮處而守高」。這是耿介的解釋。「不隨」、就是不與世俗同流。然天下事不如意者十之八九，不願委曲求全，所以顯出耿介。屈原說：「何方圜之能周兮，夫孰異道而相安？屈心而抑志兮，忍尤而攘詬」。董仲舒也說：「屈意從人，非吾徒矣。末俗以辯詐而期通兮，貞士以耿介而自束」。一般人都是委曲求全，貞士則要擇善固執。馮衍說：「獨耿介而慕古兮，豈時人之所憙」！張衡說：「何孤行之煢煢兮，孑不羣而介立」。白居易也說：「況余方且介，舉動多忤累。直道速我尤，詭遇非吾志」。他們都在作耿介的表示。耿介的人不一定成爲文學家，但文學家沒有不是耿介的。

耿介有兩種意義：一是孤高，一是耿直。鮑照說的：「自古聖賢盡貧賤，何況我輩孤且直」。盧照隣說的：「處身孤且直，遭時坦而平。丈夫當如此，唯唯何足榮」！這裏的「孤」就是「孤高」，「直」就是「耿直」。「孤高」是不願求人，屈原說：「既干進而務入兮，又何芳之能祇」。杜甫說：「以玆悟生理，獨恥事干謁。兀兀遂至今，忍爲塵埃沒」。因爲他們不願「干進」，不願「干謁」，所以終身蹭蹬。「直」就是嵇康說的「剛腸疾惡」，陶淵明說的「性剛才拙」，杜甫說的「嫉惡懷剛腸」，白居易說的「況多剛狷性」。耿介的意義瞭然了，再看耿介與政治活動的矛盾。

政治是管理衆人之事，一定得有一批志同道合的人來共同努力，才能管得了。從來搞政治的人，沒有不結黨的。連潘岳也知道與石崇等結爲二十四友，諂事賈謐。結黨不一定營私，然不結黨就無法管理衆人的事。政府需要結黨，而文人的性格是耿介。政治上得「矯勵」，不願見的人往往也得見，不願作的事往往也得作，不願說的話往往也得說。屈原說：「吾不能變心而從俗兮，固將愁苦而終窮」。「欲變節而從俗兮，愧易初而屈志」，就是耿介的表示。但是政治又非與人同流不可。陶淵明說他自己是「質性自然，非矯勵所得」。「矯勵」與「自然」對稱，矯勵是搞政治的必備條件，而「自然」是文人的本質。曹植與曹丕爭天下，曹植之所以失敗，就失敗在他的「質性自然」；曹丕之所以勝利，就勝利在他的「矯情自飾」。「三國志」「魏書」「陳思王植傳」說曹植是「任性而爲，不自彫勵，飲酒不節」；可是曹丕是「矯情自飾，宮人左右並爲之說」。「自然」的性格又可用陶淵明說的「而以求自安」的「自安」，「稱心固爲好」的「稱心」，「肆志無窳隆」的「肆志」，「任眞無所先」的「任眞」，「縱心復何疑」的「縱心」作注釋。然這「自安」、「稱心」、「肆志」、「任眞」、「縱心」的性格又與政治活動離得多末遠！總之，文人的性格是孤介，政治的活動要同流；文人的性格是剛狷，政治的活動要隱柔；文人的性格是孤高，政治的活動要合群；文人的性格要肆志，政治的活動要守繩墨；文人所要求的是自安，政治所要求的是崇譽；文人的性格是任眞，政治活動需要造作；文人想縱心，政治得拘謹；文人要稱心，政治得委曲；文人要任性，政治要矯飾；文人願意固窮，政治活動得進取。文人的性格恰恰與政治活動相反，其不能久於政治或在政治上失敗是必然的。

文人以這樣的性格作基礎，與社會政治接觸後，自然產生極大的苦悶。謝惠連說：「耿介繁慮積，展轉長宵半」，就是作家因耿介而得的苦悶。一切偉大的作品都是在社會的矛盾下產生的。韓愈說：「物不得其平則鳴」，「不平」就是社會或政治給予作者的苦悶，「鳴」就是作品。如果文人眞能「立登要路津」的話，也就產不出深刻的作品。白居易說：「中年忝班列，備見朝庭事。……胸中十年內，消盡浩然氣」。文學家地位的高低，是以浩氣爲準；浩氣消盡，還會感出什麼苦痛呢？歐陽修說：「詩窮而後工」，「窮」是「達則兼善天下，窮則獨善其身」的窮，作不得志解。眞正的文人，都有堅定的信仰，然因性格耿介，自然達不到理想，祇有避開現實而在想像裏創造一種理想的世界，自我陶醉或自我安慰。

反過來講，性格不耿介或耿介而不能堅持到底，他的作品必無個性或中途變質。我國文學史上最著名的江郎才盡故事，就是一個最好的例。江淹少時孤貧，以文章顯名，到了中年，才思微退，當時的人都說是他天才完了。事實上，由於他中年以後非常騰達的緣故。官運亨通，使他消盡了浩氣，所以才盡。張華和他同樣的情形，也是少年窮困，由文章顯達。顯達後一直亨通，所以，沈德潛批評張華的詩是「筆力不高，少凌空矯捷之致」。還有鮑照，「宋書」說他：「上（宋世祖）好爲文章，自謂物莫能及，照悟其旨，爲文多鄙言累句，當時咸謂照才盡，實不然也」。這是「宋書」替他辯護。卽令不是才盡，他這種「希旨」的心理，也絕對不會寫出好作品。

到此，我們得一結論：作者的性格愈耿介，在社會上感受的痛苦必愈深，因而所表現的作品也愈深刻；由性格的耿介與否，決定作家在文學上地位的高低。

㈡堅定的信仰　堅定的信仰不一定文學家才有；然堅定的信仰正與文學家耿介的性格相互爲用。宋玉說的「獨耿介而不隨兮，願慕先聖之遺敎」，他之所以能耿介而不隨，就因爲他「願慕先聖之遺敎」。信仰堅定，才使他不願隨俗。屈原說的：「何方圜之能周兮，夫孰異道而相安」。方、圓是不同的，一個人先有了標準，換言之，得先有信仰，然後才知道那條路應該走，那條路不該走。再如董仲舒說的「屈意從人，非吾徒矣」，他得先有自己的「意」，然後才知道什麼是屈，什麼是不屈。文學家的性格固然是耿介，然所以耿介的緣故，由於信仰的堅定。信仰堅定的人，不一定都是文學家；但信仰不堅定，就不會耿介。我們想以四位作家爲例，來看信仰與作家的關係。

我國第一位不朽的作家，當然是屈原，先看他怎樣爲信仰而犧牲一切。他遵從的是儒家思想，實行的是「美政」。他再三說：「亦余心之所善兮，雖九死其猶未悔」。這是多末的堅定！「民生各有所樂兮，余獨好修以爲常。雖體解吾猶未變兮，非余心之可懲」，這又是多末的堅定！「阽余身而危死節兮，覽余初其猶未悔」，這也是如何的堅定！然「美政」終不能實行，祇有講：「既莫足與爲美政兮，吾將從彭咸之所居」！結果，以一死了之。這是屈原的堅定信仰。反過來，到了漢人就不如此，賈誼的「弔屈原賦」就說：「歷九州而相其君兮，何必懷此都也」！漢代作家有此種論調的，不祇賈誼一人。你看，信仰就不堅定了。

第二位不朽的作家自然是曹植，再看信仰怎樣在主宰他。他的思想也是儒家的，他在二十五歲時就表示：「戮力上國，流惠下民，建永世之業，流金石之功」。又在三十七歲時上魏明帝的「求自試表」說：「竊不自量，志在效命，庶立毛髮之功，以報所受之恩。若使陛下出不世之詔，效臣錐刀之用，使得西屬大將軍當一校之隊，若東屬大司馬統編舟之任，必乘危蹈險，騁舟奮驪，突刃觸鋒，為士卒先。雖未能擒權馘亮，庶將虜其雄卒，殲其醜類，必效須臾之捷，以滅終身之愧。使名掛史筆，事列朝榮，雖身分蜀境，首懸吳闕，猶生之年也。如微才弗試，沒世無聞，徒榮其軀而豐其體，生無益於世，死無損於朝，虛荷上位而忝重祿，禽息鳥視，終於白首，此徒圄牢之養物，非臣之所志也」。這樣地想為國效忠，然始終得不到文帝與明帝的信任，四十一歲就鬱鬱而死。

第三位不朽的作家當推陶淵明。陶淵明是受道家的思想而主張自然。他不願意作官，然為家貧又不能不作。可是他一開始作官，不是「望雲慚高鳥」，就是「臨水愧游魚」。他在政海浮沉了十年，最後作了彭澤令八十多日而毅然歸田。「歸去來兮辭序」說：「及少日，眷然有歸與之情。何則？質性自然，非矯厲所得。飢凍雖切，違己交病。嘗從人事，皆口腹自役。於是悵然慷慨，深愧平生之志」。他寧願挨餓受凍，不願去作違心的官。後來窮得無法生活，以借貸來維持。窮困到這種地步，有人勸他作官，他不是說：「去去當奚道，世俗久相欺。擺落悠悠談，請從余所之」；就是說：「紆轡誠可學，違己詎非迷？且共歡此飲，吾駕不可回」。結果，他在貧困而達觀的生活中死去。

第四位不朽的作家，想以杜甫為例。杜甫的終身信仰不是「致君堯舜上，再使風俗淳」；就是「許身一何愚，竊比稷與契」；再不然是「致君唐虞際，純樸憶大庭」。事實是「騎驢十三載，旅食京華春。朝扣富兒門，暮隨肥馬塵。殘杯與冷炙，到處潛悲辛」。他也是服膺儒術的；

但他灰心了麼？不，一點也不，他仍然是「窮年憂黎元，歎息腸內熱。取笑同學翁，浩歌彌激烈。非無江海志，瀟洒送日月；生逢堯舜君，不忍便永訣。……葵霍傾太陽，物性固難奪」。就由於他的物性難奪而始終「沉飮聊自遣，放歌破愁絕」。在這種「放歌破愁絕」的苦悶心情下，結束了一生。

够了，祇這四位不朽的作家，不管他們的思想是儒家的或是道家的，可以看出信仰在他們身上所起的作用。信仰愈堅定，則作家的生命力愈堅强；生命力愈堅强，則感受的生活也愈深刻；生活愈深刻，則激出的感情愈豐富；感情愈豐富，則作品的內容也愈深厚，於是，在同時代作家裏的地位也愈高。

然堅定的信仰得與耿介的性格相配，才能成爲文學家，祇有堅定的信仰而無耿介的性格，可能成爲政治家或事業家，不能成爲文學家。堅定的信仰，雖不一定文學家才有，然它與耿介的性格配合後，文學家的特性始爲顯著。

人類大體分爲兩種：一種人有了理想，他以行動來實現，如革命家、政治家、工程師、實業家、商人、工人、農人等，這些人統稱爲事業家。另一種人有了理想，他沒有辦法來實現或因性格的關係，不允許他來實現，於是他在想像裏創造一種理想的世界來自慰，或抒洩憤懣之氣，如哲學家、藝術家以及其他各種理論家，這些人統稱之爲思想家。然思想家裏，因爲他們表現的方式不同，又可分爲兩類：用意象來表現的，稱之爲藝術家；用概念來表現的，稱之爲理論家。

這樣的分類，可以看出文學家在人類的地位，也可以看出他在人類裏應該分擔的任務。因爲他是他的時代或社會的一份子，他的意識也就是他的時代或社會的意識，他的任務也就是他的時代或社會的任務，不過職責不同而已。有的從政治，有的從工程，有的從實業，有的從思想，有的從革命，有的從藝術，但目標都是一致的。

這裏，想順便闡釋天才與靈感的意義。

天才、這個神秘的名詞，以往祇對文藝有創造才能的人而言。實際上，各種行業都有天才者。俗語說：「行行出狀元」，就是行行都有出類拔萃的人物。天才、實際講來，就是創造。凡有創造能力的人都是有天才的人。如政治天才、商業天才、發明天才，無不是指對各該行有創造力者而言。天才、並不是文藝家纔能有，而是任何行業的人都可能有。我們對作品的仰之彌高，鑽之彌堅，莫測其高深的時候，自然引起一種欽敬的心理，於是稱讚說：這是天才。如果將作家成功的因素作一分析，天才就一點也不神秘了。造成天才的因素有三：一是天資，二是環境，三是努力。

天資、就是父母遺給子孫的資質，有的人記性好，有的人記性壞，有的人注意力强，有的人注意力弱，這是天生的。如認天才是天生稟賦的才能，那末，也祇有這一點才可以說是眞正的天才。別人一目一行，而他一目十行，別人苦誦苦記，而他過目不忘，這是天生的。天資聰穎與資質平庸的人相較，在學習上當然要佔先。然天資聰穎的人往往興趣廣泛，什麼都喜歡，什麼都愛好，興趣廣泛到不能集中的時候，那就一無所成。所以天資是似可恃而實不可恃。

環境之與天才，完全是偶然的。一位音樂家，並不是天生就有音樂的才能，一位文學家也不是天生就有寫作的才能，而是偶然的機遇，他生在音樂文學的環境，或有學習音樂文學的機會，加上他的學習能力强，他能達到別人所不能達到的境界，於是他成了音樂的或文學的天才者。如果他沒有音樂或文學的環境，儘管他的學習能力强，可能成爲別的天才家，不能成爲音樂或文學的天才家。這裏所說的天才，是指已經有成就的創造者，並不是指學習的能力。一般人往往將學習能力與天才相混。比如說，一個兒童有音樂的天才，那祇是說他本有聰穎的資質，偶然遇到音樂的環境，他把學習音樂的才能很容易地表現出來，就講他有音樂的天才；實際上，這不是天才，而是學習的能力强。還有，同在一個環境之下，而兩個人的成就不同，於是人們也歸究於他們天才的不同。實際上，這也不是天才的不同，而是性格的不同。有的性格近於這種行業，有的性格近於那種工作，所以他學習起來特別感覺興趣，成績也就特別優越。總之，初生的人如同一張白紙，染之蒼則蒼，染之黃則黃，並不是生理上有一種固定的才能，他祇能學這樣，不能學那樣，祇喜歡這樣，不喜歡那樣。天資、性格與環境偶然的配合，決定了一個人的興趣。

有了聰穎的天資，有了良好的環境，還得加以努力，才能成爲眞正的天才者。三種因素在天才裏所佔的成分，如以百分比來說，天資與環境祇佔百分之三十，而努力要佔百分之七十。天資也不過是學習的本能，天資高，學習快，天資低，學習慢，天資高的人，將來成就可能大，然不一定大，還要看他是否努力，與努力的趨向是否集中。環境更是偶然的機遇，生在政治環境，容易成爲政治家，生在文藝的環境，容易成爲文藝家，然也祇是比較容易而已，如果不努力，仍然不能成功。所以，努力是決定天才者成功與否的最大因素。

不過學習文藝者所需努力的是什麼呢？以往都認爲是表現的技巧，如朱光潛就將努力的方面分爲三端：一是蓄積關於媒介的知識；二是模倣傳達的技巧；三是作品的鍛鍊。（文藝心理學頁二一九——二三一）儘管他分爲三端，而實際上都是關於表現的技巧，並不是作家心靈的培育。文藝之感動人的是意識而不是技巧，技巧也不過是表現意識的手法。技巧祇要訓練到能以表達意識也就够了。而意識則需由堅定的信仰與耿介的性格終身培育，才能繼續豐盛，繼續眞摯，天才也才能繼續存在。我們常說：某人的天才完了，如江郎才盡，就因失掉了豐富的與眞摯的意識緣故。所以文藝家眞正努力的，不祇是技巧的鍛鍊，而且是意識的繼續培育。

朱光潛的美學本是架空的，如前所述，所以他這裏祇注意到技巧，而沒有注意到比技巧更爲重要的意識。他引了兩段話來解釋「氣」的養成，我們也將這兩段話引來作個比較，可知他的學說架空到什麼程度。

劉海峯「論文偶記」說：

凡行文多寡短長，抑揚高下，無一定之律，而有一定之妙，可以意會而不可以言傳。學者求神氣而得之於音節，求音節而得之於字句，則思過半矣。其要讀古人文字時，便設以此身代古人說話，一吞一吐，皆由彼而不由我。爛熟後我之神氣，卽古人之神氣，古人之音節都在我喉吻間。合我之喉吻者，便是與古人神氣音節相似處，久之自然鏗鏘發金石聲。

曾國藩在「家訓」裏也說：

凡作詩最宜講究音調。須熟讀古人佳篇，先之以高聲朗誦，以昌其氣；繼之以密詠恬吟，以玩其味。二者並進，使古人之音調拂拂然若與我喉舌相習，則下筆時必有句調奔赴腕下，詩成自讀之，亦自覺琅琅可誦，引出一種興會來。

朱光潛總結這兩段話說：

這都是經驗之談。從這兩段話看，可知「氣」與聲調有關，而聲調又與喉舌運動有關。韓昌黎說：「氣盛則言之短長與聲之高下者皆宜」。聲本於氣，所以想學古人之氣，不得不求之於聲。求之於聲，卽不能不朗誦古人作品。桐城派文人敎人學文的方法大半從朗誦入手。姚姬傳「與陳碩士書」說：「大抵學古文者必要放聲疾讀，又緩讀，祇久之自悟。若但能默看，卽終身作外行也」。朗誦旣久，則古人之聲可以在我的喉舌筋肉上留下痕跡，「拂拂然若與我喉舌相習」，到我自己作詩文時，喉舌筋肉也自然順着這個痕跡活動，所謂「必有句調奔赴腕下」。從此可知文人所謂「氣」也還祇是一種筋肉的技巧。（文藝心理學頁二二四——二二五）

如將上三段與我們在第四章論「氣」的一段作個比較，可知我們所說的「氣」是由理想、性格、實踐培養而來，而此處所說的「氣」是由古人作品的模擬。他們敎人努力的完全是文學的表現技巧，而未注意到意識。所以天才的完成，是耿介的性格與堅定的信仰的繼續而不是技巧的訓練，因爲表現技巧在年輕時已經訓練好了。

瞭解了天才，然後再解釋靈感。

靈感、也是一個很神秘的名詞，實際並不神秘。靈感是意識達到飽和點，不能不表現時，因另一事物的偶然刺激而想出表現方式，心靈爲之一亮，思路爲之一通的現象。這種現象是作家常常遇到的。尤其在想表現而苦思不得的時候，突然由另一事物的刺激才感覺靈感之可貴。不過靈感一定得有眞摯的意識作基礎，意識愈豐則靈感來的時候，越有所表現，越感出寫作的樂趣。否則，祇有搜索枯腸，勉强成文。李賀「恆從小奚奴，騎鉅驢，背一古錦囊，遇有所得，即書投囊中。及暮歸，太夫人使婢探囊出之，見所書多，輒曰：『是兒要當嘔出心始已耳』！上燈與食，長吉從婢取出，研墨疊紙足成之，投他囊中」。這就因爲沒有生活意識而勉强寫作，祇有嘔心搜腸。不祇李賀一人，凡沒有生活意識的人而想從事寫作，都是如此。靈感的獲得也得從意識着手。而意識的培育由於耿介的性格與堅定的信仰，所以我們將天才與靈感附帶在文學家的特性裏來談。

第八章 文學與社會政治

「文學是社會的表現」，這個學說自十九世紀初年法國司太爾夫人（Mme de Staël）在她的「文學與社會關係」一書公佈後，經過許許多多的補充與修正，直到譚納（Taine）才算集大成，他甚而在這種學說上，建立一種美學體系，即他的「藝術哲學」（註一）。他對文學研究的貢獻非常之大，他讓我們深刻地瞭解了作家。然他所觸及到的還是作品的外相，並不是作者的眞正精神。我們不否認文學是社會的表現，但祇從社會，換言之，祇從外在的因素而不從作家的意識來着手，外在的研究，往往是脫空的。文學並不是一面鏡子，外在有什麼事物，就把它映照出來。文學是透過作者的意識來表現社會的。在這裏，我們無意批判譚納以及主張文學是社會表現的學說，因爲空洞的批判不能解決問題。我想花點篇幅以一部「西遊記」爲例，先分析它的人物，其次，再追究它爲什麼要創造這些人物；再其次，追究構成這種個人意識與時代意識的政治的、思想的、教育的、社會的種種因素，這時，就知作家是在怎樣的情形之下表現社會。譚納一派的方法，儘管做得很精密，儘管擴大了文學研究的領域，然知道了作家是在怎樣表現社會後，就知他們的工作有點像隔靴搔癢。

以往的批評家總將作家表現的材料當着作家的表現目的，於是就在這種材料上來考證、索引、附會、解釋，結果往往與作品的眞正意義風馬牛不相及。評「西遊記」的人看見它有取經的故事，就認爲是談禪；看見它有金丹妙訣的故事，就認爲是講道；看見它有正心誠意的故事，就認爲是勸學。胡適之先生又用考證的歷史的方法來認識這部書而得一結論說：

至於我這篇考證本來也不必作，不過這幾百年來談「西遊記」的人都太聰明了，都不肯領略那極淺近極明白的滑稽意味與玩世精神，都要妄想透過紙背去尋那「微言大義」，遂把一部「西遊記」罩上了儒釋道三教的袍子。因此，我不得不用我的笨眼光指出「西遊記」有幾百年逐漸演化的歷史，指出這部發起於民間的傳說和神話，並無「微言大義」可說，指出現在的「西遊記」小說的作者是一位「放浪詩酒，復善諧謔」的大文豪做的。我們看見他的詩，曉得他確有「斬鬼」的清興，而決無金丹的道心。指出這部「西遊記」至多不過是一部很有趣的滑稽小說，神話小說，他並沒有什麼微妙的意思，他至多不過有一點愛罵人的玩世主義。這點玩世主義也是很明白的；他並不隱藏，我們也不必深求。（胡適文存二集卷四西遊記考證）

這段話說的很肯定，事實上並不如此。他用的是考證的歷史的方法，然這種方法如果不與作者的意識相配合，就往往失掉效用。他用「六十八頁的篇幅考證「西遊記」，而眞能幫助我們欣賞

「西遊記」的也不過數頁而已。他把目標弄錯了，所以考證的工作也幾乎等於白費。他用許多篇幅來考證唐僧，而「西遊記」的主人翁並不是唐僧；且唐僧也不是歷史上的玄奘。「西遊記」裏的唐僧是由作者的意識所創造的。唐沙門慧空做的「慈恩三藏法師傳」說：

行百里，失道，覓野馬泉，不得。下水欲飲（下字作「取下來」解），袋重，失手覆之。千里之資，一朝斯罄！……四顧茫然，人鳥俱絕。夜則妖魑擧火，爛若繁星；晝則驚風擁沙，散如時雨。雖遇如是，心無所懼。但苦水盡，渴不能前。是時，四夜五日，無一滴霑喉；口腹乾燋，幾將殞絕，不能復進，遂臥沙中。默念觀音，雖困不捨。啓菩薩曰：「玄奘此行，不求財利，無冀名譽，但爲無上道心正法來耳。仰惟菩薩慈念羣生，以救苦爲務。此爲苦矣，寧不知耶」？如是告時，心心無輟。至第五夜半，忽有凉風觸身，冷快如沐寒水，遂得目明，馬亦能起。

胡先生說：「這種記敍，確合沙漠旅行的狀況，又符合宗敎經驗的心理」。的確，宗敎家是以祈禱來克服苦難；然「西遊記」的唐僧是怎樣呢？第十五回敍他的馬被龍吃了，你看他：

三藏道：「既是他吃了，我如何前進？可憐呵！這萬水千山，怎生走得」！說着話，淚如雨落。行者見他哭將起來，他那裏忍得住暴燥，發聲喊道：「師父莫要這等膿包形麼！你坐着！坐着！等老孫去尋着那廝，叫他還我馬匹便了」。三藏又扯住道：「徒弟呵！你那裏去尋他？只怕他暗地攛將出來，連我都害了？那時節人馬兩亡，怎生是好」！行者聞得這話，越加嗔怒，就叫喊如雷道：「你忒不濟！不濟！又要馬騎，又不放我去，似這般看着行李，坐到老罷」！

「西遊記」裏所寫的唐僧就是這種膿包形。所以孫悟空三番五次勸他唸「多心經」。他時時刻刻擔心着性命，甚而寧願做孫悟空的徒子徒孫，祇要悟空救了他。唐僧在比邱國，聽說國王要以他的心作藥引，「謊得他三屍神散，七竅烟生，倒在塵埃，渾身是汗，眼不定睛，口不能言」。及至聽到悟空能救他，你看他說：「你若救得我命，情願與你作徒子徒孫」。很顯然，作者不是以宗教家的虔誠心理來寫唐僧。宗教家遇到困難時是「心無所懼」，是「默念觀音」；而唐僧是「魂飛魄散」，是「紛紛落淚」，是祇求悟空的保護。

再者，歷史上的唐僧取經，主動的是玄奘。「慈恩三藏法師傳」說：

旣遍謁衆師，備飡其說。詳考其義，各擅宗途。驗之聖典，亦隱顯有異，莫知適從。乃誓遊西方，以問所惑。並取十七「地論」，以釋衆疑。

又說：

遠人來譯，音訓不同；去聖時遙，義類乖舛。遂使雙林一味之旨，分成當現二常，他化不二之宗，析爲南北兩道。紛紜爭論，凡數百年。率土懷疑，莫有匠決。玄奘……負笈從師，年將二紀。……未嘗不執卷躊躇，捧經侘傺；望給園而翹足，想鷲嶺而載懷。願一拜臨，啓伸宿惑。雖知寸管不可窺天，小蠡難爲酌海，但不能棄此微誠，是以束裝取路。（引可是「西遊記」裏往西天取經的主動人是如來。第八回說：

我（如來自稱）今有三藏眞經，可以勸人爲善。……我待要送上東土，叵耐那衆生愚蠢，毀謗眞言，不識我法門之要旨，怠慢了瑜迦之正宗。怎麼得一個有法力的，去東土尋一個善信，敎他苦歷千山，遠經萬水，到我處求取眞經，永傳東土。

這是取經的志願原本發動於如來。固可說這是神話，與事實不同，但世間的取經發動者爲太宗，也不是唐僧。太宗聽了菩薩的勸告，才要差人往西天取經，唐僧不過應徵而已。至多他不過說：「我這一去，定要捐軀勞力，直至西天。如不到西天，不得眞經，卽死也不敢回國，永墮沉淪地獄」。此話講得固然堅決，固然熱誠，但與「誓遊西方，以問所惑，並取十七地論，以釋衆疑」，和「未嘗不執卷躊躇，捧經侘傺。望給園而翹足，想鷲嶺而載懷，願一拜臨，啓伸宿惑」的話相較，就知一個是對經的本身熱誠，一個是對主子的忠誠。兩個玄奘的基本心理，大相懸殊。玄奘起程是「結侶陳表，有詔不許。諸人咸退，唯法師不屈。旣方事孤遊，又承西路艱險，乃自試其心以人間衆苦，種種調伏，堪任不退」。可是唐僧起程是太宗與衆文武官員歡送的御弟。

不止「西遊記」的唐僧不是玄奘，不是主人翁，且在作者的筆下將他寫成了一位膿包形。上面曾引行者罵他是「膿包形」。七十四回裏，經過八百里獅駝嶺時，一聽到有妖怪，就又眼中流淚，孫悟空又罵他「膿包形」。他不但是膿包，而且是一頭水，信讒言。他聽八戒說悟空能將烏鷄國王醫活，他馬上就講：「正是救人一命，勝造七級浮屠，我等也强似靈山拜佛」。悟空以爲事實上不可能，八戒曉得唐僧是「一頭水的」，又說：「師父，莫被他瞞了，你祇念了那話兒，管他還你一個活人」。眞個唐僧就念緊箍兒咒，勒得那猴子眼脹頭痛，祇有答應醫治。唐僧問怎麼醫，悟空道：「只除到陰間問閻王，討了他魂靈來」。八戒道：「師父，莫信他，他原說不用到陰司，陽世間就能醫治，方見手段哩」。那長老「信邪風」，又念緊箍兒咒，慌得行者滿口應承（第三十八回）。作者把唐僧的性格寫成「膿包形」、「一頭水」、「信邪風」，不是沒有用意的。還有，行者打殺幾個毛賊，原是替他除害，而他反撮土焚香，祝告好漢，叫他們：「到森羅殿下興詞，倒樹尋根。他姓孫，我姓陳，各居異姓。寃有頭，債有主，切莫告我取經僧人」。八戒笑道：「師父推得乾淨。他打時，却也沒有我們兩個」。他眞個又祝告道：「好漢告狀，只告行者，也不干八戒和沙僧的事」。這些地方，請不要祇當滑稽來看。還有唐僧離了悟空是取不成經的，「祇怕你無我，去不到西天」，這話在悟空嘴裏不知說過多少遍。如來破獲了假行者後，對唐僧講：「你今須是收留悟空，一路上魔障未消，必須他保護你，纔得到靈山見佛取經」。如果我們細讀一下第五十七回「假猴王水簾洞謄文」一段，就知「西遊記」的作者是將唐僧作傀儡看。假行者對沙僧道：「我打唐僧，搶行李，不因不上西方，亦不因愛居此地。我今熟讀了牒文：自己上西方拜佛求經，送上東土，我獨成功，教那南瞻部洲人，立我爲主，萬代傳名」。試想：假如唐僧不是膿包，不是傀儡，不是一頭水，不是信邪風，激不出孫悟空的離心離德，而有假行者的出現。所以我們再講一次：小說中的唐僧絕對不是歷史上的玄奘，他倆的性格完全不同。拿歷史的玄奘來證小說的唐僧，是沒有用處的。

「西遊記」的主人翁不是唐僧又是誰呢？是孫悟空。小說一開始，就用七回的篇幅來介紹孫悟空，也是有用意的。孫悟空是一位怎樣的人物呢？是一位不得志的英雄。悟空被祖師稱爲「天地生成的」英雄，修鍊成功後，玉帝祇給他一個弼馬溫的職位。當初他不知弼馬溫是什麼官爵，歡喜而受，及至聽到「這種官兒，最低最小」，只可看馬，於是不覺心頭火起，咬牙大怒道：「這般藐視老孫」！之後，玉帝差李天王與哪吒帶領巨靈神、魚肚將、藥叉將收降，被悟空打得大敗而歸，不得已才照他自稱的「齊天大聖」封位；然「只是加他空銜，有官無祿」。及至歸降如來，赴西天取經，偏偏又遇到「一頭水」、「信邪風」、「軟耳朵」的唐僧。白虎嶺的屍魔變成一個女的要捉唐僧，被行者打死，而唐僧反以爲「故傷人命」。及至看到齋僧的飯食都是些長蛆、青蛙、癩蝦蟆一類東西後，却有三分兒信了，怎禁豬八戒的讒言，以致驅逐悟空。我們看一段第三次打死屍魔後的描寫：

那僧在馬上，又諕得戰戰兢兢，口不能言。八戒在旁邊又笑道：「好行者，發瘋了，只行了半日路，倒打死三個人」！唐僧正要念咒，行者道：「他是個潛靈作怪的僵屍，在此迷人敗本；被我打殺，他就現了本相。他那脊樑上有一行字，叫做白骨夫人」。唐僧聞說，倒也信了，怎奈那八戒旁邊唆嘴道：「師父，他的手重棍兇，把人打死，只怕你念那話兒，故意變化這個模樣，掩你的眼目哩」！唐僧果然「耳軟」，又信了他，遂復念起。行者道：「師父錯怪了我也。這廝分明是個妖魔，他實有心害你，我倒打死他，替你除了害，你却不認得，反信了那獃子讒言冷語，屢次逐我。常言道：『事不過三』。我若不去，眞是個下流無恥之徒。我去！我去！——去便去了，只是你手下無人」。唐僧發怒道：「這潑猴越發無理！看起來，祗你是人，那悟能、悟淨就不是人」？那大聖一聞此言——他兩個是人——止不住傷情悽慘，對唐僧道聲：「苦呵！你那時節，出了長安，有劉伯欽送你上路；到兩界山，救我出來，投拜你爲師，我曾穿古洞，入深林，擒魔捉怪；收八戒，得沙僧，吃盡千辛萬苦；今日昧着惺惺使糊塗，祗敎我回去；這才是鳥盡弓藏，兎死狗烹！——罷！罷！罷！但祇是多了那緊箍兒咒」。唐僧道：「我再不念了」。行者道：「這個難說，若到那毒魔苦難處不得脫身，八戒、沙僧救不得你，那時節，想起我來，忍不住又念誦起來，就是十萬里路，我的頭也是疼的；假如再來見你，不如不作此意」。唐僧見他言言語語，越發惱怒，滾鞍下馬來，叫沙僧在包袱內取出紙筆，即於澗下取水，石上磨墨，寫了一紙貶書，遞與行者道：「猴頭，執此爲照，再不要你作徒弟了！如再與你相見，我就墮了阿鼻地獄」！行者連忙接了貶書道：「師父不消發誓，我老孫去罷」。他將書摺了，留在袖內，又軟款對唐僧道：「師父，我也是跟你一場，又蒙菩薩指敎；今日半途而廢，不曾成得功果。你請坐，受我一拜，我也去得放心」。唐僧轉回身下拜道：「我是個好和尚，不受你歹人的禮」！大聖見他不睬，又使個身外法，把腦袋毫毛拔了三根，吹口仙氣，叫「變」，卽變了三個行者，連本身四個，四面圍住師父下拜。那長老左右躲不脫，好歹也受了一拜。大聖跳起來，把身一抖，收起毫毛，却又吩咐沙僧道：「賢弟，你是個好人，却只要留心防着八戒詀言詀語，途中更要仔細，倘一時有妖精拿住師父，你就說老孫是他的大徒弟。西方毛怪，聞我的手段，不敢傷我師父」。唐僧道：「我是個好和尙，不提你這歹人的名字，你回去罷」。那大聖見長老三番兩覆，不肯轉意回心，沒奈何才去。

注意這段裏作者所用的評語：「果然信那獃子攛唆」，「唐僧果然耳軟」，「反信了那獃子讒言冷語」，「昧着惺惺使糊塗」，都是表現唐僧的性格。把這些話與上面我們所分析的唐僧連在一起，將對唐僧有更深刻的認識。

「西遊記」裏所表現的悟空是一位報打不平的英雄，他永遠是樂觀、忠貞、好義、勇爲、不畏辛苦。悟空在萬壽山五莊觀偸吃了人參果，大仙要鞭打唐僧，行者心中暗想：「我那老和尙不禁打，假若一頓鞭子打壞了啊，却不是我造的孽」？於是就說：「偸果子是我，吃果子是我，推倒樹也是我，怎麼不先打我，打他做甚」？結果是打了行者。後又油炸唐僧，行者又想：「師父不濟，他若到了油鍋裏，一滾就死，二滾就焦，到三五滾，他就弄做個稀爛的和尙了！我還去救他一救」（第二十五回）。他沒有一時一刻不想報効唐僧，然事實如何呢？我們看他垂淚對菩薩講的：

當年弟子爲人，曾受那個氣來！自蒙菩薩解脫天災，秉教沙門，保護唐僧往西天拜佛求經，我弟子捨身捨命，救解他的魔障，就如老虎口裏奪脆骨，蛟龍背上揭生鱗。只指望歸眞正果，洗孽除邪，怎知那長老背義忘恩，直迷了一片善緣，更不察皂白之苦！

這是悟空的眞心話，也是他的眞正苦惱。

在孫悟空的仗義除暴下，反映了神鬼世界也都充滿了不公。烏鷄國王的魂靈向唐僧求救，唐僧問他爲什麼不到陰司閻王處告狀，他說：

他的神通廣大，官吏情熟，都城隍常與他會酒，海龍王盡與他有親，東嶽齊山是他的好朋友，十代閻羅是他的異兄弟。——因此這般，我也無門投告。（第三十七回）

衡陽峪黑水河神府被妖魔佔據，他向行者訴冤說：

我却沒奈何，竟往海內告他，原來西海龍王是他的母舅，不准我的狀子，教我讓與他住。我欲啓奏上天，奈何神微職小，不能得見玉帝。今聞得大聖到此，特來參拜投生，萬望大聖與我出力報冤！

不但神鬼世界充滿了不公，而且一切妖精與鬼魔都是從天宮來的，凡是悟空無法降服的妖魔，都往天宮追求根源。請注意作者所以要這樣寫的原因。黃風仙本是靈山脚下的得道老鼠，因爲偷了琉璃盞內的清油，却在黃風山成精作怪。黑風洞的黑熊精是菩薩放縱的，所以行者對唐僧說：「我想這件事都是觀音沒理。他有這個禪院，在此受了人家的香火，又容那妖精鄰住」。孽龍吃了唐僧的馬，行者又向菩薩質問道：「你怎麼把有罪的孽龍，送在此處成精，叫他喫了我師父的馬？此又是縱放歹人爲惡，太不善也」！這些地方，請讀者不要輕輕放過。

我們曉得了孫悟空的性格與處境，那麼，再看豬八戒與沙僧的性格。佛家原有八戒之說，所謂八戒，就是：一不殺生；二不偸盜；三不邪淫；四不妄語；五不飲酒；六不坐高廣大床；七不著華鬘瓔珞；八不習歌舞伎樂。以此八戒來衡量豬八戒，他沒有一戒。「西遊記」所寫的豬八戒的一切行爲，都與佛家的八戒正相反。因爲描寫的太零碎，不克一一舉例，讀者若加注意，就可處處得到證明。實際講來，豬八戒就是「諸不戒」！沙僧呢？是一位最忠厚，然最沒有用的人。不過，我們應該注意的不是他們的性格，而是唐僧反特別喜歡他們。尤應特別注意的是，八戒最壞，最不忠誠，最不講道義，而唐僧偏偏最喜歡他。悟空最忠誠，最能幹，唐僧偏偏懷疑他，斥責他，驅逐他。這些地方，都不能輕輕放過，放過了，就不知道作者爲什麼要寫這部小說的緣故。

總上所言，可知小說裏的唐僧並不是歷史上的玄奘；玄奘是一位眞正的宗敎家，他對中國文化有很大的貢獻；而小說裏的唐僧是一位膿包，是一頭水，是輭耳朶，是信邪風，是信讒言。小說裏的孫悟空也不是印度傳說的猴子；即令作者是用印度猴子的傳說，但已賦予一種新的意義，是在表現一位報打不平的英雄。「西遊記」的作者另有一篇「二郎搜山圖歌」，這首歌，可以當作「西遊記」的序，在這裏，可以看出作者爲什麼要寫這部小說的目的。歌的末尾說：

終南進士老鍾馗，空向宮闈啗虛耗。民災翻出衣冠中，不爲猿鶴爲沙蟲。坐觀宋室用五鬼，不見虞廷誅四凶。野夫有懷多感激，無事臨風三嘆息。胸中磨損斬邪刀，欲起平之恨無力。救日有矢救月弓，世間豈謂無英雄？誰能爲我致麐鳳，長享萬年保合淸寧功！

這段歌值得注意的有四點：第一、「終南進士老鍾馗，空向宮闈啗虛耗」，就是罵百官與天兵天將的無用。在悟空的眼裏，「天上將不如老孫者多，勝似老孫者少」（第五十一回）。寶象國的文武大臣都是「木雕成的武將，泥塑就的文官」（第二十九回）。第二、「民災翻出衣冠中，不爲猿鶴爲沙蟲」，就是說妖魔都是由天宮出來的，虐害百姓的，是官吏與鄉紳。第三、「坐觀宋室用五鬼，不見虞廷誅四凶」，也就是政府用人的不當，而又不能裁制之。第四、以下各句是作者自恨有心無力，祇有在想像裏創造一位齊天大聖來爲人間報打不平。這首詩可以說是「西遊記」的縮寫，從它，可以看出作者所以要寫「西遊記」的目的。

作者爲什麼要創造唐僧、八戒、沙僧、孫悟空這樣的人物呢？並把天兵天將與一般政府的文武大臣，都認爲是庸儒無能呢？我們得從作者的身世與他的時代環境來求解答。茲先看作者的個人身世。

「西遊記」的作者是吳承恩，據「天啓淮安府志」十六，人物志二，「近代文苑說」：

吳承恩性敏而多慧，博極羣書，爲詩文下筆立成。淸雅流麗，有秦少遊之風。復善諧劇，所著雜記，名震一時。數奇，竟以明經授縣貳，未久，恥折腰，遂拂袖而歸。放浪詩酒，卒。

他的才氣那末高，學識那末博，名望那末重，而竟遭時不遇，從明經出身，祇做個縣貳，無怪乎他要恥折腰，拂袖而歸，放浪詩酒了，這是他個人的身世。由此可知孫悟空這樣不得志的人物是怎樣來的，作者是以一肚子的不平來寫「西遊記」。然祇從個人的身世，還是不能深切瞭解他的意識，也就是不能深切欣賞他的作品。還得再從作者的生存期間來追究。

首先我們看明世宗是怎樣的昏庸誤國。吳承恩的生年我們不知道，惟據「光緒淮安府志」「貢舉表」，知道他是明世宗嘉靖甲辰（卽嘉靖二十三年，西曆一五四四年）歲貢生，嘉靖享國四十五年，他是穆宗隆慶初年歸山陽，自舉貢至隆慶初有二十多年，是他生活中最苦痛的時期，那末，如果曉得了明世宗，也就知道他所遇到的政治社會背景了。我們想從佞臣陶仲文的得寵，來旁證世宗的昏庸。

陶仲文，嘗受符水訣於羅田萬玉山。嘉靖中，以符水噀絕宮中妖。莊敬太子患痘，禱之而瘥，帝深寵異。十八年南巡，次衞輝，有旋風繞帝駕，帝問此何祥也。對曰：「主火」。是夕行宮果火。宮人死者甚衆。帝益異之。授神霄、保國、宣教高士。尋封神霄、保國、弘烈、宣教、振法、通眞、忠孝、秉一眞人。明年八月，欲令太子監國，專事靜攝，太僕卿楊最疏諫，杖死。廷臣震懾，大臣爭諂媚，取容神仙，禱祀日亟。帝有疾，旣而瘳，喜仲文祈禱功，特授少保、禮部尚書。久之，加少傅，乃兼少保。仲文起筦庫，不二歲登三孤。乃請建雷壇於鄉縣，祝聖壽，公私騷然。御史楊爵、郎中劉魁、給事中周怡、陳時事有「日事禱祠」語，帝大怒，悉下詔獄。吏部尚書熊浹諫乩仙，卽令削籍。自是中外爭獻符瑞，焚修齋醮之事，無敢指及之者矣。帝自二十年遭宮婢變，移居西內，日求長生。郊廟不親，朝講盡廢，君臣不相接，獨仲文得時見，見輒賜坐，稱之爲師而不名。心知臣下必議己，每下詔，旨多憤疾之辭，廷臣莫知所指。小人顧可學、盛端明、朱隆禧輩皆緣以進。其後，夏言以不冠香葉冠，積他釁至死。而嚴嵩以虔奉焚修，蒙異眷者二十年。大同獲諜者王三，帝歸功上元，加仲文少師，仍兼少傅、少保。一人兼領三孤，終明世，惟仲文而已。久之，授特進光祿大夫柱國，兼支大學士俸。廕子世恩爲尚寶丞，復以聖誕，加恩給伯爵俸。授其徒郭弘經、王永寧爲高士。時都御史胡纘宗下獄，株連數十人。二十九年春，京師災異頻見，帝以咨仲文，對言慮有冤獄，得雨方解。俄司法上纘宗等爰書，帝悉從輕典，果得雨。乃以平獄功，封仲文恭誠伯，歲祿千二百石。弘經、永寧封眞人。三十二年，仲文言齊河縣道士張演昇建大清橋，濬河得龍骨一，重千斤。又突出石沙一，脈長數丈，類有神相，帝卽發帑銀助之。帝益求長生，日夜禱祠。簡文武大臣及詞臣，入直西苑，供奉青詞。四方奸人段朝用、龔可佩、藍道行、王金、胡大順、藍玉田之屬咸以燒煉符咒，熒惑天子，然不久皆敗，獨仲文恩寵日隆，久而不替。士大夫或緣以進。仲文得寵二十年，位極人臣。（明史卷三百七佞倖傳）

明自憲宗以後，好方術，迄於熹宗，前後一百六十多年，其間延訪大臣的僅孝宗弘治的末數年，而世宗、神宗都是二十多年不視朝。羣臣從不見皇帝的顏色。其中以世宗信方術求長生爲最篤。以上一段，固在講陶仲文的得寵，實際就在表現世宗的篤信道士。由此，我們可知「西遊記」裏的五種背景。第一、寶象國的公主對他丈夫妖魔說的：「我父王不是馬掙力戰的江山，他本是祖宗遺留的社稷，自幼兒是太子登基」。世宗是十四歲登基的。又妖魔變爲駙馬，反說唐僧是妖怪，作者寫：「你看那水性的君王，愚迷肉眼，不識妖精，轉把他一片虛詞，當了眞實」（三十回）。虎自幼登基與水性的君王，與世宗的身份性格頗爲相合。第二、車遲國的崇奉道士與壓迫和尙。虎力、鹿力、羊力三個大仙被悟空打殺後，那國王哭到天晚，悟空敎訓他說：「今日滅了妖邪，方知是禪門有道，向後來，再不可胡爲亂信。望你把三道歸一：也敬僧，也敬道，也養育人才，我保你江山永固」（四十七回）。知道了世宗是篤信道士，就知道這些話並不是無因而發的。第三、祭賽國「文也不賢，武也不良，國王也不是有道」。金光寺的塔上寶貝被萬聖老龍偸去後，就沒有了「祥雲瑞靄，外國不朝。昏君更不察理」（六十二回），這段話也是有用意的。第四、獅駝國的國王及文武官僚，滿城大小男女都被妖精吃了。也就是說都被道士迷惑了（七十四回）。第五、比丘國王被道士模樣的妖魔迷惑，稱爲「國丈」，國丈獻一美女，以致不分晝夜，貪歡不已，而國丈又獻海外秘方。世宗稱陶仲文爲「師」，與國丈又相同。以上五點，絕不是隅然的相合，而是以象徵的手法來寫現實。

其次，我們再看嚴嵩父子之所以得寵。有昏君必有佞臣，有世宗就有嚴嵩父子。「明史」卷三百八「奸臣傳」說：

嵩無他才略，惟一意媚上，竊權罔利。帝英察自信，果刑戮，頗護己短，嵩以故得因事激帝怒，戕害人以成其私。然帝雖甚親禮嵩，亦不盡信其言，間一取獨斷，或故示異同，欲以殺離其勢。嵩父子獨得帝竅，要欲有所救解，嵩必順帝意痛詆之，而婉曲解釋，以中帝所不忍。卽欲排陷者，必先稱其微，而以微言中之。或觸帝所恥與諱，以是移帝喜怒，往往不失。嵩雖警敏，能先意揣帝指，然帝所下手詔，語多不可曉，惟世蕃一覽了然，答語無不中。及嵩妻歐陽氏死，世蕃當護喪歸，嵩請留侍京邸，帝許之，然自是不得入直所，代嵩票擬，而日縱淫樂於家。嵩受詔多不能答，遣使持問世蕃，值其方耽女樂，不以時答。中使相繼促嵩，嵩不得已自爲之，往往失旨。所進青詞，又非假他人不能工，以此積失帝歡。

我不說豬八戒就是嚴嵩的影子，吳承恩之寫豬八戒是以嚴嵩爲模型。然他們的迫害忠良，諂媚求進，誑騙欺詐，好財貪汚，種種性格都是相同的。總之，在明朝像嚴嵩這類人物很多，而嚴嵩也不過是最著名的一位，吳承恩拿豬八戒來象徵這類人，是毫無問題。

其次，我們再看明朝的鄉官害民。「廿二史劄記」（卷三十四）「明鄉官虐民之害」條說：

前明一代風氣，不特地方有司私派橫征，民不堪命；而縉紳居鄉者，亦多倚勢恃强，視佃民爲弱肉。上下相護，民無所控訴也。今按「楊士奇傳」：士奇子稷居鄉，嘗侵暴殺人，言官交劾，朝庭不加法。以其章示士奇。又有人發稷橫虐數十事，乃下之理。士奇以老病在告，天子不忍傷其意，降詔慰免，士奇感泣，遂不起。是時士奇方爲首相，而其子至爲言官所劾，平民所控，則其肆虐已極可知矣。又「梁儲傳」：儲子次攄爲錦衣百戶，居家，與富人楊端爭民田，端殺田主。次攄遂滅端家二百餘戶，武宗以儲故，僅發邊衞立功。「朝野異聞錄」又載：「次攄最好束人臂股或陰莖，使急迫而以針刺之，血縷高數尺，則大叫稱快」。此尤可見其恣虐之大概矣。「焦芳傳」：「芳治第宏麗，治作勞數郡」。是數郡之民，皆爲所役。又「姬文允傳」：文允宰滕縣，白蓮賊反，民皆從亂，文允問故，咸曰：禍由董二。董二者，故延綏巡撫董國光子，居鄉暴橫，民不聊生，故被虐者，至甘心從賊，則其虐毒更可知也。宜興周延儒方爲相，陳于泰方爲翰林，二家子弟暴邑中，宜興民至發延儒祖墓，又焚于泰于鼎廬（祁彪佳傳）。王應熊方爲相，其弟應熙横於鄉，鄉人詣闕擊登聞鼓，列狀至四百八十餘條，贓一百七十餘萬，其肆毒積怨於民可知矣。

從以上故實，可知「西遊記」作者吳承恩所以要講：「民災翻出衣冠中」，要將妖魔都出自天宮的原故。同時也可知，烏鷄國王與黑水河神等冤曲無處告的象徵意義。

楊士奇是太祖時人；焦芳、梁儲都是正德時人；董國光、周延儒、陳于泰都是世宗以後的人，然我們所以引這段話的，是想證明明朝一代，鄉紳虐民，是極普遍的現象，世宗一代更不能免。如「嚴嵩傳」就講嚴世蕃是：

其治第京師，連三四坊，堰水爲塘數十畝，羅珍禽奇樹其中。日擁賓客縱倡樂，雖大僚

> 或父執，虐之酒，不困不已。居母喪亦然。好古尊彝奇器書畫，趙文華、鄢懋卿、胡宗憲之屬，所到輒輩致之。或索之富人，必得然後已。

書畫奇器，索之富人，是必得然後已，其他惡行，可想而知了。

從吳承恩的身世以及他所遭遇的環境，可知他之所以寫「西遊記」是在表現他的意識。然他敢正面表現麼？絕對不敢。他不得不把距離放在歷史的和神話的境界來作掩護，結果，他成功了，幾百年來沒有人發現他的秘密。由此，我們可以得一結論：所謂文學是社會的表現，並不是說是社會的抄寫，而是透過作者的意識作社會的表現。不過作家在表現意識時，因時代與環境的關係，有的用歷史故事，如「三國演義」；有的用神怪故事，如「西遊記」；有的用現實社會，如「金瓶梅詞話」；有的用愛情故事，如「西廂記」；有的用自身生活，如「紅樓夢」。不論歷史故事也好，神怪故事也好，現實社會也好，愛情故事也好，自身生活也好，都是表現意識的材料，並不是作者寫作的目的。這一點弄清了，在研究工作上，就不會走許多冤枉路。到此，就可知譚納一派所用的種族、環境、時代等方法，祇作了文學的外表研究，並未深入到作家心靈，所以終隔一層。

最後，再拿胡先生的話來討論，以作本章的結束。他說：「這部「西遊記」至多不過是一部很有趣的滑稽小說，神話小說，他並沒有什麼微妙的意思，他至多不過有一點愛罵人的玩世主義。這點玩世主義也很明白的；他並不隱藏，我們也不用探求」。這種愛罵人的玩世主義是無緣無故來的麼？爲什麼不追究他所以愛駡人的根源呢？金峴山金峴洞的青牛精，神通廣大，李天王、哪叱太子與孫悟空都沒有法力降服它時，悟空反而苦笑，哪叱問他爲什麼在折兵敗陣，十分煩惱的時候笑，他回答說：

你說煩惱，終然我老孫不煩惱？我如今沒計奈何，哭不得，所以祇得笑也。（第五十一回）

這是孫悟空的眞正苦惱，也是吳承恩的眞正苦惱。他的滑稽，他的愛駡人的玩世主義，是在不能哭的環境之下逼出來的。喜劇的笑，如果透過眼淚的笑，才是眞正成功的喜劇，「西遊記」就是透過眼淚的滑稽與玩世主義。如果不能噙着眼淚來讀「西遊記」，欣賞不到它的眞正價值。

註一　此書已由沈起予（台灣出版商改爲沈豈余）譯爲中文，台灣洪氏出版社複印。

第九章　文學與性愛

到此爲止，性愛與文學的關係，隻字未提。然現代作品裏，十部就有九部描寫性愛；而我們分析作品，始終以「仕」與「隱」爲標準，絲毫未給性愛一點地位，那末，性愛在文學中應佔什麼地位呢？我國詩篇中向稱豔麗的，爲曲子詞與宮體詩，玆將這兩類作品作一分析，就知道性愛與文學的關係，進而再推論性愛在文學中的地位。

曲子詞是由君主與文人的逸樂而產生的。唐自中葉以後，宮庭逸樂，日趨奢靡，聲色歌舞，每以爲常，唐玄宗時代，楊貴妃之得寵由於歌舞，及至五代，其風尤甚。玆將那時期君主逸樂與曲子詞發達有關的故事，略舉數條，以見一般。

唐宣宗愛唱菩薩蠻，令狐丞相託溫飛卿撰進，宣宗使宮嬪歌之。（詞苑叢談）

初莊宗（李存勗）爲公子時，雅好音律，又能自撰曲子詞。其後凡用軍，前後隊伍皆以所撰詞授之，使揭聲而歌之，謂之御製。（五代史本記）

蜀主（孟昶）裹小頭巾，其尖如錐。宮妓多衣道服，簪蓮花冠，施胭脂夾臉，號醉妝，

自製醉妝詞。又常宴於怡神亭，自執板歌後庭花，思越人曲。（北夢瑣言）

蜀主嘗夜同花蕊夫人避暑摩訶池上，作玉樓春詞。（詞林記事）

昭惠后周氏傳：后通書史，善歌舞。嘗雪夜酣讌，舉杯屬後主起舞，後主曰：「汝能創爲新聲，則可矣」。后卽命箋綴譜，喉無滯音，筆無停思。俄頃，譜成，名「邀醉舞破」也。又有「恨來遲破」亦后所製。故盛唐時，「霓裳羽衣」最爲大曲，亂離之後，絕不復傳。后得殘譜，以琵琶奏之。於是開元天寶之遺音，復傳於世。（古今詞話）

以上是關於君主的；以下是仕大夫和文人的逸樂與詞有關係的故事：

元獻公（晏殊）性喜賓客，未嘗一日不燕飲。每有嘉賓必留，亦必以歌樂相佐，談笑雜出。……稍闌，卽罷遣歌樂曰：「汝曹呈藝已遍，吾當呈藝」。乃具筆札，相與賦詩，率以爲常。（葉夢得：避暑錄）

晏元獻公爲京兆，闢張先爲通判。新得侍兒，公甚屬意。先能爲詩詞，公雅重之。每張來，令侍兒出侑觴，往往歌子野所爲之詞。（道山詩話）

宋仁宗朝，中原息兵，汴京繁富，歌臺舞席，競賭新聲。耆卿（柳永）失意無俚，流連坊曲，遂盡收俚俗語言，編入詞中，以便使人傳習。一時動聽，散播四方。（宋翔鳳：樂府餘論）

始時，沈十二廉叔、陳十君寵，家有蓮、鴻、蘋、雲、品，清謳娛客。每得一解，卽以草授諸兒，吾三人持酒聽之，爲一笑樂。已而，君寵疾廢臥家，廉叔下世，昔之狂篇醉句，遂與兩家歌兒酒具，流轉人間。自爾郵傳滋多，積有竄易。（晏幾道：小山詞（原名補亡）自跋）

錢天僖宴客後園，一官妓與永叔後至。詰之，妓曰：「中暑，往涼堂睡覺，失金釵，猶未見」。錢曰：「乞得歐陽推官一詞當卽償汝」。永叔卽席賦「臨江仙詞」云。坐皆擊節，命妓滿斟送歐，而令公庫償錢。（堯山堂外記）

文元賈公居守北郡，歐陽永叔使北還，公預戒官妓辦詞以勸酒，妓唯唯。復使都廳召而喻之，妓亦唯唯。公怪歎以爲山野。既燕，妓奉觴歌以爲壽，永叔把盞側聽，每爲引滿。公復怪之，召問所歌，皆其詞也。（后山叢談）

小紅、范成大青衣也，有色藝。成大請老，姜夔詣之，一日授簡徵新聲，夔製「暗香」、「疎影」兩曲，成大使二妓歌之，音節清婉。成大尋以小紅贈之。其夕大雪，過垂虹，賦詩曰：「自喜新詩韻最嬌，小紅低唱我吹簫。曲終過盡松陵路，回首煙波十里橋」。夔喜自度曲，吹洞簫，小紅歌而和之。（研北雜誌）

辛稼軒守南徐日，每命侍姬歌其所作「賀新涼」，自誦其中警句：「我見青山多嫵媚，料青山見我應如是」！與「不恨古人吾不見，恨古人不見吾狂耳」。歌竟，拊髀自笑，顧問座客：「如何」？既而作「永遇樂」：「千古江山英雄，無覓孫仲謀處」！特置酒招客，

使妓按歌，自擊節。（古今詞話）

像這類故事很多。祇從上列的看來，已可證明曲子詞的起源由於君主與文人的逸樂。逸樂需歌舞，歌舞需歌詞，加以這時期的君主文人都是善屬文，於是照着曲調來塡詞，故產生了曲子詞。現在所說的「詞」，實卽「曲子詞」的簡稱。從蜀歐陽炯的「花間集序」，也可看出詞的起源由於逸樂。他說：

綺筵公子，繡幌佳人。遞葉葉之花牋，文抽麗錦。舉纖纖之玉指，拍按香檀。不無清絕之辭，用助嬌嬈之態。自南朝之宮體，扇北里之倡風，何止言之不文，所謂秀而不實。有唐已降，率土之濱，家家之香逕春風，寧尋越豔；處處之紅樓夜月，自鎖嫦娥。在明皇朝，則有李太白之「應制清平樂調」四首，近代溫飛卿復有「金筌集」。邇來作者，無媿前人。今衞尉少卿字弘基，因集近來詩客曲子詞五百首，分爲十卷。

詞的起源既由於逸樂，逸樂不外聲色。聲是音樂，色是性愛，所以性愛在詞裏佔了重要的成分。音樂既爲逸樂而應用，那末，曲調一定要輕鬆，我國的雅樂勢必淘汰，而代之以胡樂。再看胡樂在隋唐以後昌盛的情形，就知它的發達是與曲子詞配合的。「隋書」（十五）「音樂志」（下）說：

開皇初，置七部樂：一曰國伎，二曰清商伎，三曰高麗伎，四曰天竺伎，五曰安國伎，六曰龜茲伎，七曰文康伎。……及大業中，煬帝乃定清樂、西涼、龜茲、天竺、康國、疏勒、安國、高麗、禮畢以爲九部。樂器工伎，創造既成，大備于茲矣。……西涼者，起苻氏之末，呂光等據有涼州，變龜玆聲爲之。至魏、周之際，遂謂之國伎，今曲項琵琶、豎頭、箜篌之徒，並出自西域，非華夏舊器。楊澤、新生、神白馬之類，生於胡戎。胡戎歌，非漢魏遺曲，悉與書史不同。……龜玆者，起於呂光滅龜玆，因得其聲。至隋有西國龜玆，齊朝龜玆，土龜玆等凡三部。開皇中，其器大盛於閭閈。時有曹妙達、王長通、李士衡、郭金樂、安進富等皆妙絕弦管，新聲奇變，朝改暮易，恃其音伎，估衒王公之間，舉時爭相慕尚。高祖病之，謂群臣曰：「聞公等皆好新變，所奏無復正聲，此不祥之大也。……公等親賓宴飲，宜奏正聲，聲不正，何可使兒女聞也」。帝雖有勅，而竟不能救焉。

隋時所定的九部樂，除清樂與禮畢爲國樂外，其餘都是胡樂。這種情形到唐時更盛，「樂府詩集」說：

唐武德初，因隋舊制，用九部樂。太宗增高昌樂，又造讌樂，而去禮畢曲。其著令十部，而總謂之讌樂。聲詞繁雜，不可勝記。凡讌樂諸曲，始於武德、貞觀，盛於開元、天寶，其著錄者十四調，二百二十二曲。

開元、天寶是唐玄宗的兩個年號。玄宗在位四十二年，陳鴻的「長恨歌傳」說他：「開元中，泰階平，四海無事。玄宗在位歲久，勧于旰食宵衣，政無大小，始委於右丞相，稍深居游宴，以聲色自娛」。「深居游宴，以聲色自娛」，正是胡樂在那時候興盛的原因。不過，胡樂傳到中國後，往往改換曲名，不全用原來舊稱，如那時最著名的「霓裳羽衣曲」本是婆羅門曲，傳自西涼，由河西節度使楊敬述獻于明皇，明皇潤飾其詞，而易此美名。再如「唐書」「禮樂志」說：「明皇幸蜀，貴妃生日，令小部張樂奏新曲，而未有名。會南方進荔枝，遂命其名曰荔枝香」。這裏所謂「新曲」，以及以上所謂「新聲」、「新變」，即令不是胡樂，也是民間流行的曲；而民間流行的曲，也往往是胡曲，所以杜佑「通典」說：「自周、隋以來，管絃雅曲，將數百曲，多用西涼樂，鼓舞曲多用龜茲樂，其曲度皆時俗所知也」。胡樂這樣的發達，而胡樂都在宴飲歡樂時使用。於是宴飲歡樂時，君主文人就依樂曲塡詞，以資笑樂。

一切的事物都是有機的配合。曲子詞的起源旣爲逸樂，除需要輕鬆愉快的胡樂外，性愛也成了主要的因素，所以詞的內容是離不開男女的。李後主是詞中之聖，同時也是情中之聖。他的國家已經亡了，他所想念的不是社稷，而是宮娥。他在「破陣子」後半闋說：

一旦歸爲臣虜，沈腰潘鬢消磨。最是蒼黃辭廟日，敎坊猶奏別離歌，揮淚對宮娥。

蘇東坡以仕者的眼光批評他說：「後主旣爲樊若水所賣，舉國與人，故當慟哭於九廟之外，謝其民而後行，顧乃揮淚宮娥，聽敎坊離曲哉」（東坡志林）？梁紹壬在「兩般秋雨盦隨筆」又批評蘇東坡說：「東坡不知，以爲君之道責後主，則當責之於垂淚之日，不當責之於亡國之時。若以塡詞之法繩後主，則此淚對宮娥揮爲有情，對宗廟社稷揮爲乏味矣。此與宋蓉塘譏白香山詞，謂憶妓女多於憶民，同一腐論」。詞是離不開性愛的，不過後來的詞人，尤自蘇東坡與辛棄疾以後，將仕者的意識參加到詞裏，詞就變了質；但仍離不開娛樂的性質。

瞭解了詞的起源爲帝王與文人的逸樂，詞的音樂爲胡樂，詞的描寫爲性愛，那末，再來談詞與我們所稱的傳奇文學的關係，因爲它們是傳奇作家（參看第十五章傳奇時期）所寫的。

傳奇文人的生活，一方面是：「束身修行，日愼一日，擇地而行，唯恐遺失」。另一方面則是：「性頗奢蕩，甚好佚樂，後庭聲色，皆第一綺麗（枕中記）。自唐中葉以後，一般文人漸趨浮華，狎妓之風最盛，如溫庭筠、柳永等終日在妓館中過活，更助長了詞的發展。然這逸樂的生活並不是「隱」，如果稱「仕」爲第一重人格，「隱」爲第二重人格，那末，逸樂應該是第三重人格。曲子詞，就由這第三重人格所產生的。因爲詞是用來娛樂的，且離不開聲色，所以曲要輕鬆，詞要香豔。傳奇詩人暫停其第一重人格的言志，而用其第三重人格，或用其餘力來塡詞以取樂，故稱「詩餘」。「詩餘」二字在這種解釋下，才最爲恰當。同時，也可知詞與傳奇文學的血統關係。

但詞雖出於傳奇詩人，並不就是傳奇文學。因爲詩人的第一、二、三叁重人格的不同，於是作品也就不同。將曲子詞與他種文學作一比較，就可了解它的特徵。不過這裏所講的，祇係曲子詞的原始精神，至如詞與別種文學精神混合後的情形另當別論。

第一、曲子詞的作者沒有「仕」的意識，因爲「仕」者要「揚名聲於後世，齊功德於往古」；而塡詞的人在娛樂，如果一有「仕」的意識，就變了質。然也沒有「隱」的意識，因爲隱者「要超世而絕群，遺俗而獨往」。詞正是世俗的與大衆的，但也不是平話文學所表現的平民意識（參看第十六章平話時期）。第二、曲子詞的作者沒有忠君愛國憂世憂民的觀念，如果詞裏一參加這種觀念，詞就變了格；且也失掉娛樂的意味。第三、曲子詞裏雖是有我之境，然這我已不是作者的我，而是作者移情到女性身上的我。第四、曲子詞的情感雖是豐富的，然係男女之情，與仕者或隱者之情不同。第五、曲子詞作者的生活是輕鬆的，與嚴肅的生活正相反。第六、在這種輕鬆快活，不顧功名事業，道德行爲的心情下所產生的作品，自然不會有「以義補國」的用意。第七、聲色是追求現實的享樂，自然與幻想的作品相左。第八、曲子詞的境界愈顯明愈好，雖須藻飾，忌諱用典，用典是塡詞的末路。第九、曲子詞是祇寫男女的離合悲歡，愁苦哀樂，所以與仕人生活又不同。第十、曲子詞雖要能唱，然曲調極多，作者有充分選擇的自由，不像傳奇作品那樣受格律的限制；受格律限制的，是詞與音樂脫離後，塡詞者祇照詞譜而塡的沒落現象。

從以上的比較，曲子詞雖與傳奇文學殊異，但是出於傳奇作家的第三重人格，與傳奇文學並行的。它只能附帶在傳奇文學時期來講，不能單獨成一時期。

瞭解了曲子詞的起源與特質，再來談宮體詩。曲子詞的產生由於君主與文人的逸樂，宮體詩的產生也是如此。宮體詩始於梁簡文帝，盛於陳後主，而流風於隋煬帝。推行最力的爲徐緄、徐摛及其子陵，庾肩吾及其子信。玆逑其源始及其流變如下。「南史」「徐摛傳」說：

摛好爲新變，不拘舊體。晉安王綱出戍石頭，武帝謂周捨曰：「爲我求一人，文、學俱長，兼有行者，欲令與晉安游處」。摛曰：「臣外弟徐摛，形質陋小，若不勝衣，而堪此選」。帝曰：「必有仲宣之才，亦不簡貌」。乃以摛爲侍讀。……摛文體既別，春坊盡學之，「宮體」之號，自斯而始。帝聞之怒，召摛加誚責，及見，應對明敏，辭義可觀，乃意釋。

「梁書」「簡文帝紀」說：

雅好賦詩，其自序云：「七歲有詩癖，長而不倦」。然傷於輕豔，時號「宮體」。

由此可知簡文帝是受徐摛的影響，產生了所謂「宮體」詩。「宮體詩」是以豔麗爲主的。上有好者，下必有甚焉者，因受簡文帝的影響，於是庾肩吾、徐陵、庾信、陸杲、劉遵、劉孝儀、劉孝威、王台卿、張長公、傅弘、鮑玉等推波助浪，蔚爲風氣。內中尤以庾信與徐陵更爲特出，所以當時有「徐、庾體」之稱。然宮體詩之眞正鼎盛，乃在陳後主時。

「隋書」「音樂志」(上)說：

後主嗣位，耽荒於酒。視朝之外，多在宴筵，尤重聲樂。遣宮女習北方簫鼓，謂之「代北」，酒酣則奏之。又於清樂中造「黃鸝留」及「玉樹後庭花」、「金釵兩臂垂」等曲，與幸臣等製。其歌綺豔相高，極於輕薄，男女唱和，其音甚哀。

「南史」「陳後主紀」也說：

後主愈驕，不虞外難。荒於酒色，不恤政事。左右嬖佞珥貂者五十人，婦人美貌麗服巧態以從者千餘人。常使張貴妃、孔貴人等八人夾坐，江總、孔範等十人預宴，號曰狎客。先令八婦人襞采箋，製五言詩，十客一時繼和，遲則罰酒。君臣酣飲，從夕達旦，以此爲常。

「南史」「張貴妃傳」也說：

後主自居臨春閣，張貴妃居淸綺閣，龔、孔二貴妃居望仙閣，並複道交相往來。又有王、李二美人，張、薛二淑媛，袁紹儀、何婕妤、江修容等七人並有寵，遞代以游其上。以宮人有文學者袁大捨等爲女學士。後主每引賓客對貴妃等游宴，則使諸貴妃及女學士與狎客共賦新詩，互相贈答，采其尤豔麗者以爲曲調，被以新聲。選宮女有容色者，以千百數，令習而歌之。分部迭進，持以相樂。其曲有「玉樹後庭花」「臨春樂」等。其略云：「璧月夜夜滿，瓊樹朝朝新」。大抵所歸，皆美張貴妃、孔貴嬪之容色。

「陳書」「江總傳」也說：

好學能屬文，於五言七言尤善。然傷於浮豔，故爲後主所幸。多有側篇好事者，相傳諷翫，於今不絕。後主之世，總當權宰，不持政務，但日與後主遊宴後庭。共陳暄、孔範、王瑗等十餘人，當時謂之狎客。由是國政日頹，綱紀不立，有言之者，輒以罪斥之。君臣昏亂，以至於滅。

陳後主通曉音律，且又能文，所以在他的時候，宮體詩得以昌盛；然竟因此而亡國。上邊我們講詞時，曾提到李後主，他們倆同樣的荒於聲色，得到同樣的結果。

隋煬帝晚年也是荒於聲色，所以宮體詩到那時復熾起來。「隋書」「音樂志」（上）說：

煬帝矜奢，頗翫淫曲，御史大夫裴蘊，揣知帝情，奏括周、齊、梁、陳樂工子弟及人間善聲調者，凡三百餘人，並付太樂。倡優獶雜，咸來萃止。其哀管新聲，淫弦巧奏，皆出鄴城之下，高齊之舊曲云。

不過，隋煬帝與陳後主不同的，他沒有陳後主那樣的妙解音律，然也能夠大製豔篇，極淫靡之致。

宮體詩，如同曲子詞一樣，也是產生於君主與文人的逸樂。逸樂離不開聲色，而色之表現於作品中的就是香豔的文詞。詞既香豔，一定得配以淫聲，始能調和，所以宮體詩所用的音樂也是胡樂。「隋書」音樂志（中）說：

後主唯賞胡戎樂，耽愛無已。於是繁手淫聲，爭新哀怨，故曹妙達、安未弱、安馬駒之徒，至有封王開府者。遂服簪纓，而爲伶人之事。後主亦能自度曲，親執樂器，悅翫無倦，倚弦而歌。別採新聲，爲「無愁曲」。音韻窈窕，極於哀思。使胡兒閹官之輩，齊唱和之。曲終樂闋，莫不隕涕。

將這一段話與上邊所引隋唐的音樂合拼來看，可知胡樂在宮體詩與曲子詞裏所起的作用。到了唐時，胡樂已成家諭戶曉的音樂了。這幾段引文裏所用的「新變」、「新聲」與講曲子詞時所用的是一個意義。王建說：「城頭山鷄鳴各各，洛陽家家學胡樂」。王建是唐代宗大曆年間人，那時的洛陽已經是家家學胡樂了。元稹也說：「胡音胡騎與胡妝，五十年來競紛泊」。元稹是唐憲宗元和年間人，往上溯五十年，正是唐玄宗開元天寶年間，與王建所說的時間正相吻合，可知開元、天寶年間正是胡樂大量輸入的時候，所以塡詞之風，也就從那時興盛。

總之，曲子詞與宮體詩的產生都由於君主與文人的逸樂；而逸樂離不開聲色，性愛之在文學中的目的祇爲逸樂。在君主與仕大夫的消遣稱爲逸樂，在平民階級就稱爲娛樂，平民文學裏所表現的性愛，其目的也是爲娛樂。人類的敎化愈高，性愛的本能愈隱藏；敎化愈低，性愛的表現愈赤露，此其所以表現平民生活的平話文學（依我們所用的意義）裏，性愛的成分最多而且比較赤露的緣故。歐美近代文學也是屬於平民文學，所以性愛佔重要的位置。

然這裏有個問題，必須瞭解，就是：旣然有三種不同的文學，爲什麼講中國文學史的分期時，不用三種標準，祇以「仕」與「隱」兩種呢？其原因有三：

第一、性愛的本能往往受「仕」或「隱」兩種意識的壓抑而藏匿不現。如在宗經時期，性愛的作品是絲毫沒有的，卽令有，也是「靈修美人，以媲於君，宓妃佚女，以譬賢臣」，並不是眞的在講性愛。此其所以漢儒將歌謠時期的戀愛詩統統解作「文王之化，后妃之德」的緣故。再如在傳奇時期，純粹的性愛作品也不多見。「鶯鶯傳」本是一篇愛情小說，然作者寫這篇故事的目的，是在「使知者不爲，爲之者不惑」。他是從道德的立場，並不是從愛情。「李娃傳」也是一篇戀愛故事，而作者的按語是：「汧國夫人李娃，長安倡女也。節行瓌奇，有足稱者，故監察御史白行簡爲傳述」，寫作目的在表彰節烈。「長恨歌」與「長恨歌傳」也不是寫唐明皇與楊貴妃的戀愛，而在「懲尤物，窒亂階」。可是這三篇故事到了平話時期的作者手裏，統統都變成了純粹的戀愛故事，其目的在娛樂了。

第二、卽令純以性愛爲材料的作品，也往往附予另一種意義，否則，卽無甚價值。比如「紅樓夢」，我們看是一部言情小說，然作者在開卷第一回就宣稱：「我想歷來的野史朝代，無非假借漢唐的名色；莫如我這石頭所記，不借此套，只按自己的事體情理，反倒新鮮別緻。況且那野史中，或訕謗君相，或貶人妻女，姦淫凶惡，不可勝數。更有一種風月筆墨，其淫穢汚臭，最易壞人子弟。至於才子佳人等書，則又開口文君，滿篇子建，千部一腔，千人一面，且終不能不涉淫濫。在作者不過要寫出自己的兩首情詩豔賦來，故假捏出男女二人名姓，又必旁添一小人撥亂其間，如戲中小丑一般。更可厭者：『之乎者也』，非理則文，大不近情，自相矛盾；竟不如我這半世親見親聞的幾個女子，雖不敢說强似前代書中所有之人，但觀其事跡原委，亦可消愁破悶。至於幾首歪詩，亦可以噴飯供酒。其間離合悲歡，興衰際遇，都是按跡循踪，不敢稍加穿鑿，至失其眞。祇願世人當那醉餘睡醒之時，或避世消愁之際，把此一玩，不但是洗舊翻新，卻也省了些壽命筋力，不更去謀虛逐妄了」。注意這句「不更去謀虛逐妄」！作者是拿他所親見親聞的幾個女子，來表現他的理想，也就是「好了歌」與「紅樓夢曲」裏所表現的理想。作者是爲表現他的理想，也可說是爲表現他所認識的人生哲理才來寫作，所以很沉痛地說：「滿紙荒唐言，一把辛酸淚。都云作者癡，誰解其中味」！「紅樓夢」的偉大，「紅樓夢」的價值，就在他對人生瞭解的哲理；如果祇是談情說愛，那就成了作者所罵的歷代野史與風月筆墨了。再如「金瓶梅詞話」，這部書的價值就在它人情世故的描寫；如果祇注意到性愛，那與「肉蒲團」、「燈草和尚」何異？作者爲避免說教的態度，而以最易引人入勝的性愛故事來寓深刻的用意，換言之，就是以娛樂的態度來提高人類的心靈；否則，作品也就沒有多大價值了。

第三、人生是向上的，是積極的，而文學的目的就在積極地輔助人生向上；而性愛是一種本能，是與獸性接近的。我們不否認性愛是一種人性，它有娛樂的效用，娛樂可使人類緊張的生活得到片刻的鬆弛，這種鬆弛，是於人生有益的；然它的價值總是消極的。如果性愛和娛樂一旦變爲放縱，大而可以亡家滅國，小而可以捐軀喪命。所以性愛祇能作消極的意義看而不能作積極的意義。

總上所述，可知性愛在文學中的地位。它祇可附麗於別的人生意義而存在，不能單獨的存在。如果單獨的表現，那祇是人類獸性的表現，此其所以它不能作爲文學史分期標準的緣故。

講到這裏，再對弗洛依德派的文學觀作一批判。

弗洛依德派的基本觀點，認爲性是人類的本能，這種本能被人類的敎化壓抑着，以致隱而不現。可是遇到適當的機會，這種被壓抑的本能昇華爲神經病、夢或藝術。神經病與夢，不屬我們討論的範圍，這裏祇論藝術。這種學說本來可以成立；然也是有所見，就有所偏。其錯誤有二：

第一、誇張了性的重要性。性與文藝是有密切的關係，如上所言。然教化愈高，性的壓抑愈深；教化愈低，性的表現愈赤露；換言之，人類與獸類愈接近，則性的呈露愈赤裸。娛樂的時候，性的本能最易呈露。娛樂的作品多以性爲表現材料的，其原因在此。現代作家往往寫一部有意義的作品，恐怕引不起讀者或觀衆的趣味，就插入一些戀愛故事的，原因就在此。性在文藝中的地位，祇限於娛樂。倘認性爲一切文藝的根源，那要陷入錯誤了。意大利偉大的藝術家達文西有一段童年的回憶，說是：「還在搖籃中的時候，一頭禿鷹飛到我那裏來，用它的尾張開了我的嘴，又用那尾在我的嘴唇間拍了好幾下」。據弗洛依德分析的結果，這段回憶的意義是：「由於對他的母親的色情的關係，他變成了個同性愛的人」。這不是風馬牛不相及嗎？再如達文西想造一架飛行機，昇到空中去，像鳥一樣的飛行，弗洛依德肯定的說，這飛的慾望，不外是在我們夢中想有性的行爲的欲望。再如蒙那麗莎的神秘而謎樣的微笑，他斷言當歸之於這位藝術家的母親有這樣的微笑，而事實上得不到有力的證據。弗洛依德的錯誤，就出在這種過分使用性愛抑壓的解釋。

第二、性與愛的混爲一談。性是本能；而愛是社會的，教化的，因社會與教化而變遷的。「愛」是一種「理想」，不過這種理想不是對事物與其他的人，而是對異性。有的人追求金錢，有的人追求權勢，有的人追求美色，有的人追求英雄，有的人追求才子，有的人追求豪爽，這種追求是因人而異的，當這種追求在異性身上發現後，就發生了愛。賈寶玉之愛林黛玉，因爲他們人生觀的相同。尤三姐之愛柳湘蓮，由於他風流豪爽。賈璉之愛尤二姐，因爲她的美貌。這是個人的標準。時代也有一種愛的標準。如唐代文人都喜歡娶五姓女。所謂五姓是淸河崔、范陽盧、趙郡李、滎陽鄭、天水李。唐代文人是想作官的，在他們的眼裏，姻媾也是一種騰達的手段。五姓都是顯族，如果與五姓女結合，騰達就比較容易。薛超的官已經作到中書，他還嘆息說：「不得娶五姓女」。韓愈也在嘆息說：「名聲荷朋友，援引乏姻婭」。到了元、明以後，一般人所追求的是金錢，所以富有的妓女與丐女，也成了窮文人追求的對象。卽至結婚後，讀書進取，要想作官的時候，又感到妓女與丐女於自己的前途有礙，停妻再娶的，比比皆是，於是「棒打薄情郎」，「怒沉百寶箱」一類故事與戲曲也就產生了。我國元、明以後，貴族意識漸漸消逝，代之而興的是平民意識，而平民是憑自己的本領打天下的。所以這時期表現窮文人窮武人發跡的故事很多。一切的人生，都是有機的配合，愛情也是配合人生的變遷而變遷的。因爲人生的不同，產生了我們所稱的傳奇文學與平話文學；也因爲人生的不同，產生了兩種不同的戀愛觀。愛的出發點爲理想，因爲人們的理想不同，追求的對象也就不同了。

不過，愛之表現於外的，好似複雜而神秘，如豆蔻女郎偏嫁白髮郎君，風流王子喜愛小家碧玉，千金小姐垂靑落魄書生，紅顏美女愛上醜陋少年，這些現象好像是無法解釋，實際上並不是無法解釋。愛並不關於老少醜俊，貧富貴賤，而祗繫於理想，理想找到了，老的可變爲少，醜的可變爲俊，賤的可變爲貴，窮的可變爲富，卽俗語所謂「情人眼裏出西施」。情是由敎化與社會而決定的。愛情之在人生中有價值，也就因它的社會性與教化性；如果祇指男女的性慾，就與禽獸接近了。弗洛依德派整個忽略了這一點，所以這種學說也就發生了動搖。

從曲子詞、宮體詩、近代文學與弗洛依德學說的檢討，可得一個結論，就是：性愛之與文學，祇佔娛樂的性質，並不如「仕」與「隱」兩種意識之在文學中那麼重要。性愛是在「仕」與「隱」兩種意識鬆弛或減輕的空間中才能呈露；然卽令呈露，也得與「仕」或「隱」所組成的教化，社會，發生着密切的配合而才能有人生的意義；否則，祇是本能，沒有文化上的價值。近代作品，幾乎部部都描寫性愛，好像性愛是文學的主要淵源。弗洛依德派就是根據近代文學或藝術而建立的理論。其實，他不瞭解近代是平民社會，故性愛的呈露比較顯明；卽令如此，現代作品除純粹的娛樂性質外，其他作品仍都附以深厚的人生意義。言情作品，也就在有否人生意義的賦予而決定其價值了。

最後還得補充一點，就是文學的創作動機不外三種：一是言志，二是詠懷，三是娛樂。所謂言志，就是言作者的懷抱。「論語」裏有一段記載說：「顏淵、季路侍，子曰：『盍各言爾志』？子路曰：『願車、馬、衣、裘與朋友共，敝之而無憾』。顏淵曰：『願無伐善，無施勞』。子路曰：『願聞子之志』！子曰：『老者安之，朋友信之，少者懷之』」。可見「志」字的意義就是懷抱。還有，「論語」裏子路、曾晳、冉有、公西華侍坐，孔子讓他們所言的「志」，也是各人的懷抱。所以言志作品，也就是我們所稱的宗經文學或傳奇文學。以西洋的文學論，就是希朧、羅馬的古典文學或歐洲十七八世紀所流行的古典主義文學。所謂詠懷，就是完全個人主義的，表現作者一己之所遇所感，也就是我們所稱的詠懷文學或平話文學。以西洋文學論，就是浪漫主義或寫實主義一類的作品。所謂娛樂，就是純以消遣爲目的，如這一章裏所檢討的曲子詞與宮體詩。不過娛樂的作品，不僅限於性愛，如我國文人的聯句、酒令、廻文詩、打油詩、談故事，都屬這一類。以西洋作品論，就是唯美主義、表現主義或象徵主義（指狹義的象徵主義）一類的作品。惟娛樂作品又可分爲兩類：一是爲社會娛樂，一是爲作者們自我消遣。因爲三種人生觀的不同，產生了三種文學。這三種人生觀，可能每一位作家都有，也可能早年是一種，中年是一種，晚年另是一種。如遇此種情形，將如何決定他的作品價值呢？其標準有三：第一、看作者終身的最高理想是什麼？第二、祇看理想還不够，仍要看他終身力行的是那一種理想，卽令有時因理想的達不到而發發牢騷，那不關重要，因爲他的中心行爲並沒有變。第三、看他那一種的生活意識最眞摯，最能代表他的人格，那末，也就決定他的作品的價值了。

第十章 克羅齊文學論的批判

以上各章，都是根據意識來解決文學上的各種問題，換言之，就是想證實「意識決定一切」的一個假設。玆爲加强這種認識，再將我國現代流行的一派文學理論——就是克羅齊（B. Croce）代表的唯心論作一檢討，一方面可以看出他的錯誤，另方面藉以申述我們尙未研究的問題。

在十九世紀的德國，產生了一派唯心論的美學，開山始祖是康德（Emmanuel Kant），其後如席勒（J. Friedrich Schiller）、黑格爾（G.W.F. Hegel.）、叔本華（Arthur Schopenhauer）、尼采（Friedrich Nietzche），都承繼着康德的學說而加以發揚。這些人的意見固然彼此紛歧，然現出一個共同的基本傾向，就是唯心主義或形式主義。克羅齊是這一派的後起之秀，也是這一派的集大成者，所以批判了他，也就可瞭解這一派的梗概。他所討論的是整個美學問題，不專屬於文學，然他的一切結論，都可應用到文學上。美學與文學論實際是分不開的，這裏也就乾脆標爲克羅齊的文學論了。

第五章裏，討論美與醜的問題時，我們曾說：「克羅齊的美學是架空的，缺乏一層最根本的基礎」。這裏我們再討論他爲什麼缺乏這種最根本基礎的原因。他的美學的出發點，完全是機械的，他在「美學原理」開頭就說：

知識有兩種形式：不是直覺底，就是邏輯底；不是從想象得來的，就是從理智得來的；不是關於個人底，就是關於共同底；不是關於諸個別事物底，就是關於它們中間關係的；總之，知識所產生的不是意象，就是概念。（第一頁）

這一段話裏，値得我們注意的有三點：第一、他的學說不是從實際的人生出發。人生是有機的，逐漸演變的，愈演愈複雜的，總之，它是動態的；可是克羅齊把它當成無機的、平面的、靜態的知識來看，結果，他把知識同人生分開，他所研究的是脫離了人生的知識，所以產生這種機械觀。第二、我們並不反對分析的方法，這種方法，可以使紊亂的現象有明晰的認識；然這種方法如果與動態的人生脫節，就要自相矛盾。因爲分析方法的本身是靜態的，而人生是動態的，祇從靜態的方法來分析，勢必將動態看成靜態，那末，祇能看到事物的靜而不能看到它的動，所以祇能知道它的一面。人生本在矛盾中求發展，祇從橫截面來看，其中充滿了矛盾，從這一面看，現象如此，從另一面看，現象又如彼，使立論的人不得不自相矛盾。第三、人生本來是整體的，牽一髮而動全身的，如把它當成死的知識來看，儘管分析得再精細，而事實上架了空。上引克羅齊的一段話，表面上看來很清楚，應用起來時，則處處產生問題，處處產生武斷，知道了他的基本治學態度以及他所以致誤之源，就知道他所以自相矛盾的緣故了。這裏無意批判他整套的美學體系，祇想挑出幾個最重要的問題作一檢討，藉此知道，我們之所以與他不同，以作解釋我們的理論之一助。

(一) 關於「表現」與「傳達」的問題，他說：

> 審美的事實在諸印象的表現底工夫之中就已完成。我們在心中作成文字，明確的構思一個圖形或雕像，或者找到 個樂調，這時候表現就已產生而且完成了，此外並不需要什麼。如果在此之後，我們要開口——起意要開口說話，或提起喉嚨歌唱，就是用口頭上底文字和聽得到底音調，把我們已經向我們自己說過或唱過底東西，發表出來；如果我們伸手——起意志要伸手去彈琴上底鍵子或運用筆和刀，用可留下或久或暫底痕跡那種材料，把我們已經具體而微地迅速地發出來底一些動作，再大規模地發作一次，這都是後來的附加，另一種事實，比起前面的活動來，遵照另一套不同的規律。這另一種事實與我們暫時無關，雖然我們將來要承認這第二階段所造作底是事實，它是一種實用底事實，意志的事實。內在底藝術作品與外現底藝術作品通常被人分開。這名稱在我們看是不恰當底，因為藝術作品（審美的作品）都是「內在底」，所謂「外現底」已不復是藝術作品。（美學原理第五二——五三頁）

這一段話在克羅齊的美學中極關重要，然也是最有問題的一段。為明瞭這段文字，我們再將朱光潛的注釋引來，就更加容易明白：

這段在克羅齊的美學中很重要，他把「表現」和「傳達」分開，前者是藝術的活動，後者是實用的活動。「傳達」他叫着「外現」，卽一般人所謂「表現」；他所謂表現完全在心裏完成，卽一般人所謂「腹稿」。胸已成竹，竹已表現；把這已表現好的竹寫在紙上，這是「傳達」或「外現」，是實用底不是藝術底活動，它有「給別人看」或「備自己後來看」那一實用底目的。（同上第一七九頁）

謹分層將這段似是而非的話作一分析。

第一、他將「表現」與「傳達」分開，這是錯誤的。依照文藝創作的心理活動，「表現」與「傳達」是無法分開的。作品在未傳達之前，當然是胸有成竹；然這成竹是隱晦的，不清楚的，及至用工具傳達後纔能變成明顯的，清楚的。比如一位小說家，對他的人物儘管十分熟悉，他們的言談，他們的舉動，他們的面貌，他們的服飾，他們的環境，無一不歷歷在目，但在未傳達之前，總是飄忽不定，不可捉摸，一至傳達出來，則形相始定。甚而在傳達後，與原來形像大相徑庭的。所以作品在未傳達以前，祇能稱之爲靈感和腹稿，而不是藝術品。克羅齊所說：「藝術作品（審美的作品）都是『內在底』，所謂『外現的』已不復是藝術作品」，正是適得其反。作家與讀者就由這藝術品來溝通，作品根本沒有傳達出來，怎麼使雙方溝通呢？

第二、思維與表現工具（包括語言、文字、色彩、樂調等）是一致的，作家是用表現工具來思維的。沒有表現的工具，絕對不會思維。比如我們講一句話，是先有能以表現這句話的語言，同時，也就是思維這句話，如果沒有這句話的語言，絕對不可能講出這句話來，也不可能思維這句話。一位作家，一位美術家或一位音樂家，是先有了表現的文字、圖形、或樂調纔能構思，纔能表現（依克羅齊的用法），不然，他們就無法構思，無法表現，換言之，「諸印象的表現底工夫」就無法完成。就拿克羅齊的話來說，他講：「我們在心中作成文字，明確的構思一個圖形或雕像，或者找到一個樂調，這時候表現就已產生而且完成了，此外並不需要什麼」？試問：如果一個人對文學、圖畫、雕塑、音樂的表現工具毫無所知，怎樣「在心中作成文字」？怎樣「明確的構思一個圖形或雕像」？怎樣「找到一個樂調」呢？他得對表現的工具熟練後，才能構思。愈熟練，則表現力愈强。內在的藝術作品與外現的藝術作品必需是一致的。他說外現的已不復是藝術作品，這句話是講不通的。詞彙愈豐富，則表現力愈强。克羅齊說「外現的」傳達爲「後來的附加」，實是似是而非的。

第三、因爲克羅齊沒有注意到思維與表現工具的一致性，他又產生第二種似是而非的話。他說「傳達」和「外現」是實用底，不是藝術底活動，它有「給別人看」或「備自己後來看」那一種實用底目的。不錯，藝術作品是有「給別人看」或「備自己後來看」的實用目的；然這實用目的正是完成藝術活動的必要步驟。如果沒有這種實用目的，如果「不伸手去彈琴上底鍵子或運用筆和刀，用可留下或久或暫底痕跡那種材料」，靈感是一現卽逝的，不祇無法「給別人看」，卽「備自己後來看」也辦不到。這種實用底目的與藝術底活動必需是一致的。作者用適當的工具把它的意識表現出來，讀者透過這些工具而欣賞到作者的意識，於是作者與讀者之間起了共鳴，欣賞的活動纔算完成；否則，作者儘管有了藝術的活動，他不表現；或無適當的工具把它表現出來，讀者就無法與作者的藝術活動起共鳴，那末，藝術活動祇算完成了一半。克羅齊說：「這另一種事實與我們暫時無關，雖然我們將來要承認這第二階段所造作底是事實，它是一種實用底事實，意志的事實」。因爲他把藝術活動分爲第一階段——表現，第二階段——傳達；所以不得不將第二階段認爲是「實用的」、「意志的」。同時，他也不能不得出「藝術作品都是內在底」，「外現底已不復是藝術作品」的似是而非的結論。我們欽佩克羅齊析理的細緻，但他太機械了，換言之，太遠離了人生而談藝術，所以把有機的藝術也看成了無機的東西。這樣就像研究人的生命而將人體解剖開來；對人體的各部分有了深刻的認識後，反忽略了人的生命。

(二) 關於道德、宗教、思想、教育與藝術的關係，他的意見是：

我們覺得「選擇」、「興趣」、「道德」、「教育目的」、「得大衆歡迎」之類概念也有幾分道理，雖然拿它們勉强加諸就其爲藝術而言的藝術，它們就沒有道理，我們自己已把它們從純粹底美學中排去了。錯誤常常有幾分眞理。人們發生那些錯誤的美學底議論，原着眼於實用底事實，這些是外加到審美的事實上面去，實屬於經濟底和道德底生活範圍。（第一二〇頁）

克羅齊的美學由機械觀出發，到這裏遇到一個極大的困難，也就是說：他的學說的弱點整個暴露了。他既承認藝術祇是表現，祇是直覺；事實上，藝術與道德、敎育等發生着密切的關係；不但發生着密切的關係，而且道德、宗敎、思想、敎育等爲藝術創造的原動力，所以他不能不承認「選擇須受經濟情況與道德意向的原則節制」，然又認爲道德等是「外加到審美底事實上面去」。這話是不是自相矛盾呢？若從意識來看，這些問題也就迎刃而解了。我們說：意識是作者的理想透過實踐後所激出的情感，那末，作者一定先得有理想，然後才能產生意識；而理想的根源，有的是宗敎，有的是道德，有的是敎育，換言之，就是宗敎、道德或敎育給作家一種人生的理想，他想達到這種理想而實際社會予以阻力，阻力愈大，如果作者的意志愈堅定，則激出的意識必愈深厚。反而言之，凡是沒有理想的作家，也就不會感出社會的阻力，於是也就不會有意識。然這種宗敎、道德、敎育，是隨時代與地域而不同的，所以作家的理想也有時代與地域的不同。因爲理想的不同，我們就不能拿一個作家，一個時代或一個地域的宗敎、道德、敎育來批評別一個作家，另一個時代，或別一個地域的作品。所謂科學的美學，就是在欣賞作品之前，先要追究出作家個人的理想，看他這理想受到了什麼樣的社會阻力，才可知他所產生的是什麼樣的意識，那末，才可眞正站在同情的立場來欣賞他的作品。克羅齊不將藝術基層放在意識上，憑空立言，所以他一方面承認「選擇」、「興趣」、「道德」、「敎育目的」、「得大衆歡迎」之類的概念也有幾分道理；另一方面又不得不說「選擇」、「興趣」、「道德」等是勉强加諸就其爲藝術而言底藝術，它們就沒有道理。在第一章裏，我們曾拿一張桌子的看法來說明人們對眞理的認識，因爲看的人的角度不同，所認識的也就不同。有的從甲角，有的從乙角，有的從丙角，如果某一個人固定他看甲角，一生不准移動，他始終就認甲角爲桌子；除此之外，概不承認。看乙、丙兩角的人，如果也不准他們移動位置，而終身看乙、丙兩角，他們所得的結果，一定也同甲所得的一樣是偏見。越是有偏見的人，越是固執。如果甲、乙、丙、三人偶然換一換位置，那末，他以前沒有看到的，或固執己見而認爲是錯誤的，原來也是桌子，這時對自己的成見就發生疑問，然又不肯拋棄自己的成見，「錯誤常帶幾分眞理」的話，就由這種心理產生的。實際上並不是錯誤，而是你看的角度不同，反以偏見來看其他的角度的結果。克羅齊之能發現眞理，反又抹殺其他眞理的原因就在此。

我們講道德有時代性與地域性，那末，以道德爲基礎的美感，自然也有時代性與地域性。錯誤的是一般人不瞭解這種道理，將某一時代或某一地域的道德來批判另一時代或另一地域的作品，當然要給人一種反感，認爲是僞君子，傻瓜，或浪費時間者。但用作者所用的道德觀點來欣賞他的作品，問題就兩樣了。如托爾斯泰用道德的觀點來創造他的「復活」，如果你不從他的觀點來讀這部作品，你就不會深切地欣賞到他的意味。但是他在「藝術論」裏又用他的道德觀點來批評古今一切的作品，就又顯出他是浪費時間，他是傻瓜。不瞭解歷史演變的人，見到這種紊亂的現象，而想懸空定出一個標準來解決問題，就產生像克羅齊這樣的結果。

㈢關於古典與浪漫，寫實與象徵四種主義，他的意見是：

比如有兩幅畫，一幅沒有靈感，作者呆笨地抄襲實物，一幅有靈感，但不很像實物；有些人會說前一幅是「寫實底」，後一幅是「象徵底」。另外有些人卻不然，看到一幅畫表現日常生活情景，很生動有情致，便說它是「寫實底」；另一幅畫祇是一種枯燥的寓意畫，便說它是「象徵底」。顯然在前一例中，「象徵底」意指「藝術底」，「寫實底」意指「不藝術底」；後一例卻恰與此相反。難怪有些人熱烈地主張眞底藝術的形式必是象徵底，寫實底不是藝術；另一派人卻作完全相反底主張。我們只好承認雙方都對，因爲每方用同樣底字，卻用不同底意義。關於古典主義與浪漫主義底大爭辯也往往起於這種字義的曖昧。有時「古典底」意指在藝術上是完善底，「浪漫底」則缺乏平衡或不完善；有時「古典底」意指枯冷底，做作底；「浪漫底」則爲純粹底，溫暖底，有力底，眞正富於表現性底。因此，站在「古典底」一邊反對「浪漫底」，或站在「浪漫底」一邊反對「古典底」，都很可能同樣合理。（第七三——七四頁）

克羅齊完全把美術放在平面上、橫截面上來看；如果從藝術史的演變來看，換言之，從「古典」、「浪漫」、「寫實」、「象徵」各派發生先後的次第來看，就知道這些都有它固定的意義；而且都完成了時代的使命。後來人不能從史觀來看，認爲這些名辭是隨意創造的，隨意使用的，於是也就濫用名詞起來，造成混亂的現象，以致克羅齊祇有承認都對或同樣合理。如照社會意識的演變將藝術史分爲幾個時期，每個時期都歸還他原來面目，其次再認清當時所處的環境，那末，這些名詞都有其固定意義，也不會濫用名詞，混亂現象，就可澄清。

（四）關於風格的問題，他說：

風格一詞也有同樣的曖昧。有時據說每一個作者必須有風格，這裏風格卽意指表現的形式。有時又據說一部法典或一部數學著作的形式沒有風格，這又是犯了承認表現有各種形態的錯誤，以為表現有雕飾底，有赤裸底；其實風格既是形式，法典與數學著作，嚴格地說，也必各有風格。有時，我們聽到批評家責備人「有過份的風格」或「照一種風格寫作」。這種風格顯然不指形式，或某種形態底形式，而是不正當底冒充底表現，一種不藝術底形式。

（第七四頁）

對於風格的認識，克羅齊犯了同樣的錯誤，因為他沒有分析風格的形成原因。風格的形成，與意識的形成完全一樣，也是由於天資、血統、敎育、友朋、環境、思想、宗敎等因素所組成。天資聰穎與資質愚魯的人，風格不會一樣。出生的血統不同，風格也就不同。受過敎育與沒有受過敎育，卽令受過敎育，又因所受敎育的程度或敎育的方式不同，風格也隨之不同。不知其人觀其友，因為往來的友朋不同，風格也隨之而異。環境，更是影響一個人的風格，貴族與平民，鄉村與城市，農夫與工人，工業與商業，豪富與貧苦等等不同的環境，產生不同的風格。儒家思想與法家思想，釋家思想與道家思想不同，一樣產生不同的風格。天主敎人有天主敎的風格，基督敎人又有基督敎人的風格。總之，風格是由天資、血統、敎育、友朋、環境、思想、宗敎等等這些因素交綜錯雜所組成，而表現於外的一個人的風度。文如其人，當他寫作的時候，這種風度自然就流露到作品上，作品也就顯出一個人的風格。在人謂之風度，在作品謂之風格。法國十七世紀作家畢風（Buffon）說：「風格卽作者本人」（Le style est L'homme même），就是這個意思。如此講來，風格一詞怎能說是曖昧呢？至如說一部法典或一部數學著作，也應有不同的風格，因爲著述人的不同，當然有不同的風格。不過這裏應注意的：文學上的風格與法典或數學著述的風格，不能相提並論。因爲法典與數學著述是客觀事物的陳述，並不是意識的表現。所謂風格，實際就是一位作家作品表現方式的總和。這種方式與作家的意識是一致的，從內容與形式一章的討論裏，可得明證。如果認清了每個作家的風格，再將各個作家的風格作一比較，就知道有許多作家是大同小異，又有許多作家的是小同大異，這些同與不同有時代的先後，就認識了時代的風格。再如說「過分的風格」，那是指沒有生活意識的作者而强要從事寫作，祇有在形式上注意，所以顯出「過份」的現象。「照一種風格寫作」，也是由於沒有生活意識，祇有模擬他人，所以顯出「照一種風格」；有生活意識的作家就不會有這種現象。

又說：

風格卽人格說只有兩個可能：一是完全空洞底，如果它意指風格卽具風格方面底人格，卽祇指表現底活動那方面底人格；一是錯誤底，如果要想從某人所見到而表現出來底作品推出他做了什麼，起了什麼意志，這是肯定知識與意志之中有邏輯的關係。在藝術家們的傳記中許多傳記都起於風格卽人格一個錯誤底等式。一個人在作品中表現了高尙底感覺，在實際中卻不是一個高尙底人；或是一個戲劇家在劇本中寫底全是殺人行兇，自己在實際生活中卻沒有作一點殺人行兇底事；這好像都不可能。藝術家們徒然抗議道：「我的書雖淫，我的生活卻正經」。他們反而受欺騙和虛僞的罪名。（第五五頁）

我們講：意識是由作者的理想透過實踐後所激出來的，而作品是意識的表現，所以作品一定要與作者一致。克羅齊誤認風格與人格的不一致，由於將表現意識的材料認爲是作者寫作目的的緣故。作者用以表現意識的，可以用親自經歷的生活，也可以用歷史的事跡；可以用現實發生的事件，也可以用神怪妖魔的故事。比如「三國演義」，儘管是歷史故事，然所表現的則是平民意識；「水滸傳」寫的儘管是強盜事跡，而其意識則是「逼上梁山」；「西遊記」儘管是妖魔故事，然所表現的是不得志的意識。所以認識一部作品，一定先要發現作者所要表現的是什麼意識。發現了作者的意識，就可知道他的表現方式是與他的人格是一致的；卽令雙重人格的作家如陸機、潘岳、謝靈運，他們的風格也與他們的人格是一致的。克羅齊所說的：「一個人在作品中表現了高尙底感覺，在實際中卻不是一個高尙的人；或是一個戲劇家在劇本中寫的全是殺人行兇，自己在實際生活中卻沒有作一點殺人行兇的事」，就由誤將表現的材料認爲表現的目的的緣故。（此中理由，已詳第六章，請參看）。

（五）關於宗教，他的看法是：

宗教的活動好像是要另眼相看。但是宗教祇是知識，和知識的其他形式以及分門形式並無差別；因爲它總不外是三件事：（1）實用的希望和理想的表現（宗教底理想）；（2）歷史的敍述（傳記）；或（3）概念底科學（教條）。因此，說宗教因人類知識的進步而消滅，或說宗教是永遠存在底，都一樣有理。野蠻人的宗教就是他們的全部祖傳的知識產業，我們底祖傳底知識產業就是我們的宗教。內容是變過了，改善了，精微化了，在將來還要繼續的變，改善，更精微化；但是它的形式總是一樣。我們不懂得有一班人要宗教有什麼用處，他們想把宗教保存住，與人類知解的活動、藝術、批評和哲學同等並立。要把宗教那種不完善底低劣底知識，與已經超過它駁倒它底那種知識同等並立。這實在是不可能的。天主教始終是一致的，科學、歷史或倫理學，如果和它的觀點和教義相衝突，它都不容忍。理性主義者沒有那樣一貫，還願在他們的靈魂中留一點地位給那和他們的全部知解不相容底宗教。（第六六頁）

克羅齊的機械論不僅應用於藝術，一樣應用到宗教。他用科學的、機械的分析方法來分析有生命的東西，將有生命的東西分析爲無生命。宗教起源於人類感到自己力量的薄弱，不得不求超人的力量來輔佐自己的意識。宗教不是知識，而是信仰。信仰是「未來事物的實底」，「信就可得救」，在形式上，你儘可把它分成：（1）實用的希望和理想的表現（宗教底理想）；（2）歷史的敍述（傳記）；或（3）概念的科學（教條）；然它主要的條件在信仰，除了信仰並無其他成分。它不關知識的進步與否，知識進步或許可以減低宗教的信仰；然人類力量薄弱的自卑感一天不消滅，宗教的力量就一天不會消滅。我們常常看見偉大的科學家，研究了六天的科學知識，星期天到教堂去祈禱。這一現象好像是矛盾，實際並不矛盾。因爲科學家所作的固然是對自然的認識，是與宗教正相反的工作；然另一方面對自然愈研究，愈感到自我力量的薄弱，需要一種超人的力量來慰藉，於是科學與宗教同時並存於科學家的心靈裏。克羅齊把維持宗教生命的眞正因素忽略了，祇從形式上來分析，結果並沒有瞭解宗教；等於他忽略了維持藝術生命的眞正因素，祇從形式來分析，結果把有生命的藝術分析成沒有生命一樣。不過宗教對於人類的安慰與藝術對於人類的安慰稍有不同。在安慰人類的心靈上，宗教與藝術不同的是：宗教給予人的安慰，從信的那一刻起，心靈就得到安慰，時時信仰，時時得安慰，終身信仰，終身得安慰。而藝術給與人類的安慰，祇在欣賞藝術品時的一刹那。再欣賞再得安慰，停止欣賞即停止安慰。一個是繼續的；一個是暫時的，所以藝術並不能代替宗教。

(六) 關於藝術尋求目的的問題，他說：

就藝術之爲藝術而言，尋求藝術的目的是可笑底。再者，定一個目的就是選擇，藝術的內容須經選擇說所犯錯誤正同。……表現是自然流露。……在事實上，眞正底藝術家發見自己在孕育作品主旨，怎樣經過他並不知道。他覺得生產的時刻快到了，但是不能起意志要這樣或不要那樣。如果他故意要違反靈感去作，要加一個勉強的選擇，如果他生來是阿納克勒昂，

卻要歌唱亞屈魯士和阿爾豈第司的故事，他的豎琴就會提醒他的錯誤。（第五三頁）

意識既起源於作者理想的實踐，那末，他表現意識時自然有一個中心的目的，這個目的就是作品的主旨。作家不知道他的作品主旨是怎樣產生的，很可能；但寫作時不起意志作用，那就失掉了寫作的意義。倘若一位作家失掉寫作的意義，就根本不會產生作品。卽令產生，也是無病呻吟，毫無價值。如此講來，尋求藝術的目的，並不見得可笑；適切相反，一位讀者如果不瞭解作品的寫作目的，則根本無法與作者起共鳴，也就無法欣賞或瞭解藝術。當作者的理想一次一次地受到阻礙而產生了强烈的意識後，不能不表現以作自我的安慰時，卽所謂「表現是自然流露」。也祇有在這種情形之下的自然流露，才是有價值的作品。不過有一種人，他對人生根本沒有理想，也無所謂去實踐理想，當然不會產生生活意識；然他要寫作。在這種沒有生活意識作背景而要從事寫作的情形之下，要去尋求寫作的目的，要去選擇寫作的目的，那是可笑的事，那就犯了莫大的錯誤。同時，一時代有一時代的共同理想，也就是一時代有一時代的時代意識，作者應當表現自己的時代意識，才能產生好的作品，否則，就如歌唱醇酒婦人的阿納克勒昂歌唱亞屈魯士和阿爾豈第司的悲劇就格格不入了。克羅齊這段話，祇有在這樣的解釋之下，才有意義；否則，那就錯誤了。

從以上的檢討，可知克羅齊的學識雖廣，思想雖深，析理雖精，可惜他將知識與人生分開，他討論藝術，不從有機的人生出發，所以產生了自相矛盾、似是而非、結論錯誤。不祇克羅齊，凡是不以人生爲出發點，都犯這些毛病，克羅齊不過是一例而已。他們的學說往往非常深奧，使人如讀天書；然除對他們的深思熟慮特致敬佩外，要用他們的學說來解決問題，就不得不再爲考慮了。

第十一章　中國文學史分期的嘗試

文學史對於文學的認識，極關重要，可惜現在流行的文學史，好像沒有盡到它應盡的責任。所以不能盡到它應盡的責任，由於文學史的方法問題。文學史的名義儘管是「史」，實際不過是把一個民族的文學作品，平面地擺在那裏，用朝代或世紀的名稱，將它們排列一下而已。這樣的文學史，發現不出史的發展原則，更解釋不出史之所以發展的原因。有些人想從社會、經濟、政治、思想或文體的因素來闡明文學史演變的原因，但這些因素又好像是勉强加上的，它的本身往往並不如此。治社會學的，從社會的觀點來治文學，治經濟學的，又從經濟的觀點來治文學，其他如政治、思想與文體，都是從一位學者自我之所長去治理文學，對於文學固然有了新的發現，新的認識；然祇從一面，是無法認識文學的全面目。研究文學的方法儘管很多，總令人感到它們是走外圈，並不是從文學的本身出發。換句話說，不是先認識了文學的本質，然後再用社會、經濟、政治、思想、文體來解釋所以產生這樣作品的原因。所以產生這樣結果，就因不從意識來看作品，不從意識演變來看文學的演變。就拿文學史的分期來說，一直在用朝代或世紀作爲分期的標準，這是偸懶的辦法，因爲朝代變，文學不一定變，得等到一個朝代的教育、政治、經濟等等設施影響了作家，作品才會變。所以文學史的分期應以作家的變與不變爲標準，不應以朝代。至於世紀，更是空洞的，不足爲憑。一部理想的文學史分期，應該是依作家的意識，將一個民族的每個作家作一比較，分出他們的異同，自然就發現了文學史的分期。這樣的分期，才是內在的，而不是外加的。茲以我們所稱的詠懷與傳奇兩個時期爲例，一解文學史分期的方法。且從曹植與阮籍比較起。

曹植的「薤露行」說：

天地無窮極，陰陽轉相因。人居一世間，忽若風吹塵。願得展功勳，輸力於明君。懷此王佐才，慷慨獨不羣。鱗介尊神龍，走獸宗麒麟。蟲獸猶知德，何況於士人？孔氏刪詩書，王業粲已分。騁我徑寸翰，流藻重華芬。

阮籍的一首「詠懷詩」說：

朝陽不再盛，白日忽西幽。去此若俯仰，如何似九秋？人生若塵露，天道邈悠悠。齊景升丘山，涕泗紛交流。孔聖臨長川，惜逝忽若浮。去者余不及，來者吾不留。願登太華山，上與松子遊。漁父知世患，乘流泛輕舟。

他兩個同樣感到「人生若塵露」，然感觸的結果，則完全殊異。一個是「願得展功勳，輸力於明君」；一個是「願登太華山，上與松子遊」。一個是「懷此王佐才，慷慨獨不羣」；一個是「漁父知世患，乘流泛輕舟」。他兩個同樣引孔子，一個注意的是「孔氏刪詩書，王業粲已分」；一個注意的是「孔聖臨長川，惜逝忽若浮」。意識是怎樣的不同。

還有曹植的「雜詩六首」之五說：

僕夫早嚴駕，吾將遠行遊。遠行欲何之？吳國爲我仇。將騁萬里塗，東路安足由？江介多悲風，淮、泗馳急流。願欲一輕濟，惜哉無方舟！閒居非吾志，甘心赴國憂！

阮籍另一首「詠懷詩」說：

驅車出門去，意欲遠征行。征行安所如？背棄夸與名。夸名不在已，但願適中情。單帷蔽皎日，高樹隔微聲。讒邪使交疏，浮雲令晝冥。嬿婉同衣裳，一顧傾人城。從容在一時，繁華不再榮。晨朝奄復暮，不見所歡形。黃鳥東南飛，寄言謝友生。

他們二人都要遠行遊，可是目的完全不同：一個是「吳國爲我仇」；一個是「背棄夸與名」。一個要「願欲一輕濟」；一個要「但願適中情」。一個是「閒居非吾志，甘心赴國憂」；一個是「黃鳥東南飛，寄言謝友生」，而不願應朋友之邀去作官。

曹植的「白馬篇」說：

白馬飾金羈，連翩西北馳。借問誰家子？幽、幷游俠兒。少小去鄉邑，揚聲沙漠垂。宿昔秉良弓，楛矢何參差。控弦破左的，右發摧月支。仰手接飛猱，俯身散馬蹄。狡捷過猴猿，勇剽若豹螭。邊城多警急，胡虜數遷移。羽檄從北來，厲馬登高堤。長驅蹈匈奴，左顧陵鮮卑。棄身鋒刃端，性命安可懷？父母且不顧，何言子與妻？名編壯士籍，不得中顧私。

捐軀赴國難，視死忽如歸！

阮籍也有一首以少年從軍爲題材的「詠懷詩」，而意識又是如何的不同。他說：

少年學擊刺，妙技過曲城。英風截雲霓，超世發奇聲。揮劍臨沙漠，飲馬九野坰。旗幟何翩翩，但聞金鼓鳴。軍旅令人悲，烈烈有哀情。念我平常時，悔恨從此生！（詠懷）

同是英氣勃勃的少年，學成武藝後，馳驅沙漠，可是一個呢，要爲國建功；一個呢，見了軍旅中的哀情，悔恨自己從事這種生活。意識是怎樣的殊異！還有阮籍的另一首「詠懷詩」：

嘉樹下成蹊，東園桃與李。秋風吹飛藿，零落從此始。繁華有憔悴，堂上生荊杞。驅馬舍之去，去上西山趾。一身不自保，何況戀妻子？凝霜被野草，歲暮亦云已！

曹植的意思是：要爲國效忠，自己的性命已置之度外，那還有閒情顧到妻子。可是阮籍認爲生命與榮華都是一轉眼的事，自身還不能保全，怎能保全妻子？意識又是怎樣的殊異！

還有曹植的「鰕䱇篇」說：

鰕䱇游黃潦，不知江海流。燕雀戲藩柴，安識鴻鵠遊？世士此誠明，大德固無儔。駕言登五嶽，然後小陵丘。俯視上路人，勢力是謀讎。高念翼皇家，遠懷柔九州。撫劍而雷音，猛氣縱橫浮。泛泊徒嗷嗷，誰知壯士憂！

阮籍也有一首用事相同，而意識恰恰相反的「詠懷詩」說：

灼灼西隤日，餘光照我衣。迴風吹四壁，寒鳥相因依。周周尙銜羽，蛩蛩亦念饑。如何當路子，磬折忘所歸！豈爲夸譽名，憔悴使心悲？寧與燕雀翔，不隨黃鵠飛。黃鵠遊四海，中路將安歸？

一個說：「燕雀戲藩柴，安識鴻鵠遊」；一個說：「寧與燕雀翔，不隨黃鵠飛」。一個說：「高念翼皇家，遠懷柔九州」；一個說：「豈爲夸譽名，憔悴使心悲」！一個說：「汎泊徒嗷嗷，誰知壯士憂」；一個說：「如何當路子，磬折忘所歸」？一個說：「撫劍而雷音，猛氣縱橫浮」；一個說：「黃鵠遊四海，中路將安歸」？他們二人的意識又是怎樣的差別。

我們舉了他們每人四五首詩作比較，看出他們對同一事物，而有顯著不同的看法。這種不同，絕不是偶然的，而是他們一人對人生觀的根本不同。

如以曹植與阮籍作爲分水嶺，把曹植以前的作家與曹植來比，阮籍以後的作家與阮籍來比，那末，就將發現兩派不同的作家。阮籍（二一〇——二六二）以後，如嵇康（二二三——二六二）、潘岳（二四〇——三〇〇）、陸機（二六一——三〇三）、左思（二五〇？——三〇六？）、陶淵明（三七一——四二七）、謝靈運（三八五——四三三）、鮑照（四一五？——四七〇？）、謝朓（四六四——四九九）、江淹（四四三——五〇五）、沈約（四四一——五一三）、庾信（五一三——五八一）、王績（五九〇？——六四四）、盧照鄰（六五〇——六九〇？）、陳子昂（六五六——六九八）、孟浩然（六八九——七四〇）、韋應物（七三六——七九〇?）、張九齡（六七八——七四〇）、王維（七〇一——七六一）一直到李白（七〇一——七六二），他們的意識都像阮籍一樣；雖是微有不同，然是大同小異。如果統稱他們的意識爲「隱」，那末他們都是隱的作家。儘管他們隱的成分有眞、假、淺、深之分，然都在要求隱，則是一致的。李白以後從杜甫起，意識又同曹植一樣。杜甫（七一二——七七〇）以後，如錢起（七二三——七八〇?）、李益（七八四——八二七）、韓愈（七六八——八二四）、孟郊（七五一——八一四）、張籍（七六八——八三〇?）、劉禹錫（七七二——八四二）、白居易（七七二——八四六）、柳宗元（七七三——八一九）、元稹（七七九——八三一）、盧仝（七九五?——八三五）、杜牧（八〇三——八五二）、歐陽修（一〇〇七——一〇七二）、王安石（一〇二一——一〇八六）、蘇軾（一〇三六——一一〇一）、黃庭堅（一〇四五——一一〇五）、陸游（一一二五——一二一〇）一直到文天祥（一二三六——一二八二），他們的意識都和杜甫一樣，換言之，也都同曹植一樣。曹植是「仕」的意識的作家，他們也都是「仕」的意識的作家。他們彼此當然也有不同，然是大同小異。現在再將李白與杜甫作個比較，看看他們不同之點在什麼地方。

李白與杜甫，以友誼言，是最相知的朋友；以地位言，是開、天寶年間的齊名詩人；以年齡言，相差祇十一歲；以思想言，都有隱的意念，同時，也都有仕的意念；然因人生觀的不同，產生了兩位個人意識顯然殊異的作家。李白一生最羨慕的人物，且時時想模倣的人物是魯仲連。他說：

齊有倜儻生，魯連特高妙。……吾亦澹蕩人，拂衣可同調。（古風之十）

魯連及柱史，可以躡淸芬。（古風之三六）

岧嶢廣成子，倜儻魯仲連。卓絕二公外，丹心無間然。（贈宣城宇文太守兼呈崔侍御）

君草陳琳檄，我書魯連箭。報國有壯心，龍顏不迴眷。（江夏寄漢陽輔錄事）

魯連賣談笑，豈是顧千金。……余亦南陽子，時爲梁父吟。……願以佐明主，功成還舊林。西來何所謂？孤劍託知音。（留別王司馬嵩）

談笑三軍卻，交游七貴疎。仍留一隻箭，未射魯連書。（奔亡道中五首之三）

其次，他所敬仰的人物是謝安。他說：

安石在東山，無心濟天下。一起振橫流，功成復瀟灑。……匡復屬何人？爲看知音者。（贈常侍御）

歌且謠，意方遠，東山高臥時起來，欲濟蒼生未應晚。（梁園吟）

三川北虜亂如麻，四海南奔似永嘉。但用東山謝安石，爲君談笑靜胡沙。（永王東巡歌之二）

苟無濟代心，獨善亦何意？……謝公不徒然，起來爲蒼生。（贈韋秘書子春之一）

嘗高謝太傅，攜妓東山門。……暫因蒼生起，談笑安黎元。余亦愛此人，丹霄翼飛翻。（書情贈蔡舍人雄）

其次，他所景仰的人物是東方朔。他說：

歲星入漢年，方朔見明主。調笑當時人，中天謝雲雨。……當時何特達，獨與我心諧。（書懷贈南陵常贊府）

再其次，他所景仰的人物是張良與綺里季。他說：

留侯將綺里，出處未云殊。終於安社稷，成功去五湖。（贈韋秘書子春）

蒼蒼雲松，落落綺皓。……歘起佐太子，漢皇乃復驚。……（山人勸酒）

他所景仰的人物不是魯仲連，就是謝安石，再不然就是東方朔、張良、綺里季一類人物，都是功成身退。所以他再三說：「好古笑流俗，素聞賢達風。方希佐明主，長揖辭功成」（還山留別金門知己）。「一行佐明聖，倏起生羽翼。功成身不居，舒卷在胸臆」（商山四皓）。「功成身不退，自古多愆尤。黃犬空歎息，綠珠成釁讎。何如鴟夷子，散髮棹扁舟」（古風之十八）。「事了拂衣去，深藏身與名」（俠客行）。「功成拂衣去，搖曳滄州傍」（苦雨贈衞尉張卿二首之二）。「待吾盡節報明主，然後相携臥白雲」（駕去溫泉後贈楊山人）。

這是李白的人生觀，也就是他終身的理想。

至於杜甫的理想是什麼呢？他說：

自謂頗挺出，立登要路津。致君堯舜上，再使風俗淳。（奉贈韋左丞丈二十二韻）

杜陵有布衣，老大意轉拙。許身一何愚，竊比稷與契。（自京赴奉先縣詠懷五百字）

死爲星辰終不滅，致君堯舜焉肯朽。(可歎)

致君唐虞際，純樸憶大庭。(同元使君春陵行)

安得覆八溟，爲君洗乾坤。稷契易爲力，犬戎何足吞？(客居)

吾慕寇鄧勳，時濟信良哉！耿賈亦忠臣，羽翼共徘徊。休運終四百，圖畫在雲臺。(述古三首之三)

再光中興業，一洗蒼生憂。深衷正如此，羣盜何淹留。(鳳皇臺)

致君時已晚，懷古憶空存。(贈比部蕭郎中十兄)

杜甫終身的志願在致君堯舜，所以他自比的不是稷與契，就是蕭何、曹參，再不然就是寇鄧、耿賈。魯仲連、謝安等，雖有濟世志，然不願作官任職，祇不過天下危急的時候，策劃協助，功成即行身退。至如稷、契、蕭、賈，那是以天下爲己任的，與魯仲連等不同。因爲李、杜所景慕的人物與自許不同，以致他們整個行爲也就不同。一個呢，把仕途徹底看透了，認爲古今來做官的都沒有好結果。所以再三說：「功名富貴若長在，漢水亦應西北流」(江上吟)！「五色粉圖安足珍，眞仙可以全吾身。若待功成拂衣去，武陵桃花笑殺人」(當塗趙炎少府粉圖山水歌)。另一個呢，一心要與人成大功，即令得不到恩寵俸祿，還要盡忠。不僅盡忠，而且要盡忠到出汗流血的地步。不僅要出汗流血，且要盡忠到老死。所以他說：「終愧巢與由，未能易其節」(自京赴奉先縣詠懷)。「秋來相顧尙飄蓬，未就丹砂愧葛洪」(贈李白)。「此身飲罷無歸處，獨立蒼茫

自詠詩」。(樂遊園歌)

因爲兩個人的理想不同，理想透過實踐後所得的感觸也不同。他二人在不得志後，一個可以很決絕地離開宦途；一個呢，始終在苦惱中過活。李白說：

雨落不上天，水覆難再收。君情與妾意，各自東西流。昔日芙蓉花，今成斷根草。以色事他人，能得幾時好！(妾薄命)

安能摧眉折腰事權貴，使我不得開心顏！(夢遊天老吟)

可是杜甫呢？他是：

非無江海志，瀟灑送日月。生逢堯舜君，不忍便永訣。當今廊廟具，構廈豈云缺？葵藿傾太陽，物性固難奪！(奉先縣詠懷)

君不見才士汲引難，恐懼棄捐忍羈旅。(白絲行)

結果，他們二人走向兩條完全不同的路。李白是「抽刀斷水水更流，擧杯消愁愁更愁。人生在世不稱意，明朝散髮弄扁舟」(宣州謝朓樓餞別校書叔雲)。他得到了解脫。而杜甫是「沉飲聊自適，放歌破愁絕」(自京赴奉先縣詠懷)。他就在「愁絕」「放歌」中度了一生。

從曹植與阮籍，李白與杜甫的比較，可得七點認識：

第一、既認識了曹植，如果從曹植再往上推，換言之，將曹植與他以前的作家作比較，一直可以推到屈原，這中間的作家都與屈原、曹植大同小異，我們稱之爲一個時期，卽宗經時期。如果將屈原以前作品再與屈原作品作比較，則又顯出許許多多的不同，我們另稱一個時期，即歌謠時期。從阮籍往下比較，一直比較到李白，這中間的作家都與阮籍、李白大同小異，又稱之為一個時期，即詠懷時期。再從杜甫往下比較，一直到文天祥，這中間的作家又都與杜甫、文天祥大同小異，又稱之為一個時期，即傳奇時期。如果將文天祥與關漢卿再比，則又完全不同，而關漢卿以後的作家又與關漢卿大同小異，又稱之為一個時期，即平話時期。這樣的分期，都是作家與作家比較得來，是從他們本身的意識比較得來，不是從外在的因素，所以比較可靠。（詳第十二、十三、十四、十五、十六各章）

第二、時期劃定後，再從每一個時期的作品裏，找出一部或幾部最足以代表這時期精神的，將它的名稱稱謂該一時期，如歌謠、宗經、詠懷、傳奇、平話的名稱，都是這樣得來的。從它們本身來決定他們的名稱，比較從外在的因素上，如思想、政治、經濟、社會、文體上的名稱來稱謂它們要比較脗合。

第三、時期劃定後，再從每一個時期的作家裏，看他們自已所提到的思想、宗教、教育、政治、經濟、社會等，由此再向外追究那一時期的思想主潮、宗教影響、教育制度、政治設施、經濟措置、社會矛盾等等，尋求組成這種個人意識與時代意識的原因。這樣，有根有據，表裏如一，就不致撏撦附會。

第四、這樣的分期，就可發現各個時期所產生的文學體裁正是表現該一時期的時代意識。某種文體之產生於某一時代是有一定的，並不是由作家隨意製造的。以前不能產生，以後卽行變質，卽令文體的名稱相同，實質上發生了變化。

第五、這樣地來講文學史，可知一個民族文學的源流是什麼，後來加入了什麼因素，變成了什麼現象，再加入什麼因素，又變成什麼現象，一直到所以變成當今現象的原因。

第六、這樣地來看文學史，可知文化是累積的，愈往後愈複雜。新的因素加入，並不是排斥了舊有的因素，而是與舊有的同化。比如我們稱杜甫爲傳奇時期的作家，而傳奇時期以「仕」的意識爲主潮，仕的根源由於儒家思想；然杜甫同時受着上一時期遺留下來的釋道思想。如：「惟有摩尼珠，可照濁水源」；「願聞第一義，回向心地初」，這是釋家思想。如「蓬萊織女回雲車，指點虛無是征路」；「玉京羣帝集北斗，或騎麒麟翳鳳凰」，這是道家思想。再如：「古者三皇前，滿腹志願畢。胡爲有結繩，陷此膠與漆！禍首燧人氏，厲階董狐筆。君看燈燭張，轉使飛蛾密」（寫懷），這又是受老莊思想的影響。他的朋友裏，如贊公、閭邱、己公、文公、大覺、眞諦、太易是和尚；元逸人、董鍊師、蕭尊師是道士。所以杜甫並不是整個排斥了舊有的文化基礎，而是在舊有文化基礎上建立了新的實體而成了杜甫。假如不從歷史的因素來追溯杜甫思想的淵源，祇在平面上來研究，有的從道家來看他，有的從釋家來看他，又有的從儒家來看他，結果，各有所見，也各有所偏；如果各執一詞，則所談的都不是眞的杜甫。因爲杜甫是這三家思想化合而成的實體，並不是混合而成的；不過在化合的成分裏，儒家的成分比較大一點罷了。因爲人生是有機的配合，雖說他受了各家的影響，祇要他的基本出發點是什麼，就決定了他整個的人格。

第七、這樣來看文學史，可知歷史是逐漸演變而不是突變。再以杜甫爲例。杜甫的文學主張，並不是從他突然產生的，有其歷史的根源。在詠懷時期，是以隱的意識爲主潮，然在詠懷末期已經有陳子昂的「以義補國」主張，不過沒有人注意罷了。卽至杜甫，才蔚然成風，給於後人莫大的影響。白居易「與元九書」說：「唐興二百年，其間詩人不可勝數。所可舉者，陳子昂有『感遇詩』二十首，鮑防『感興詩』十五首。又詩之豪者，世稱李、杜。李之作，才矣奇矣，人不逮矣，索其風雅比興，十無一焉。杜詩最多，可傳者千餘篇。至於貫穿古今，覼縷格律，盡工盡善，又過於李焉。然撮其『新安吏』、『石壕吏』、『潼關吏』、『塞蘆子』、『留花門』之章，『朱門酒肉臭，路有凍死骨』之句，亦不過三四十首。杜尚如此，況不迨杜者乎」！這是純粹從「以義補國」的觀點來批評杜甫，對杜甫尙不滿意。他的批評雖不免太苛，但藉此可知這種以義補國的文學在杜甫的時候還是剛剛抬頭。因他的影響，而成爲風氣，所以以他爲傳奇時期的第一人。（詳第十五章傳奇時期）

總括以上七點，可以瞭解爲什麼在這一章的開始我們要說：「文學史對於文學的認識，極關重要」的話。可是現在流行的文學史，並沒有盡了以上的七點責任。要想文學史對於文學的認識眞正有用，還待文學史家的努力。研究文學史的人，沒有不想避免偏見，怎樣才能避免偏見，是尙待研究的問題，以下各章也不過是一種嘗試而已。

第十二章　歌謠時期

我國最古而且最可靠的一部詩集就是「詩經」，茲從它談起。

要想瞭解「詩經」，得先知道它的作者身份。三百篇作者的姓名不得而知，卽令有「吉甫作誦」，「家父作誦」，「寺人孟子」等字樣，而我們對吉甫、對家父、對孟子的生平仍是一無所知。要從作者的生平來瞭解詩篇，事實上不可能；但作者的身份，是可以知道的。知道了作者是那一階層的人，那末，他們的理想、他們的生活、他們的環境、他們的敎育、他們的遭遇以及他們所感受的是些什麼，都可瞭然；因而，三百篇的時代背景與社會背景也就確切可指了。（註一）

詩經裏用「士」字的，共有五十二處，由這些「士」字的用法開闢了我們瞭解「詩經」的門徑。茲逐層探討如下：

不知我者，謂我士也驕。

不知我者，謂我士也罔極。（魏風、園有桃）

祈父！予王之爪士。（小雅、祈父）

攸介攸止，烝我髦士。

以介我稷黍，以穀我士女。（小雅、甫田）

求我庶士，迨其吉兮。

求我庶士，迨其今兮。

求我庶士，迨其謂之。（召南、摽有梅）

從上列的「士」字用法，很顯明，這四首詩是「士」這種身份的人所寫。然「士」是那一類人呢？我國古代社會，到孔、孟的時侯，「士」這類人的典型才算形成，從孔孟時期的典籍裏，很可以看出這類人的輪廓。固然，孔、孟時期的「士」已與「詩經」時期的「士」稍有不同；然探討了孔、孟時期的「士」的輪廓後，回頭再來探討「詩經」中的「士」就有線索可尋了。

從孔、孟的典籍裏，對於「士」這種人，可得四種概念：一、這類人是沒有恆產的，「孟子」說：「無恆產而有恆心者，惟士爲能」。又說：「士無世官」。又說：「惟士無田」。我國先秦的官是世襲的，也就是公門有公，卿門有卿，而「士」是不能世襲的，所以說：「士無世官」。同時，先秦是封建政治，而封建的一種特徵，就是分封土地。公、侯、伯、子、男，都有土地分封，惟士沒有，故說：「惟士無田」。二、這類人是以「仕」，也就是以作官來維持生活。「孟子」說：「仕非爲貧也，而有時乎爲貧」。又說：「士之失位也，猶諸侯之失國家也」。所以孔子「三月無君則皇皇如也」。三、這類人所受的是文武合一的教育，也就是禮、樂、射、御、書、數六種教育。四、這類人的官級最低，而自負最大，「論語」說：「士志於道，而恥惡衣惡食者，未足與議也」。又說：「士不可以不弘毅，任重而道遠」。就根據這四種概念，回頭將三百篇的性質作一分析。

第一、在「詩經」時期，「士」這類人雖受的是文武合一的教育，而實際上是武士，這是與孔、孟時期不同的。「祈父」：「祈父！予王之爪士」。「北山」：「偕偕士子，朝夕從事」；又說：「大夫不均，我從事獨賢」；「或燕燕居息，或盡瘁事國。或息偃在牀；或不已於行。或不知叫號；或慘慘劬勞。或棲遲偃仰；或王事鞅掌。或湛樂飲酒；或慘慘畏咎。或出入風議；或靡事不爲」。很顯然，這幾首詩是「士」這一階層的人所寫。再如「小星」：「肅肅宵征，夙夜在公」。「擊鼓」：「從孫子仲，平陳與宋。不我以歸，憂心有忡」。「揚之水」：「彼其之子，不與我戍申。懷哉懷哉，曷月予還歸哉」！「陟岵」：「陟彼岵兮，瞻望父兮。父曰：『嗟！予子行役，夙夜無已』」。「鴇羽」：「王事靡盬，不能藝稷黍，父母何怙？悠悠蒼天，何其有所」！「東山」：「我徂山東，慆慆不歸。我東曰歸，我心西悲。制彼裳衣，勿士行枚。……自我不見，于今三年」。「采薇」：「曰歸曰歸，歲亦莫止。靡室靡家，玁狁之故。不遑啓居，玁狁之故」。「四牡」：「四牡騑騑，周道倭遲。豈不懷歸？王事靡盬，我心傷悲」！總之，「詩經」中凡關征人思歸的詩，都是「士」這類人所寫。「杕杜」：「征夫遑止」。「漸漸之石」：「武人東征，不遑朝矣」。「何草不黃」：「哀我征夫」。這幾首詩提到的「征夫」、「武人」，都是武士的身份。另外還有幾首讚美武勇的詩，如兎罝、叔于田、大叔于田、淸人、羔裘、猗嗟、所描寫的也都是武士。

第二、士的地位雖很低，對國家的功勞卻很大。如「周頌」「桓」說：

桓桓武王，保有厥士，于以四方。

「魯頌」「泮水」也說：

濟濟多士，克廣德心。桓桓于征，狄彼東南。

「商頌」「長發」也說：

昔在中葉，有震且業。允也天子，降于卿士。

而推崇最高的，還是「大雅」「文王」一篇。它說：

思皇多士，生此王國。王國克生，維周之楨。濟濟多士，文王以寧。

周朝立國，就由這批武士，可見他們地位的重要了。

第三、「大雅」的「崧高」與「烝民」兩篇都說「吉甫作誦」，這是提到作者姓名的。如果我們考查了吉甫的身份，對於「詩經」的瞭解也有幫助。吉甫是那一種身份的人呢？「小雅」有一篇「六月」，是以吉甫的功業爲表現的題材。說是玁狁內侵，一直到了焦穫，到了鎬、方，到了涇陽，甚而到了太原，終被文武全才的吉甫把他驅逐走了，所以稱讚說「文武吉甫，萬邦爲憲」。既稱「文武吉甫」，可知他是文武全才的人，實際上，他也是武士。（

第四、士以仕來維持生活，然仕是苦痛的。「雨無正」說：「維曰于仕，孔棘且殆。云不可使，得罪於天子；亦云可使，怨及朋友」。「四月」也說：「盡瘁以仕，寧莫我有」。小旻說：「謀臧不從，不臧覆用」。又說：「潝潝訿訿，亦孔之哀。謀之其臧，則具是違；謀之不臧，則具是依；我視謀猶，伊于胡底」！「謀夫孔多，是用不集。發言盈庭，誰敢執其咎？如匪行邁謀，是用不得于道」。最後，不能不警告執政者說：「如何昊天，辟言不信。如彼行邁，則靡所臻。凡百君子，各敬爾身。胡不相畏，不畏于天」！所以仕者的心境不是「戰戰兢兢，如臨深淵，如履薄冰」（小旻），就是「溫溫恭人，如集於木。惴惴小心，如臨于谷。戰戰兢兢，如履薄冰」（小宛）。

因爲正道不行，於是士人的悲哀也就產生了。「園有桃」說：「心之憂矣，我歌且謠，不知我者，謂我士也驕。彼人是哉，子曰何其！心之憂矣，其誰知之；其誰知之，蓋亦無思」！「謂我士也驕」以及「謂我士也罔極」，都是不被人瞭解的明證。由此，我們想到「黍離」說的：「知我者謂我心憂，不知我者謂我何求」？「柏舟」說的：「憂心悄悄，慍於羣小。覯閔既多，受侮不少。靜言思之，不能奮飛」。「鴻雁」說的「維此哲人，謂我劬勞。維彼愚人，謂我宣驕」，可能也是士這類人寫的。

其次，再將「詩經」裏所用的「君子」這種人的身份作一考察，也可反映出士人的身份。「詩經」裏的「君子」是在位者的尊稱。如：

樂只君子，邦家之基。
樂只君子，民之父母。（小雅、南山有臺）

君子樂胥，萬邦之屏。（小雅、桑扈）
樂只君子，天子命之。
樂只君子，殿天子之邦。
樂只君子，天子葵之。（小雅、采菽）
豈弟君子，民之父母。
豈弟君子，民之攸歸。
豈弟君子，民之攸塈。（大雅、泂酌）
豈弟君子，四方爲則。
豈弟君子，四方爲綱。（大雅、卷阿）

以上都可證明君子是指在位者而言。正因爲君子是在位者，所以「小弁」，「巧言」都有「君子信讒」的話。「青蠅」又有：「豈弟君子，無信讒言」。不止信讒，甚而有譏諷君子貪位無功的。如「伐檀」就明言「彼君子兮，不素餐兮」；「彼君子兮，不素食兮」；「彼君子兮，不素飧兮」。君子既是在位者，而在位者都應當有德有儀。「湛露」說：「顯允君子，莫不令德」。「豈弟君子，莫不令儀」。「鳲鳩」也說：「淑人君子，其儀一兮」；「淑人君子，其儀不忒」；「淑人君子，正是國人」。「鼓鐘」也說：「淑人君子，其德不回，其德不猶」。反過來講，如果君子無德無儀，也就該挨罵了。「相鼠」講的：「相鼠有皮，人而無儀；人而無儀，不死何爲」？「相鼠有齒，人而無止；人而無止，不死何俟」？「相鼠有體，人而無禮；人而無禮，胡不遄死」。這裏所講的「人」就指君子。

君子旣是在位者的尊稱，然那一類人感到君子信讒，君子素餐，君子無儀，君子無德呢？這類人就是士，因爲士是被君子使用的。「卷阿」說：

> 藹藹王多吉士，維君子使，媚于天子。

又說：

> 藹藹王多吉人，維君子命，媚于庶人。

「吉人」仍是「吉士」，因爲君子能用士，所以上可取悅于天子，下可流惠于下民。還有「假樂」也說：「百辟卿士，媚于天子」。「士」爲君子所使，毫無問題。士旣爲君子所使，那末，信讒當然是「士」所感到，無德、無儀、無功，也是士「所」感到的了。

從以上的檢討，對於「詩經」中的「士」，可得幾個概念：(一)「詩經」中提到的「士」，就是「武士」。(二)他們所受的是文武合一的教育。(三)他們是篤守古訓的。(四)他們的地位雖低，而理想很高。(五)他們對周朝的建國，功勞很大。(六)因爲他們的理想高，功勞大，而感受的痛苦也最深。(七)他們是以「仕」來維持生活的。(八)他們是被君子使用的。(九)因爲君子的信讒，使他們感到了苦痛。(十)他們的生活是動盪的與窮困的。根據這十種概念來讀「詩經」，可以瞭解大部分的詩篇。

另外還有一些詩，如：

女曰鷄鳴，士曰昧旦。（女曰鷄鳴）

子不我思，豈無他士。（褰裳）

維士與女，伊其相謔，贈之以勺藥。

維士與女，伊其將謔，贈之以勺藥。（溱洧）

從這些「士」字的用法，可知這些詩也是「士」這類人所寫；不過爲娛樂時所歌，如民間所唱的情歌一樣。尤其我們開始所引的「求我庶士，迨其吉兮」；「求我庶士，迨其今兮」；「求我庶士，迨其謂之」，「我」就是「士」，「士」就是「我」，可以證明「詩經」裏一部份的情歌，也是「士」這類人寫的。

還有，「四月」一詩的結尾說：「君子作歌，維以告哀」，明言君子所寫；然我們講，君子是在位者的尊稱，那末，這首詩到底是「君子」所寫呢？還是「士」所寫呢？君子與士有沒有關係呢？「士」實際也是在位者，不過是最低級的在位者而已。所以這首詩說：「盡瘁以仕，寧莫我有」！加以在位者都須是有德者，所以「君子」也轉變爲有德者的尊稱。考「四月」一詩，全篇都是有德者不得其位的哀訴，如：「山有嘉卉，侯栗侯梅。廢爲殘賊，莫知其尤」。「相彼泉水，載清載濁。我日構禍，曷云能穀」！「滔滔江漢，南國之紀。盡瘁以仕，寧莫我有」。拿「嘉卉」、「清泉」、「江漢」來比自己的人格，人格雖高，而實際的遭遇是「亂離瘼矣，奚其適歸」！周朝的官是世襲的，除「士」以外，沒有失位的危險，這首詩既寫失位，當然也是「士」這一階層的人所寫。

總括以上的分析，我們絲毫沒有野心，想把三百篇的作者，統統加在「士」這類人的身上；然有三點認識，想不會有錯。第一、由「士」作路線來瞭解「詩經」，雖然不是一把金鑰可以打開三百篇全部詩篇之門，然大部分的詩篇，由此可以作深刻的瞭解。因爲知道了這類人的教育、思想、願望、環境、地位與政治的經濟的情況，那末，對於「詩經」裏許許多多不可解釋與聚訟紛紜的辭句，可按作者的時代背景與社會背景作徹底的考證。第二、現代人喜歡稱「詩經」爲民歌，然所謂民歌的意思，絕不是一般不識字的老百姓創作的。它的作者是武士。這批武士的創作動機是爲表現他們切身的感受；後來這些作品流傳到民間，因爲忘記了作者，傳抄口授，時增時改，好像成了一般老百姓的財產，故稱之爲民歌。卽令現在流行的民歌，那一首眞是不識字的老百姓所寫呢？仍是文人作好了，流傳於民間，卽稱民歌。用「民歌」來稱三百篇，並沒有誤錯；然決不可認爲作者就是不識字的老百姓。第三、一部中國文學史，實際就是一部中國文人的感遇史，照着以往的說法，「詩經」爲廟堂文學，或照現在的說法，「詩經」爲民歌，那末，中國文學史就失掉了根源。知道了「詩經」的大部分詩篇爲「士」這一階層的人所寫，那末，就找到了我國文學史的根源，從這個根源，逐層來看它什麼時候增加些什麼新的因素，變成了宗經文學；什麼時候又增加些什麼新的因素，又變成了詠懷文學；如此推演，則史的演變，瞭如指掌。不祇對文學的演變，卽對我國政治、經濟、社會、教育、思想、宗教、法律、外來影響等等的情況也都知道了。

然而爲什麼稱「詩經」時期爲歌謠時期呢？因爲在「詩經」裏提到「詩」字的只有三次，而兩次還是與「歌」、「誦」二字並提。

矢詩不多，維以遂歌。（大雅、卷阿）

吉甫作誦，其詩孔碩。（大雅、崧高）

這四句詩給我們三種啓示：第一、「詩」與「歌」、「誦」二者不同；第二、「詩」要遂歌的，「詩」要因誦而才能孔碩的；第三、詩字就是「志」字，志得依附在「歌」、「謠」與「誦」裏才能表明。詩的本身在這時候既然不能單獨存在，稱它爲「詩」的時代，當然不妥。在「詩經」裏單獨用「詩」字的祇有一次，就是：

寺人孟子，作爲此詩，凡百君子，敬而聽之。（小雅、巷伯）

很顯然，詩就是「志」，所以讓人「敬而聽之」。「詩」這個字不見於甲骨文、金文。「易經」中也沒有。（惟有兩次歌字，卽「得敵或鼓或罷，或泣或歌」；與「日昃之離，不鼓缶而歌，則大耋之嗟，凶」）。今文尙書中祇見兩次，就是「堯典」的「詩言志」，「金縢」的「于後（周）公乃爲詩以詒（成）王，名之曰鴟鴞」。「堯典」晚出，所以「詩」字在三百篇產生的時候，還不通用。以不通用的字來命名時代，自然顯不出時代精神。

然最能表現這時代精神的是「歌謠」二字。「詩經」中用「歌」字的凡十四處，除上邊引的

「矢詩不多，維以遂歌」外，尙有十三處：

（一）其嘯也歌。（召南、江有汜）

（二）獨寐寤歌。（衞風、考槃）

（三）我歌且謠。（魏風、園有桃）

（四）可與晤歌。（陳風、東門之池）

（五）歌以訊之。（陳風、墓門）

（六）是用作歌。（小雅、四牡）

（七）作此好歌。（小雅、何人斯）

（八）君子作歌。（小雅、四月）

（九）式歌且舞。（小雅、車舝）

（十）嘯歌傷懷。（小雅、白華）

（十一）來游來歌。（大雅、卷阿）

（十二）或歌或咢。（大雅、行葦）

（十三）旣作爾歌。（大雅、桑柔）

還有與「謠」字同意義的「誦」字，在「詩經」裏曾用四次。（鄭玄在注「周禮」「大司樂」「興、道、諷、誦、言、語」的「誦」字說：「以聲節之曰『誦』」。再「墨子」「公孟篇」有「

誦詩三百，弦詩三百，歌詩三百，舞詩三百」之說，可證「誦」是無弦樂相配，只有節奏，故與歌近似）。除引過的「吉甫作誦，其詩孔碩」外，尚有：

（十四）誦言如醉。（大雅、桑柔）

（十五）吉甫作誦。（大雅、烝民）

（十六）家父作誦。（小雅、節南山）

從上面「歌」、「誦」兩字的二十種用法（加上「易經」中的兩種），可以看出了三百篇時代的人們在得敵的時候歌，日落的時候也歌，哀怨的時候歌，發誓的時候也歌，憂愁的時候歌，懷恨人的時候也歌，思念母親的時候歌，勸人反省的時候也歌，陳述苦痛的時候歌，安慰人的時候也歌，懷念人的時候歌，出遊的時候也歌，宴飲的時候歌，責備人的時候也歌，諂媚人的時候歌，陳述德政的時候歌，責斥君主的時候也歌，那時的人幾乎是無時不歌，無地不歌，無事不歌，簡直拿歌當語言。實際上，歌也就是語言，所以「陳風」「東門之池」說，「可與晤歌」，「可與晤語」，「可與晤言」，「歌」「語」「言」三字連類對擧。「周禮」「大司樂」稱「樂語」說：「以樂語敎國子，興、道、諷、誦、言、語」。由此可知，「言」、「語」屬樂語。「園有桃」篇說：「心之憂矣，我歌且謠」，所以我們稱「詩經」時代爲歌謠時期。

現代人類學、社會學與藝術研究的發達，使我們知道跳舞、音樂與詩歌在原始時代是三位一體的藝術，而跳舞與音樂的起源尤早。原始跳舞祇重節奏（音樂），歌唱不過是一種節拍，或點綴，往往有音無字。後來跳舞、音樂與歌唱漸漸分離，除仍保存它們原來的共同點「節奏」外，跳舞儘量向姿態方面發展，音樂儘量向和諧方面發展，歌唱儘量向意義方面發展。到後來，三位乾脆分了家。這種三位一體的情形，我國古代學者也曾提到過，如「禮記」「樂記」說：

德者、性之端也。樂者、德之華也。金石絲竹，樂之器也。詩、言其志也；歌、詠其聲也；舞、動其容也。三者本於心，然後樂器從之。

「禮記」「檀弓」也說：

人喜則斯陶，陶斯詠，詠斯猶，猶斯舞矣。

漢人是由詩言志的觀點，所以將舞、樂、歌三者發生的次第略為顛倒，然將三者認為原是一體，與現代的認識是一致的。清人阮元的「揅經室集」(卷一)「釋頌」裏認識就比較更透徹。他說：

頌之訓為「美盛德」者，餘義也。頌之訓為「形容」者，本義也。且頌卽容字也。……「容」、「養」、「羕」一聲之轉，古籍每多通借。……所謂商頌、周頌、魯頌者，若曰：「商之樣子」、「周之樣子」、「魯之樣子」而已，無深義也。何以三頌有樣，而風、雅無樣也。風雅但弦歌笙間，賓主及歌者皆不必因此而為舞容；惟三頌各章皆是舞容，故稱為頌。若元以後戲曲，歌者、舞者與樂器全動作也。風、雅則但若南宋人之歌詞彈詞而已，不必歌舞以應鏗鏘之節也。

這段解釋確是深知灼見，頌就是舞，舞與音樂歌唱為一體；不過，他說：「風、雅但弦歌笙間，賓主及歌者皆不必因此而爲舞容」値得再爲檢討。

查三百篇裏有用「舞」字的，三頌裏祇有三次，如：

振振鷺，鷺於下，鼓咽咽，醉言舞，于胥樂兮。（魯頌、有駜）

萬舞洋洋，孝孫有慶。（魯頌、閟宮）

庸鼓有斁，萬舞有奕。（商頌、那）

考「有駜」一詩是獲得馬後的舞詞，「閟宮」與「那」兩歌是祭祖的舞詞。依現代人類學，社會學與藝術起源的知識，我們知道古代人在獲得獵物或祭祀時是要歌舞的。這三首歌正是作證的資料。同時證明阮元「頌」字訓釋的正確。然在「小雅」裏，也有用「舞」字的。除上邊已引「車舝」一詩外，還有四次，如：

坎坎鼓我，蹲蹲舞我。（小雅、伐木）

籥舞笙歌，樂旣和奏。

舍其坐遷，屢舞僊僊。

亂我籩豆，屢舞僛僛。

側弁之俄，屢舞傞傞。（小雅、賓之初筵）

「伐木」、「賓之初筵」及「車舝」都是宴飲的舞詞，在古代社會宴飲時，一定要跳舞的。這樣講來，不一定頌裏有舞，而雅裏也可以有舞。不但雅裏有舞，國風中也有舞。如：

簡兮簡兮，方將萬舞。
碩人俁俁，公庭萬舞。（邶風、簡兮）
執轡如組，兩驂如舞。（邶風、大叔于田）
舞則選兮，射則貫兮。（齊風、猗嗟）

這裏除「大叔于田」裏的「舞」字，形容馬，而「猗嗟」與「簡兮」則無疑的是一種舞詞，然什麼性質的舞，不得而知。但從「公庭萬舞」的詞來看，好像是一般的羣衆舞，或公庭舞，不過不要把公庭舞看得太嚴重，實際上，在古代社會的公庭舞也就是普通的羣衆舞。

由以上的查考，我們知道不祇三頌裏有舞詞，雅裏也有舞詞，甚而國風裏也有舞詞。事實上，在古代社會跳舞是實際需要的一種藝術，祭祀時舞，宴會時也舞，打獵以前舞，打獵獲得獵物後也舞。打仗以前舞，打勝仗後也舞，平時遇機會舞，還有男女求愛也舞。如：

東門之枌，宛丘之栩；子仲之子，婆娑其下。
穀旦于差，南方之原；不績其麻，市也婆娑。（陳風、東門之枌）

跳舞成了古代社會主要生活方式之一。跳舞時必須有音樂伴奏外，嘴裏所唱的就是舞詞，舞與歌是連屬的，這種情形，在「左傳」裏還可以看出。「左傳」襄公十六年說：「晉侯與諸大夫宴於溫，使諸大夫舞曰：『歌詩必類』。齊高厚之詩不類，荀偃怒，且曰：『諸侯有異志矣』」。這裏舞時要歌，且歌與舞必類，其原始是一體的藝術可知。但後來跳舞音樂與歌唱逐漸分開，跳舞時除必須伴奏音樂外，不一定要歌唱，而歌唱時不一定要跳舞或伴以音樂，這樣歌唱就漸漸獨立，專注意到意義。不伴音樂而單用口唱的謂之謠，所以古人訓「謠」爲「徒歌」。三頌與大小雅，大概都是舞或伴音樂的歌，國風則多屬謠，所以稱三百篇爲歌謠，稱三百篇的時期爲歌謠時期。

知道了歌謠的起源，以及它在古代社會裏所負的使命，那末，拿它來名三百篇的時期，不祇可以使我們觀賞到這一時期的時代氣氛，且可知道三百篇的使命及其含義。反之，如以「詩經時期」命名，不僅喚不起時代的氣氛，而且指引讀者走向一種錯誤的道路，就是以「志」言詩。在三百篇裏既要找「志」，無怪乎要引申出「經夫婦，成孝敬，厚人倫，美教化，移風俗」（詩大序）的教義，因而三百篇的面目大部分被掩蓋了。

三百篇之爲歌謠，本無問題；然所以成爲現在這樣的面目，經過一段很長的歷史，茲詳釋於下：

原來春秋時列國大夫聘問，都要賦詩或引詩以作言談的論證，詳見「左傳」。據勞孝輿「春秋詩話」統計，「左傳」所賦詩，見於今本「詩經」的，共五十三篇：國風二十五，小雅二十六，大雅一，頌一。引詩共八十四篇：國風二十六，小雅二十三，大雅十八，頌十七，重見者均不計。再將兩項合計，再去其重複的，共有一百二十三篇：國風四十六，小雅四十一，大雅十九，頌十七，占全詩三分之一强，可見「詩三百」在當時流行之盛之廣了。所謂賦詩，多半是唱詩，或自唱或叫樂工唱，唱的或是整篇詩，或只選一二章詩。所謂引詩，也是如此，不過更要「斷章取義」。有時只引一章中的一二句，以合己意。然他們的賦詩或引詩只在「詩所以合意」（「國語」師亥語），也就是說祇在合不合自己的論證。至於詩的本意，他們是不管的。最明顯的例，如「左傳」成公十二年晉郤生對楚子反的話：

世之治也，諸侯間於天子之事，則相朝也，於是乎有享宴之禮。享以訓共儉，宴以示慈惠。共儉以行禮，而慈惠以布政。政以禮成，民是以息，百官承事，朝而不夕，此公侯之所以扞城其民也。故詩曰：「赳赳武夫，公侯干城」。及其亂也，諸侯貪冒，侵欲不忌。爭尋常以盡其民，略其武夫以爲己腹心股肱爪牙。故詩曰：「赳赳武夫，公侯腹心」。天下有道，則公侯能爲民干城而制其腹心，亂則反之。

這四句詩出於「周南」「兎罝」篇，而原意與此大有出入。原文是：

肅肅兎罝，椓之丁丁。赳赳武夫，公侯干城。

肅肅兎罝，施于中逵。赳赳武夫，公侯好仇。

肅肅兎罝，施於中林。赳赳武夫，公侯腹心。

「兎」應爲「虎」，「好」爲「配」，「好仇」即「匹儔」。那末，這首詩完全是讚美武勇的武士，所以說他是「公侯干城」、「公侯好仇」、「公侯腹心」。干城、好仇、腹心、連類對舉，意思亦復相同。晉郤生爲自己的辯論方便，硬將這兩句說成相反兩義，當然是穿鑿附會。惟大夫聘問時的賦詩或引詩並不是解詩，而是拿詩來合他們的意思，他們對詩的原意可能很瞭解，然作爲自己的論證時不得不如此。這本不足爲怪。可是「毛序」、「鄭箋」受了「左傳」裏這種「斷章取義」的影響而作詩意的解釋，於是詩的面目大變，此其一。

孔子時賦詩不行，雅樂敗壞，詩和樂漸漸分家。他論詩祇側重意義方面。他說：

詩三百，一言以蔽之，曰：思無邪。（論語、爲政）

按「思無邪」三字見「魯頌」「駉」篇。這一篇原是獲馬後的慶祝歌，所以四章的章法非常整齊，開始先講有些什麼顏色的好馬，結尾總是「思無疆，思馬斯臧」；「思無期，思馬斯才」；「思無斁，思馬斯作」；「思無邪，思馬斯徂」。「疆」訓「界」，「期」訓「限」，「斁」訓「厭」，「邪」讀「徐」、訓「緩」，再加上「臧」、「才」、「作」、「徂」，都是讚美馬的意思。「邪」字在這裏毫無邪惡的意思。「思」是起辭，如「思樂泮水」的「思」，也沒有「思念」的意思。「思無邪」如果三字是孔子從這裏引來的，那也是「斷章取義」。朱子「詩經集注」於「駉」後就引蘇氏說：「昔之爲詩者，未必知此理也。孔子讀詩至此，而有合於其心焉，是以取之，蓋斷章云爾」。由這「思無邪」，他又推論出：

興於詩，立於禮，成於樂。（泰伯）

小子何莫學夫詩，詩可以興，可以觀，可以羣，可以怨，邇之事父，遠之事君。……（陽貨）

孔子本拿三百篇作敎科書，他純從意義方面來解釋，當然附會勉强；然他這「思無邪」的解詩，影響極大。詩「大序」所謂「正得失」；所謂「先王以是經夫婦，成孝敬，厚人倫，美教化，移風俗」；所謂「發乎情，止乎禮義」；都是「思無邪」一語的註脚。「毛序」「鄭箋」的基石，可說是建築在這上面，此其二。

到孟子時，雅樂衰亡，新聲大作，詩與樂完全分家，詩更着重意義一方面，「孟子」「離婁」下說：

王者之迹熄而詩亡，詩亡然後「春秋」作。晉之「乘」，楚之「檮杌」，魯之「春秋」一也。其事則齊桓、晉文，其文則史。孔子曰：「其義則丘竊取之矣」。

這裏「義」字的意思，就是「以賞罰之意寓于褒貶，而褒貶之意則寓於一言」（「孟子正義」僞孫奭疏）。在史是褒貶，在詩就是美刺，本來詩人作詩是有感而作，說他是美刺也無不可，然要確鑿指出某篇是美某，某篇是刺某，那就穿鑿附會了。「孟子」又說：

世衰道微，邪說暴行有作，臣弒其君者有之，子弒其父者有之。孔子懼，作「春秋」。……孔子成「春秋」，而亂臣賊子懼。（滕文公下）

「詩」與「春秋」在「孟子」書裏相關如此的密切，序詩的人參照詩文，採用「美刺」的名稱，也是很自然的事，然應用過火了。詩序主要的意念是美刺，風雅各篇序中明言「美」的二十八，明言「刺」的一百二十九，兩共一百五十七，占風雅詩全數的一半以上，與事實恐怕不可能吧！此其三。

由於上述的三種原因：(一)根據列國大夫聘問賦詩引詩的「斷章取義」的說詩、(二)根據孔子「思無邪」的詩說，(三)根據春秋家的「褒貶」而變爲詩的「美刺」，結果，使三百篇變了面目。三百篇不是一時一地一人的作品，在它的本身絕無統一性(註二)。而孔子要用「吾道一以貫之」的精神，以「思無邪」來「一言以蔽之」的說詩，使三百篇本身雖說有了系統，而詩的原意大失。如「詩序」在「六月」篇序說：

「六月」、宣王北伐也。「鹿鳴」廢，則和樂缺矣；「四牡」廢，則君臣缺矣；「皇皇者華」廢，則忠信缺矣；「常棣」廢，則兄弟缺矣；「伐木」廢，則朋友缺矣；「天保」廢，則福祿缺矣；「采薇」廢，則征伐缺矣；「出車」廢，則功力缺矣；「杕杜」廢，則師衆缺矣；「魚麗」廢，則法度缺矣；「南陔」廢，則孝友缺矣；「白華」廢，則廉恥缺矣；「華黍」廢，則蓄積缺矣；「由庚」廢，則陰陽失其道理矣；「南有嘉魚」廢，則賢者不安，下不得其所矣；「崇丘」廢，則萬物不遂矣；「南山有臺」廢，則爲國之基墜矣；「由儀」廢，則萬物失其道理矣；「蓼蕭」廢，則恩澤乖矣；「湛露」廢，則萬國離矣；「彤弓」廢，則諸夏衰矣；「菁菁者莪」廢，則無禮儀矣；「小雅」盡廢，則四夷交侵，中國微矣。

這是多麼有系統有組織，且不問三百篇不是一時一地一人的作品，卽令是一個人作的，然在那一時期也不會有那樣嚴密的組織。所以我們對「毛序」、「鄭箋」祇能認爲漢人對於三百篇的解釋，而不能認爲就是三百篇的本意。如要瞭解它的眞正意義，得用歌謠時期的社會意識，站在那種意識上，再用文字學、訓詁學的方法將原來字義找出，那末，三百篇的面目，就可整個復原了。

最後，我們再談歌謠文學的特徵。歌謠文學最主要的特徵，可有四點：

第一、歌謠與音樂的不能分離。我們曾講：跳舞、音樂與詩歌，在原始的形態是三位一體的藝術，而跳舞與音樂產生尤早。所謂歌謠，實際就是有意義的語言文字的音樂。三百篇裏沒有一篇不能唱的，分別祇在有些詩篇得配樂器，有些詩篇是徒歌而已。

第二、字句長短的不定。既是先有音樂，後有歌謠，實際上，歌謠也就是依據樂調所塡的詞句，那末，樂調的長短，順情感而定，於是歌謠字句的長短也順情感而定了。

第三、聲調的迴旋曲折。音樂的聲調是迴旋曲折的，愈迴旋，則意味愈濃厚；愈曲折，則情感愈深刻。歌謠旣與音樂不能分離，則迴旋曲折之表現於歌謠上的爲重疊。重疊之表現於一句中的，如：

采采芣苡，薄言采之。采采芣苡，薄言有之。
采采芣苡，薄言掇之。采采芣苡，薄言捋之。
采采芣苡，薄言袺之。采采芣苡，薄言襭之。（周南、芣苡）

全詩祇換了「采」、「有」、「掇」、「捋」、「袺」、「襭」六個字，而韻調與意味無窮。

第四，情感的奔放。人類愈原始，情感愈易奔放，歡樂時盡情的歡樂，悲痛時盡情的哀號，仇恨時盡情的咒駡，「禮記」裏說的：「溫柔敦厚，詩教也」，是漢人戴着時代眼鏡來看三百篇，實際並不如此。如恨起人來，能說：

彼譖人者，誰適與謀！取彼譖人，投畀豺虎！豺虎不食，投畀有北！有北不受，投畀有昊！（巷伯）

恨起天來，能說：

父兮生我，母兮鞠我。拊我畜我，長我育我，顧我復我，出入腹我。欲報之德，昊天罔極！（蓼莪）

「罔極」應作「不良」解（見屈萬里「詩經釋義」），「昊天罔極」是駡老天爺不好，不是讚美老天爺。教訓起人來，能說：

於乎小子，未知臧否！匪手攜之，言示之事。匪面命之，言提其耳。借曰未知，亦既抱子。民之靡盈，誰夙知而莫成？

昊天孔昭，我生靡樂。視爾夢夢，我心慘慘！誨爾諄諄，聽我藐藐！匪用爲教，覆用爲虐。借曰未知，亦聿既耄。（抑）

在思念一個人，而又懷恨這個人的時候，也能說出：

子惠思我，褰裳涉溱；子不我思，豈無他人？狂童之狂也且！

子惠思我，褰裳涉洧；子不我思，豈無他士？狂童之狂也且！（褰裳）

總之，三百篇都是眞情的流露，有什麼情感就表現什麼情感，有什麼苦痛就表現什麼苦痛，既沒有禮敎的拘束，也沒有權勢的畏懼。三百篇的價值，在此；三百篇之所以流傳不朽，也在此。

註一　此書初版於民國四十二年，那時還沒有發現「詩經」三百零五篇都是尹吉甫的作品。現在可以斷定「詩經」是尹吉甫一個人所寫，而且是他的自傳。請參閱拙著「詩經通釋」、「詩經研究」二書。

註二　現在知道是有統一性的，然不是詩序所說的統一性。

第十三章　宗經時期

在第三章裏，我們曾依「仕」與「隱」兩種意識，將楚、漢、南北朝文學的內容與形式作一分析；茲再依這個觀點，將歌謠時期以後的我國文學作一檢討，看看每個時期的產生根源，每個時期的演變痕跡以及每個時期的文學特徵。

「仕」與「隱」兩種意識，在歌謠時期固已濫觴，然「仕」的意識的眞正形成，始於孔、孟而盛於漢儒。隱的意識則是「仕」的意識的反流，其爲主潮則較晚。仍以阮籍「大人先生傳」裏的兩段話作線索，分述我國文學的演變。

有「揚聲名於後世，齊功德於往古」理想的，從「老冉冉其將至兮，恐修名之不立。……長太息以掩涕兮，哀民生之多艱」的屈原起，直至「戮力上國，流惠下民，建永世之業，留金石之功」（與楊德祖書）的曹植止，這中間如宋玉、賈誼、司馬相如、董仲舒、東方朔、王褒、劉向、揚雄、班固、馮衍、崔駰、張衡、馬融、蔡邕、孔融等二十數位作家，統統都有這種理想。他們都是「誦周、孔之遺訓，歎唐、虞之道德」，拿六經與理想中的唐虞盛世作爲做人與寫作的旨歸，所以稱爲宗經時期。屈原說：「昔三后之純粹兮，固衆芳之所在」（離騷）；「彼堯舜之耿介兮，既遵道而得路」（同上）。宋玉說：「昔堯、舜、禹、湯之爲釣也，以聖賢爲竿，道德爲綸，仁義爲鈎，祿利爲餌，四海爲池，萬民爲魚。工若建堯、舜之洪竿，攄禹、湯之修編，投之於瀆，視之於海，漫漫羣生，孰非吾有，其爲大王之釣，不亦樂乎」（釣賦）？賈誼說：「湯、武置天下於仁義禮樂，而德澤洽禽獸草木，廣裕被蠻貊四夷，累子孫數十世，此天下所共聞也」（上疏陳政事）。東方朔說：「堯、舜、禹、湯、文、武、成、康上古之事，經歷數千載，尚難言也，臣不敢陳。……陛下誠能用臣朔之計，……則堯、舜之隆，宜可與比治矣」（化民有道對）。王褒說：「至若堯、舜、禹、湯、文、武之君，獲稷、契、皋陶，伊尹、呂望，明明在朝，穆穆列布，聚精會神，相得益彰」（聖主得賢臣頌）。揚雄說：「軼五帝之遐跡兮，躡三皇之高縱」（河東賦）。董仲舒說：「徧得天下之賢人，則三王之聖易爲，而堯、舜之名可及也」（元光二年舉賢良對策）。這是他們的「歎唐、虞之道德」。

至如「誦周、孔之遺訓」，也是這一時期的普遍現象。所謂「周、孔之遺訓」實卽六經。我們看他們怎樣歸依六經。「竊慕詩人之遺風兮，願託志乎素飧」（九辨之六）。這是宋玉的宗經。「六藝異科而皆同道，溫惠柔良者，「詩」之風也；淳龐敦厚者，「書」之敎也；清明條達者，「易」之義也；恭儉尊讓者，「禮」之爲也；寬裕簡易者，「樂」之化也；刺幾（譏）辯義（議）者，「春秋」之靡也。六者聖人兼用而財（裁）制之。失本則亂，得本則治。其美在調，其失在權」（淮南子黍族篇）。這是淮南王劉安的宗經。「君子知在位者之不能以惡服人也，是故簡六藝以贍養之。「詩」「書」序其志，「禮」「樂」純其養，「易」「春秋」明其知。六學皆大，而各有所長」（春秋繁露玉杯篇）。這是董仲舒的宗經。「游於六藝之囿，騖乎仁義之塗，覽觀春秋之林」（子虛賦）。這是司馬相如的宗經。因此，他們一切的立論都依據六經，除六經外，一句獨特的話都不敢講。

理想如此，實際上他們所遇到的社會環境如何呢？茲先看屈原的遭遇。

（一）屈原是主張合從的。當時楚國的外交主張，原分兩派：一是親齊；一是連秦。屈原是親齊的，所以「屈平列傳」說：「屈原既疏，不復在位，使於齊」。「楚世家」裏說得更明白：「屈原使從齊」。他赴齊的目的是爲合從。然說得最明晰的還是「新序」「節士篇」：「屈原有博通之知，清潔之行，懷王用之。秦欲吞滅諸侯，併兼天下；屈原爲楚東使齊，以結强黨。秦國患之，使張儀貨楚貴臣上官大夫靳尙之屬，上及令尹子蘭、司馬子椒，內賂夫人鄭袖，共譖屈原，屈原遂放於外。張儀因使楚絕齊，許謝地六百里。楚既絕齊，而秦欺以六里。懷王大怒，擧兵伐秦，大戰者數，秦大敗楚師。是時懷王悔不用屈原之策，以至於此，於是復用屈原。屈原使齊。後秦嫁女於楚，與懷王爲藍田之會，屈原以爲秦不可信，願勿會。羣臣皆以爲可會，懷王遂會，果見囚拘，客死於秦。懷王子頃襄王反聽羣讒之口，復放屈原，遂自投湘水汨羅之中，而死」。從這段話可知，屈原的被疏，被放，都有國家政策上的背景，絕不是單單爲「平伐其功」（這是司馬遷解釋屈原被放的原因）的原故。因爲政策之不被採用，所以「離騷」再三說：「豈余身之憚殃兮，恐皇輿之敗績」；「余固知謇謇之爲患兮，忍而不能舍也」；「曾歔欷余鬱邑兮，哀朕時之不當」；「懷朕情而不發兮，余焉能忍與此終古」；「世幽昧以眩耀兮，孰云察余之善惡」！「何離心之可同兮，吾將遠逝以自疏」。瞭解了他所處的環境，對這些辭句就自然有更深切的感受。

（二）楚懷王的昏庸無能。　屈原傳兩次提到楚懷王見欺於張儀，而怎樣見欺，「張儀傳」與「楚世家」裏講得更生動明白。只從這兩件事，就可知懷王的爲人。「張儀傳」講：「秦欲伐齊，齊楚從親，於是往相楚。楚懷王聞張儀來，虛上舍而自館之。曰：『此僻陋之國，子何以敎之』？儀說楚王曰：『大王誠能聽臣閉關絕約於齊，臣請獻商、於之地六百里，使秦女得爲大王箕箒之妾。秦、楚娶婦嫁女，長爲兄弟之國，此北弱齊而西益楚也。計無便此者』。楚王大說而許之。羣臣皆賀，陳軫獨弔之。楚王怒曰：『寡人不興師發兵得六百里地，羣臣皆賀，子獨弔何也』？陳軫對曰：『不然，以臣觀之，商、於之地不可得而秦、齊合；秦、齊合，則患必至矣』。楚王曰：『有說乎』？陳軫對曰：『夫秦之所以重楚者，以其有齊也。今閉關絕約於齊，則楚孤，秦奚貪夫孤國而與之商、於之地六百里？張儀至秦，必負楚王，是北絕齊交，西生患於秦也，而兩國之兵必至。善爲王計者，不若陰合而陽絕於齊，使人隨張儀，苟與吾地，絕齊未晚也；不與吾地，陰合謀計也』。楚王曰：『願陳子閉口毋復言，以待寡人得地』！乃以相印授張儀，厚賂之，於是遂閉關絕約於齊。使一將隨張儀。張儀至秦，佯失綏墮車，不朝三月。楚王聞之曰：『儀以寡人絕齊未甚邪』？乃使勇士至宋，借宋之符北罵齊王。齊王大怒，折節而下秦。秦、齊之交合，張儀乃朝，謂楚使者曰：『臣有奉邑六里，願以獻大王左右』。楚使者曰：『臣受令於王以商、於之地六百里，不聞六里』。還報楚王，楚王大怒，發兵而攻秦。陳軫曰：『軫可發口言乎？攻之，不如割地反以賂秦，與之並兵而攻齊，是我出地於秦，取償於齊也，王國尚可存』。楚王不聽」。結果喪師失地。從這段故事，可知楚懷王是急功好利，既不考慮事之利害關係，又不聽陳軫的勸告。所以司馬遷說他：「貪而信張儀」。第二次受欺是在懷王十八年。「張儀傳」講：「秦要楚欲得黔中地，欲以武關外易之。楚王曰：『不願易地，願得張儀而獻黔中地』。秦王欲遣之，口弗忍言。張儀乃請行。惠王曰：『彼楚王怒子之負以商、於之地，是且甘心於子』？張儀曰：『秦彊楚弱。臣善靳尚，尚得事楚夫人鄭袖，袖所言皆從。且臣奉王之節使楚，楚何敢加誅？假令誅臣而爲秦得黔中之地，臣之上願』。遂使楚。楚懷王至則囚張儀，將殺之，靳尚謂鄭袖曰：『子亦知子之賤於王乎』？鄭袖曰：『何也』？靳尚曰：『秦王甚愛張儀而必欲出之。今將上庸之地六縣賂楚，以美人聘楚，以宮中善歌謳者爲媵。楚王重地尊秦，秦女必貴而夫人斥矣，不若爲言而出之』。於是鄭袖日夜言懷王曰：「人臣各爲其主用，今地未入秦，秦使張儀來，至重王，王未有禮而殺張儀，秦必大怒攻楚，妾請子母俱遷於江南，毋爲秦所魚肉也』。懷王後悔，赦張儀，原禮之如故」。再從這段故事，可知懷王是昏憒愛色，毫無主見，無怪張儀視之如掌中玩物。知道了楚懷王的昏憒無能，寵信姬妾，就瞭解「離騷」裏爲什麼再三的提：「何桀、紂之昌被兮，夫維捷徑以窘步」；「國亂流其顯終兮，浞又貪夫厥家。……日康娛以自忘兮，厥首用夫顚隕。夏桀之常違兮，乃遂焉而逢殃。后辛之菹醢兮，殷宗用之不長」。

（三）羣小用事。楚懷王既是昏憒無能，自然羣小用事。秦國看到了這一點，所以專以金錢來賄賂羣小。「屈原傳」一則說：「厚幣委質事楚」；再則說：「厚幣用事者臣靳尚，而設詭辯於懷王之寵姬鄭袖」。「楚世家」也說：「二十四年（懷王）倍齊而合秦，秦昭王初立，乃厚賂於楚」。「新序」「節士篇」也說：「屈原爲楚東使於齊，以結強黨。秦國患之，使張儀貨楚貴臣上官大夫靳尚之屬，上及令尹子蘭、司馬子椒，內賂夫人鄭袖，共譖屈原，屈原遂放於外」。再者，在楚懷王時代，眞正有遠見而敢於諍諫之臣都是親齊派。而親秦派都是唯唯否否，毫無主見。張儀說懷王倘能背齊，願獻商、於之地六百里，「楚世家」講：「懷王大悅，乃置相璽於張儀。與置酒，宣言：『吾復得商、於之地』。羣臣皆賀，而陳軫獨弔」。這麼一件大事，看出利關係的祇陳軫一人而已。懷王聽鄭袖之言而釋張儀後，張儀又說楚王背齊而與秦合。關於這件大事，除屈原反對外，又未見有疑議的。「屈原傳」祇說：「是時，屈原既疏，不復在位，使於齊，顧反，諫懷王曰：『何不殺張儀』？懷王悔，追張儀不及」。而說得比較詳細的是「張儀傳」：「屈原曰：『前大王見欺於張儀，張儀至，臣以爲大王烹之，今縱弗忍殺之，又聽其邪說，不可』。懷王曰：『許儀而得黔中，美利也。後而倍之，不可』。故卒許張儀」。這裏雖與「屈原傳」說的微有出入，然祇有屈原一個人看到了利害關係，兩傳是一樣的。還有，秦昭王遺懷王書擬會於武關一事，「楚世家」說：「楚懷王見秦王書，患之。欲往，恐見欺；無往，恐秦怒。昭睢曰：『王毋行，而發兵自守耳。秦虎狼，不可信，有幷諸侯之心』。懷王子子蘭勸王行曰：『奈何絕秦之驩心』，於是往會」。

這裏是昭睢勸懷王毋行，而「屈原傳」講是屈原；雖有不同，惟昭睢也是親齊派。從上邊的事實，可知凡是有遠見的政治家，都是親齊派，凡是唯唯否否的庸臣，或受秦賄，或是希旨而隨楚懷王的貪利以親秦。所以「離騷」裏重複地說：「惟此黨人之偷樂兮，路幽昧以險隘」；「衆皆競進而貪婪兮，憑不厭乎求索」；「衆女嫉余之蛾眉兮，競周容以爲度」；「世並擧而好朋兮，夫何煢獨而不余聽」；「世溷濁而不分兮，好蔽美而嫉妬」；「世溷濁而嫉賢兮，好蔽美而稱惡」；「世幽昧以昡曜兮，孰云察余之善惡？民好惡其不同兮，惟此黨人其獨異」！「恐鵜鴂之先鳴兮，使夫百草爲之不芳。何瓊佩之偃蹇兮，衆薆然而蔽之。惟此黨人之不諒兮，恐嫉妬而折之」。

（四）從齊連秦之反復無常。　依據「楚世家」，我們將楚懷王十一年至頃襄王六年，這二十五年內作一楚國從齊連秦表，就知楚國的外交政策是怎樣的反復無常。

楚懷王十一年　蘇秦約從山東六國共攻秦，楚懷王爲從長。

十六年　倍齊約，親秦。嗣見欺於張儀，發兵攻秦。

十八年　復與秦親。

二十年　齊湣王欲爲從長，約楚攻秦。楚又倍秦而合齊。

二十四年　倍齊而合秦。

二十八年　秦與齊、韓、魏共攻楚。

二十九年　秦復攻楚。懷王恐，乃使太子爲質於齊以求平。

三十年　秦、楚結盟，會於武關，楚懷王被俘於秦。

頃襄王元年　秦要懷王割地，不可得，發兵攻楚。

三　年　懷王卒於秦。秦歸其葬於楚。秦、楚絕。

六　年　秦遣書楚王求戰，頃襄王恐，乃謀復與秦平。

外交政策這樣地變化無常，無怪乎屈原要說：「初既與余成言兮，後悔遁而有他。余既不難夫離別兮，傷靈修之數化」。又說：「固時俗之從流兮，又孰能無變化」？知道了楚國外交政策的變化無常，就可瞭解「變化」、「數化」並不是空無所指。

從以上的分析，可知屈原的作品有其社會的與政治的背景，絕不祇由上官大夫的一讒。不從社會的與政治的背景追尋，絕對不能瞭解他的作品。

至於兩漢作家的時代背景，第三章裏已經詳爲分析，不再贅述；這裏茲將曹植的遭遇說明如下。

曹植少時非常聰穎，下筆成章，深得曹操的懽心，幾爲太子者數次。然他的性格是「任性而行，不自彫勵，飲酒不節」。另一方面，曹丕是「矯情自飾，宮人左右並爲之說」。這兩種性格，如作政治鬥爭，當然是曹植失敗。加以曹丕「御之以術」，每到重要關頭，都設法陷害他，不久，使他整個失掉了曹操的寵愛。比如，「建安二十四年，曹仁爲關羽所圍，以植爲南中郎將，行征虜將軍，欲遣救仁，有所勅戒，植醉不能受命，於是悔而罷之」。據「魏氏春秋」講，這次醉酒是曹丕逼的。「植將行，太子飲焉，逼而醉之。王召植，植不能受命，故王怒也」。不過在曹操未死，曹丕未篡位以前，他的作品還都表現着無憂無慮的意味。如「公子敬愛客，終宴不知疲。清夜遊西園，飛蓋相追隨。……飄飄放志意，千秋長若斯」（公讌）。如「清醴盈金觴，肴饌縱橫陳。齊人進奇樂，歌者出西秦。翩翩我公子，機巧忽若神」（侍太子坐）。如「遊目極妙伎，清聽厭宮商。主人寂無爲，衆賓進樂方。長筵坐戲客，鬥鷄閒觀房。……願蒙狸膏助，常得擅此場」（鬥鷄詩）。這些都是無憂無慮，吃喝玩樂，一點也感不出人生苦的詩篇。其他如贈徐幹、贈丁儀、贈王粲、贈丁儀王粲等篇，也是二十九歲以前的作品，空洞無物，應酬之作，對於曹植的認識，無大補助。這是第一個階段。

可是自曹丕登帝，情形就大爲轉變。首先，他的黨羽丁儀、丁廙，被曹丕殺害，並戮其全家，這給曹植精神上一個很大的威脅。其次，曹丕及位時，曹植大哭，這次哭，給曹丕一個難以寬恕的仇恨。至於哭的原因，有兩種記載；一是「魏志」卷十六「蘇則傳」說：「初則及臨菑侯植聞魏氏代漢，皆素服悲哭，文帝聞植如此，而不聞則也。帝在洛陽，常從容言曰：『吾應天受禪，而聞有哭者，何也』？則謂爲見問，鬚髯悉張，欲正論以對，侍中傅巽搯則曰：『不謂卿也』。於是乃止」。又裴松之注引「魏略」說：「初則在金城，聞漢帝禪位，以爲崩也。乃發喪，後聞其在，自以爲不審，意頗默然。臨菑侯植，自傷失先帝意，亦怨激而哭。其後文帝出遊，追恨臨菑侯，顧謂左右曰：『人心不同，當我登大位之時，天下有哭者』。時從臣知帝此言有爲而發也，而則以爲爲己，欲下馬謝，侍中傅巽日之，乃悟」。不管曹植這次哭是有意或誤聞，激出曹丕一種極度的仇恨，這是事實。於是監國謁者灌均就「希指奏植醉酒悖慢，劫脅使者，有司請治罪」。不祇灌均，還有王機、倉輯等也都希指誣衊。據曹植黃初六年下的「自誡令」說：「吾昔以信人之心，無忌於左右，深爲東郡太守王機，防輔吏倉輯等任所誣白，獲罪聖朝。身輕於鴻毛，而謗重於泰山」。不祇王機、倉輯，還有其他許許多多人，如魏志「曹植傳」末尾引景初中詔書說的：「其收黃初中諸奏植罪狀，公卿以下議，尚書、中書、秘書三府、大鴻臚者，皆削除之撰錄」一段話，就知道希指的人有多少！結果被貶爲安鄉侯。眞如他在「當墻欲高行」說的：「衆口可以鑠金，讒言三至，慈母不親。憒憒俗間，不辯僞眞。願欲披心自說陳，君門以九重，道遠河無津」！

從二十九歲到三十五歲，換言之，也就是從曹丕登帝到曹丕逝世這七年間，是曹植生命史上最受壓迫的時期。這時期的作品，充滿了誠皇誠恐與哀怨的情調。他在黃初四年「責躬應詔詩表」裏說：「臣自抱釁歸藩，刻肌刻骨，追思罪戾。晝分而食，夜分而寢，誠以天網不可重罹，聖恩難可再恃。……前奉詔書，臣等絕朝，至止之日，馳心輦轂。僻處西館，未奉闕庭。踴躍之懷，瞻望反側，不勝犬馬戀主之情」。另一方面他又不得不承認自己的罪過，如「責躬詩」說：「伊予小子，恃寵驕盈。舉挂時網，動亂國經。作藩作屛，先軌是隳。傲我皇使，犯我朝儀」。

這一時期的作品，如「爲君既不易，爲臣良獨難。忠信事不顯，乃有見疑患。……待罪居東國，泣涕尚流連」（怨歌行）。如「行年將晚暮，佳人懷異心。恩絕曠不接，我情遂抑沈」（種葛篇）。如「念君過於渴，思君劇於饑。君作高山柏，妾爲濁水泥。……願作東北風，吹我入君懷；君懷常不開，賤妾當何依」（怨歌行）？如「痛一旦而見棄，心忉怛以悲驚。……嗟冤結而無訴，乃愁苦以長窮。恨無愆而見棄，悼君施之不終」（出婦賦）！都是充分表現了這一時期的心情。然據他在「自誡令」裏說的：「反旋在國，揵門退掃，形影相守，出入二載，機等吹毛求瑕，千端萬緒，然終無可言者。及到雍，又爲監官所舉，亦以紛若，於今復三年矣！然卒歸不能有病於孤者，信心足以貫於神明也。今皇帝遙過鄙國，曠然大赦，與孤更始欣笑，和樂以歡，孤隕涕咨嗟」！可知他的被誣。無怪乎他咒罵說：「鴟梟鳴衡軛，豺狼當路衢。蒼蠅間白黑，讒巧令親疎」（贈白馬王彪之三）。黃初六年，曹丕東征，回來的時候過雍丘，住在曹植的宮裏，兄弟倆的感情比較恢復，故曹植有「自誡令」之作；然曹丕於第二年也就逝世了，所以他的第三階段，應該從曹叡即位起。

曹叡即位後，對曹植似乎寬鬆，所以表現建功樹名最濃厚的作品，如「求自試表」、「求存問親戚疏」、「陳審擧之義疏」等篇，都是這時期寫的。但希望終是希望，事實上絲毫不能實現。同時，他數度遷都，使他異常不安，他在「遷都賦」說：「余初封平原，轉出臨菑，中命鄄城，遂徙雍丘，改邑浚儀，而末將適於東阿。號則六易，居實三遷，連遇瘠土，衣食不繼」。

希望愈大，失望也愈大，當希望完全幻滅的時候，精神與體質都起了劇烈的變化。他在「上疏請免發取國士息」（時年四十歲）說：「若陛下聽臣悉還部曲，罷官署，省監官，使解璽釋紱，如此雖進無成功，退有可守，身死之日，猶松、喬也。然伏度國朝，終未肯聽臣之若是，固當羈絆於世繩，維繫於祿位，懷屑屑於小憂，執無已於百念；安得蕩然肆志，逍遙於宇宙之外哉」？這是他精神上的轉變。明帝太和六年正二月「與陳王植手詔」說：「王顏色瘦弱，何意邪？腹中調和不？今者食幾許米？又啖肉多少？見王瘦，吾甚驚，宜當節水加餐」。這是他體質上的轉變，在這精神與體質的兩種轉變下，再去讀他的「釋愁文」，就可瞭然。

知道了屈原，兩漢作家與曹植的遭遇後，再把春秋以後的我國政治、社會、教育、思想與選舉制度，作一概述，更可瞭然宗經時期的時代背景。

我國自春秋以後，貴族政治開始崩潰，社會上產生了一種人，叫做「士」。這種「士」，與歌謠時期的「士」，稍有不同。歌謠時期的「士」是武士。武士的主要任務在打仗；到了春秋以後的「士」，是利用知識以維持自己的生活，又利用知識以取得社會上和政治上的勢力，而與土地貴族利用地租以維持自己的生活，又依靠門閥以取得社會上和政治上的勢力者不同。他們產生於春秋末年，派別甚多，而其思想都是想治國平天下。治國平天下是政治家的任務，而在社會尚未進步之時，人們要用自己的才幹實行治國平天下的抱負，必須取得政權，孔子席不暇暖，墨子突不得黔，他們努力取得政權，由此可知。不過春秋時代，士的人數尚少，入仕容易，所以

「論語」書中，孔子門人未曾以「仕」爲問題，惟祇子張學干祿。到了戰國時代，士的人數漸多，就發生了生存競爭，而令他們注意到仕的問題。「孟子」書中，孟子門人喜歡問「仕」，而孟子且以「仕」爲君子的職業。

在這士人階級將次抬頭的時候，貴族階級仍然養尊處優，大部份的光陰都消耗在田獵宴會，無遑研究治術，以應付複雜的政治。而列國君主又欲剝奪貴族階級的政權，以建立中央集權的國家，遂趁這個機會，擢用士人。魏文侯以卜子夏、田子方爲師，每過段干木之廬必式，四方賢士多歸之。吳起守西河，西門豹守鄴，樂羊伐中山。燕昭王卑詞厚幣以招賢者，樂毅自魏往，鄒衍自齊往，劇辛自趙往。他們或徒步而爲相，或白身而爲將。蘇秦家無負郭田二頃，竟佩六國相印，范雎家貧無以自資，而秦王乃拜之爲相。其他的例，不可枚舉。總之，戰國時代乃是一個內政外交極複雜的時代，內政怎樣改革，外交怎樣應用，貴族是不知道的；軍隊怎樣編制，作戰怎樣計劃，貴族也一概不知。前者須依靠於新的官僚，後者須依靠於新興的軍人。而供給這兩種人物者爲士人。士人能够打倒貴族階級而建立官僚政治，不是沒有原因的。這種官僚政治固然開始於戰國時代，而其完成則在於秦。

官僚政治的目的在使賢者在位，能者在職。怎樣培養賢能，於是有學校；怎樣任用賢能，於是有選擧，怎樣考核賢能，於是有考課。這三者可以說是官僚政治的基礎。秦開其端，漢發揚之。秦雖二世而亡，然其律令乃保存於丞相、御史兩府。高祖入關，蕭何收秦丞相御史律令圖書存之，漢能發揚光大官僚政治，其有依賴於秦者很多。

漢興，高祖奮身於隴畝之中，本不知庠序之教，而攻城爭地，需要斬將搴旗之士，儒生沒有什麼用處，所以高祖輕視儒生。高祖最初所需求者祇是權術之徒，對儒生不大歡迎。國家安定以後，羣臣飲酒爭功，拔劍擊柱，高祖始知道儒者難與進取，可與守成，遂願借重儒生，令叔孫通制定朝儀。朝儀制定之後，諸侯羣臣朝見，莫不震恐肅敬，沒有敢諠譁失禮的，漢高祖高興說：「現在我才知道皇帝的尊貴」！因此，才賞識儒生，進而崇拜孔子。

中央政府既然一方面削弱藩國，完成國家的統一，他方面又復壓迫列侯，提高皇帝的權力，更想征服四夷，不受外敵的壓迫，自然需要一種能與新政權配合的學說。而最合時代需要的，則爲儒家。孔子著「春秋」，尊王攘夷。尊王就是謀國家的統一，攘夷就是謀國家的獨立。這種思想最適合當時政治環境的需要，故儒生漸漸的被重用了。漢文帝的削弱諸侯，就是用賈誼的陳政事疏。董仲舒、朱買臣均以說「春秋」而顯貴，公孫弘更因治「春秋」而爲相。到了武帝，乾脆罷黜百家，表章六經。表面上儒者逐漸顯要，實際如何呢？

官僚政治固然是時代的產物，然秦能够把它制度化者，又須歸功於法家。法家思想原於荀卿性惡說，而其結論，則欲不別親疏，不殊貴賤，一斷於法，以便達到信賞必罰的目的。貴族政治採世官之制，公門有公，卿門有卿，賤有常辱，貴有常榮。賞不能功其功，罰不能戒其罪。人主所恃以治天下者爲刑賞二柄，刑賞失去效用，不但政治不能進行，而人主的威嚴亦將減低。由此可知法家思想與貴族政治不能兩立，法家主張官僚政治，可說是必然的結果。維持一種制度，不能單靠人心，必然把不成文的制度編爲成文的制度，然後才能永久存在。法家所以必把官僚政治定爲律令者，就由於此。秦自孝公以後，法家學說已經得到勢力。始皇時代，李斯重用，由是法家學說便由思想變爲法制。漢興，循而不革，計其開國之初，公卿大夫對於一代制度有所致力者，不外蕭何、張蒼、叔孫通數人。蕭何是秦的縣吏，張蒼是秦的御史，叔孫通是秦的博士。他們三人受秦的影響很大，而漢的社會又和秦的社會相似，需要官僚政治以代替貴族政治，因此，漢遂承襲秦制，未曾改革。武帝罷黜百家，表章六經，然也不過法家制度披上儒人衣裳。宣帝所用，多爲文法之吏，以刑名繩下。大臣楊惲、蓋寬饒等坐刺譏辭語，爲罪而誅。嘗侍燕，從容曰：「陛下持刑太深，宜用儒生」。宣帝作色曰：

漢家自有制度，本以覇王道雜之，奈何純任德教，用周政乎？且儒俗不達時宜，好是古非今。使人眩於名實，不知所守，何足委任！（漢書九卷元帝紀）

漢初，有資產的才能作官。景帝以前，資產須在十萬以上；景帝以後，改爲四萬以上。衣食足而後知禮義，家無資產，爲吏必貪，這是漢人的意見。但是漢代人民之能致富者多係商人，商人又不得作官，則爲吏者當然祇有地主了。就當時的情況說，大地主都是列侯封君，所以漢代初年政治，可以說是列侯政治。自武帝任用儒生以後，這個資產限制，可能撤銷，董仲舒說：「選郎吏又以富訾，未必賢也」（漢書董仲舒傳）。還有朱買臣、匡衡、翟方進都是家貧而作官，可知資產的限制，在這時已取消了。官僚政治的目的在使賢者在位，能者在職，資產資格的撤銷，有助於官僚政治的發展者很大。（以上根據薩孟武先生的「中國社會政治史」撮述）宗經文學就產生在這種官僚政治的環境之下。屈原與曹植雖係貴族，他們的精神是與這一時期一致的。

瞭然了宗經時期個人的與時代的背景後，再論這個時期文學的特徵。

第一、這一時期的作家思想都是儒家的，雖說他們往往也有道家思想。尤其是東漢作家，道家的思想更爲顯著。然在實踐上，他們始終是走儒家的路，所以稱他們的意識叫「仕」。他們都是尊崇六經，都以六經爲思想行爲的旨歸，所以稱他們的作品爲宗經文學；作者爲宗經作家；時代爲宗經時期。他們都有「揚聲名於後世，齊功德於往古」的野心，然因個人所遭受的環境不同，性格又不同，感受的情感眞摯與否也不同，於是作品的面貌也就各有不同了。

第二、這一時期的作家都在城市生沽，用以表現意識的資料，不外都市的。卽令寫到山林禽獸，花卉魚蟲，也都是藉這些來表現他們的意識；對這些山林禽獸，花卉魚蟲的本身絲毫不感興趣。

第三、因爲他們的服飾行爲，都是「服有常色，貌有常則，言有常度，行有常式，立則磬折，拱若抱鼓，動靜有節，趨步商羽，進退周旋，咸有規矩」，這種精神表現在作品上，是守規律。這時期的幾種主要文體如辭、賦、四言詩、五言詩、一部分的樂府歌辭都是比較語句齊整，結構嚴謹。

第四、他們都受過高深的教育，古代學術思想給他們深厚的影響，從古代的典章文籍裏歸納些生活上必由之道，自然而然養成一種觀念的世界，因之他們不是生存在現實生活，而是生活在觀念世界裏。理智主宰他們的生活與行爲，溫柔敦厚的精神，由此產生。

第五、他們都受過文學的洗禮，所用的文字都是古雅深奧，旁徵博引，以顯示他們的才學。

如果將這一時期的文學與歌謠時期的相比，顯然有五種不同：

第一、歌謠作家所處的是現實世界，固然他們也在講「古訓是式」，而他們的生活比較現實的；宗經作家所處的，則是觀念世界。

第二、因爲歌謠作家所處的是現實生活，所以情感豐富，一切作品都充分表現了情感的眞摯。宗經作家，因爲他們所處的是觀念世界，所以處處顯出理智，話不敢直講，要繞很大的彎才把自己的意思講出來，所以顯出溫柔敦厚。

第三、因爲情感眞摯，所以歌謠作品都用白描的手法，不加掩飾地將情感表達出來。宗經作品，一方面因爲作者不敢直講，一方面因爲作者想顯露自己的才學，往往成了典故的堆砌。卽令屈原與曹植的作品，在這一時期裏最是眞情的流露，仍有堆砌典故的現象。典籍領導着他們的生活，他們的生活與典籍不可分離，用典自然成了普遍的現象。

第四、情感與音樂脫離不了關係，所以歌謠與音樂也脫離不了關係；甚而歌謠的形式由音樂而來，詩人是依據音樂的形式而形成他的作品形式，所以歌謠時期的作品都可入樂。宗經作品，與音樂就完全脫離了關係。楚辭本是一種歌，可是一到屈原的手裏，就變了質。「離騷」不能唱，「九歌」、「九章」能否歌唱，也有問題。到了賦，除用韻外，乾脆與音樂無關。四言詩由「詩經」而來，漢時雅樂失傳，也變成了僵死的形式。在漢代能唱的作品祇有樂府詩，然這是漢時新興的音樂。五言詩由樂府詩而來，然五言詩在這時還是新生的萌芽，直到魏、晉、南北朝方茁壯長大起來。於是前者顯得自然，後者顯得守格律。

第五、歌謠作家祇能以他所感遇的作爲表現意識的材料，他們又處在農業社會，自然以農業社會的事物作爲材料。宗經作家，都住在城市，自然以都市生活作爲表現的資料。

第十四章　詠懷時期

有「與世爭貴，貴不足爭。與世爭富，富不足先。必超世而絕羣，遺俗而獨往」理想的，從「春秋非有託，富貴焉常保。……朝爲媚少年，夕暮成醜老。自非王子晉，誰能常美好」（詠懷）的阮籍起，直到「吾觀自古賢達人，功成不退皆殞身。子胥既棄吳江上，屈原終投湘水濱。陸機雄才豈自保？李斯稅駕苦不早！華亭鶴唳詎可聞，上蔡蒼鷹何足道！君不見吳中張翰稱達生，秋風忽憶江東行。且樂生前一杯酒，何須身後千載名」（行路難三首之三）的李白止，這中間如嵇康、張華、潘岳、陸機、左思、陶淵明、謝靈運、鮑照、江淹、沈約、何遜、陰鏗、庾信、王績、盧照鄰、李百藥、張九齡、陳子昂、儲光羲、韋應物、岑參、孟浩然、王維等二十數位作家，都有這種理想。因爲他們都有（不過成分略有多寡）「慮周流於無外，志浩蕩而自舒」的願望，而寫作的目的，只是流露自我的所見所聞，所知所感，毫不關乎建功樹名的事業與野心，故借阮籍的詩篇名稱，稱此時期爲詠懷時期；作家爲詠懷作家；作品爲詠懷作品。

其次，我們再就這時期作家創作動機的自白，來看爲什麼要稱這時期爲「詠懷」的緣故。這期的代表作家如陶淵明以五柳先生自況說：「閑靖少言，不慕榮利。……常著文章自娛，頗示己志。忘懷得失，以此自終」（五柳先生傳）。因爲他「不慕榮利」、「忘懷得失」，所以他寫文章的目的自然是爲「自娛」，爲「示己志」。反而言之，如果是「慕榮利」、「懷得失」，那寫文章的目的就不同了。再如謝靈運說：「矜名道不足，適己物可忽」（遊赤石進帆海）。「人生誰云樂？貴不屈所志」（遊嶺門山詩）。「慮澹物自輕，意愜理無違」（石壁精舍還湖中作）。「我志誰與亮？賞心惟良知」（遊南亭）。他體會出人生最大的樂趣，莫過於「適己」，莫過於「慮澹」，莫過於「意愜」，歸結一句，就是「不屈所志」。如果能「適己」，就可「忽物」；能「慮澹」，就可「輕物」；能「意愜」，就可與「理」（卽道）無違；能「忽物」，能「輕物」，能「無違」，就是「賞心」。然這「賞心」由於「貴不屈所志」的「良知」而來。再如鮑明遠說：「絲竹徒滿坐，憂人不解顏。長歌欲自慰，彌起長恨端」（代東門行）。他是拿歌來自慰。再如韋應物說：「始唱已慚拙，將酬益難伸。濡毫意僶俛，一用寫悁勤」（酬劉侍郎使君）。「披懷始高詠，對琴轉幽獨」（西郊養疾）。他寫作的目的是在「披懷」，是在「寫悁勤」。再如王績說：「每遇天氣清朗，則於舟中詠大謝『亂流趨孤嶼』之詩，渺然盡陂澤之思」（答馮子華處士書）。他的話雖祇關於歌詠，不是指寫作的目的，然從他所歌詠的作品（「亂流趨孤嶼」爲謝靈運「登江中孤嶼詩」句），也可知他的興趣。再如岑參說：「舟中饒孤興，湖上多新詩」（送王大昌齡赴江寧）。又說：「置酒灞亭別，高歌披心胸」（送神樂歸河東）。「忽來輪臺下，相見披心胸」（北庭貽宗學士道別）。他的歌是爲「披心胸」而寫。再如李白的詩句：「閑來東武吟，曲盡情未終。盡此謝知己，扁舟尋釣翁」（還山留別金門知己）。「佳遊不可得，春風惜還別。賦詩留巖屏，千載庶不滅」（登梅岡望金陵贈族姪高座寺僧中孚）。「浩歌待明月，曲盡已忘情」（春日醉起言志）。都可看出他是爲詠懷而寫作。其他如王士源批評孟浩然是「文不爲仕，佇興而作」（孟浩然集序），王縉批評乃兄王維是「乘興爲文」（唐詩紀事卷十六引），都可看出他們寫作的態度。

如果將這種爲「自娛」、「自慰」、「自憐」、「示己志」、「寫悁勤」、「披心胸」的寫作態度，與傳奇時期「補察時政」、「洩導人情」、「興發於此而意歸於彼」的「以義補國」的態度作比較，就更可瞭解什麼叫「詠懷」。以義補國的詩，如白居易在「讀張藉古樂府詩」所說的：「張君何爲者，業文三十春。尤工樂府詩，擧代少其倫。爲詩意如何？六義互鋪陳。風雅比興外，未嘗著空文。讀君學仙詩，可諷放佚君。讀君董公詩，可誨貪暴臣。讀君商女詩，可感悍婦仁。讀君勤齊詩，可勸薄夫敦。上可裨敎化，舒之濟萬民。不可理情理，卷之在一身」。這固然是一個極端的例，但拿它與詠懷作品來比，正可顯出兩者的區分，而爲瞭解「詠懷」作品之一助。

產生詠懷文學的時代背景是什麼呢？茲分四點陳述於下：

一是：貴族政治的復活。周採世官之制，「公門有公，卿門有卿」，卽所謂貴族政治。秦、漢改爲選賢擧能，務使「賢者在位，能者在職」，卽所謂官僚政治。然到東漢末年，官僚政治已經腐化，到了三國更是沒落，漸又轉爲貴族政治。「文獻通考」（卷二十八）「選擧」一引沈約的話說：「漢末喪亂，魏武始創，軍中倉卒，權立九品。蓋以論人才優劣，非謂代族高卑。因此相沿，遂爲成法。自魏至晉，莫之能改。州都郡正，以才品人；而擧代人才，升降蓋寡。徒以憑藉代資，用相凌駕。都正俗士，斟酌時宜，品目多少，隨時俯仰。劉毅所云：『下品無高門，上品無賤族』也。歲月遷訛，斯風漸篤，凡厥衣冠，莫非三品。自此已還，遂成卑庶。周、漢之道，以智役愚，臺隸參差，用成等級。魏、晉以來，以貴役賤。士庶之科，較然有辨」。沈約這段話講漢末魏晉的政治演變，頗爲扼要；但他說：「軍中倉卒，權立九品」，似非事實，漢末魏晉之所以轉爲貴族政治，有政治的、經濟的、教育的、社會的、選擧的種種原因，絕非出之偶然。薩孟武先生的「魏晉南北朝的貴族政治」一文（臺灣大學「社會科學論叢」第一輯），言之甚詳，這裏不作深究。這裏祇要知道魏、晉、南北朝是貴族政治就够了。因爲是貴族政治，階級的區分，非常嚴格，出身寒微，門孤援寡者，祇能屈身於低位。所以左思說：「世胄躡高位，英俊沉下僚」（詠史之二）。陶淵明說：「本不植高原，今日復何悔」（擬古之九）！「南史」「隱逸傳」裏的隱者，幾乎都是出身寒微的人。第四章裏，在我們所引的「張華傳」裏曾說：「賈謐與后共謀，以華庶族，儒雅有策略。進無逼上之嫌，退爲衆生所依，欲倚以朝綱，訪以政事」。張華出身寒微，他之被重用，因爲他「進無逼上之嫌，退爲衆生所依」，這兩句話將南北朝政府用人的心理整個表露了。南北朝之所以紛亂，就由貴族的互爭天下，政府對貴族是不敢重用的；不得已才用了窮文人。貴族政治，是使詠懷作家之有隱的意識的一種原因。

二是：政局動盪，文人少有全者。「晉書」「阮籍傳」說：「本有濟世志，屬魏、晉之際，天下多故，名士少有全者，籍由是不與世事，遂酣飲爲常」。阮籍所以不仕，由於「天下多故，名士少有全者」，詠懷作家之所以不仕，也都由這個原因。嵇康是被殺的，張華是被殺的，潘岳是被殺的，陸機是被殺的，謝靈運、鮑照、謝朓、都是被殺的。無怪乎李白要說：「吾觀自古賢達人，功成不退皆殞身」了。

三是：道家思想與釋家思想的發達。道家求自然，釋家求清靜，這兩種思想都是出世的，都適合於亂世的需要，所以詠懷作家的思想，不是道家的，就是釋家的或釋、道兩家雜糅的。

第四、學校廢弛，儒業不振。在兩漢的時候，人才由太學培養，然到三國初期，英雄對峙，攻戰不已，庠序之敎已見廢弛。曹丕受禪後，黃初五年，京師始設太學。那時候的人都以戰陣爲務，無暇庠序之事；不但地方學校，便是京師太學也極腐敗。博士率多麤疎，無以敎子弟；子弟也爲逃役，不想學習。卽至南北朝以後，太學時廢時設；卽令設立，也無成效。有志之士，反到寺廟裏去，以滿足他們的精神要求與知識慾望，這樣更增長了釋道思想的發達。（註一）

註一　關於詠懷時期，請參閱拙著「陶淵明評論」裡「陶淵明的時代」一章，講得更爲詳細。

第十五章 傳奇時期

宗經時期以後，重新又有「揚聲名於後世，齊功德於往古」理想的，從「自謂頗挺出，立登要路津，致君堯舜上，再使風俗淳」（奉贈韋左丞丈）的杜甫起，直到「辛苦遭逢起一經，干戈落落四周星。山河破碎風飄絮，身世浮沉雨打萍。惶恐灘頭說惶恐，零丁洋裏歎零丁，人生自古誰無死，留取丹心照汗青」（過零丁洋）的文天祥止，中間如錢起、李益、韓愈、柳宗元、劉禹錫、孟郊、張籍、盧同、元稹、白居易、李紳、杜牧、皮日休、歐陽修、蘇舜欽、梅堯臣、石曼卿、陳師道、陳與義、王安石、蘇軾、黃庭堅、陸游、范成大、楊萬里、辛棄疾等二十餘位作家，也都有這種理想。他們也是「誦周、孔之遺訓，歎唐、虞之道德」，於是養成一種至高無上的理想，然當這種理想與現實接觸後，才知道自己的理想接近於幻想，實際上就等於幻想。杜甫說：「儒術與我何有哉？孔丘盜跖俱塵埃」（醉時歌）！韓愈說：「今日無端讀書史，智慧衹足勞精神。畫蛇著足無處用，兩鬢霜白趨埃塵」（感春四首之四）。柳宗元說：「信書成自誤，經世漸知非」（壘後）。孟郊說：「本望文字達，今因文字窮」（歎命）。而講得最徹底最露骨的，莫過於白居易的「悲哉行」。詩言：

悲哉爲儒者，力學不知疲。讀書眼欲暗，秉筆手生胝。十上方一第，成名常苦遲。縱有宦達者，兩鬢已成絲。可惜少壯日，適在窮賤時。丈夫老且病，焉用富貴爲！沉沉朱門宅，中有乳臭兒。狀貌如婦人，光明膏粱肌。手不把書卷，身不擐戎衣。二十襲封爵，門承勳戚資。春來日日出，服御何輕肥！朝從博徒飲，暮有倡樓棲。平封還酒債，堆金選娥眉。聲色狗馬外，其餘一無知。山苗與澗松，地勢隨高卑。古來無奈何，非君獨傷悲！

就從以上的詞句裏，尤其是白居易的這篇「悲哉行」裏，露透一點消息，就是他們的悲哀是有政治制度上的原因。原來唐以科舉取士，每次取士而能由進士及第者，少至一二人，多不過七十九人，水準之高，無以復加。像杜甫的才學，還是落選。應學的目的在作官，然及第後不見得就有官作，還得經過吏部考試。韓愈三試於吏部無成，則十年猶布衣。政治是被一般權貴和子弟把持着，而這批人最憎惡進士，認爲他們所學的「不根實藝」（詳下）。理想與現實是這樣的矛盾，是這樣的不相協調，所以作家們由追求而失意，由失意而產生了豐厚的情感。處在這種失意的心情下，再加以釋、道的影響，又產生人生若夢的感覺。這一期的作家是由理想出發，經過追求，失望，以人生若夢作結論。

這期作家的行爲也是「束身修行，日愼一日，擇地而行，唯恐遺失」，所以杜甫說：「未達善一身，得志行所爲」（詠懷二首之一）。韓愈說：「惟思滌瑕垢，長去事桑柘」（縣齋有懷）。

元稹也說：「修身不言命，謀道不擇時」（酬別致用）。他們對自己的行爲異常檢點，不像上一期作家的那樣要「自安」，要「任眞」，要「肆志」。行爲如此，到作文的時候，自然要守規律。這一時期的嚴守格律精神，只拿杜甫一個作例，也就够了。杜甫再三讚美格律說：「覓句新知律」（又示宗武）；「晚節漸於詩律細」（遣悶戲呈路十九曹長）；「遣辭必中律，利物常發硎」（橋陵詩三十韻因呈縣內諸官）；「思飄雲物動，律中鬼神驚」（敬贈鄭諫議十韻）。實際上，律詩與仕發生着密切的關係，律詩正是「仕」者顯示自己才學的媒介，律愈嚴，字愈奇，韻愈險，典愈多，愈顯出作者的天才高，學識博。杜甫要作到「語不驚人死不休」，韓愈要做到「險語破鬼膽」，這兩位時代領袖人物如此，其他也可想而知了。

如同宗經作家一樣，這時期作家們也都集中在都市中活動，不能像謝靈運他們那樣以靜觀靜。如李白的「敬亭獨坐」：「衆鳥高飛盡，孤雲獨去閒。相看兩不厭，只有敬亭山」。這是多麼的無我，多麼的以靜觀靜；可是這一時期的作者時時都有一個「我」的成分存在。卽令描寫自然，也不會爲描寫自然而描寫自然，他們是拿自然來烘托「我」或表現「我」。

如將這一期的文學，與上期詠懷作品作一比較，又有十種不同之點：（一）上期的意識主潮爲「隱」；這期的意識主潮爲「仕」。（二）上期作家的作官是爲「窮」；這期作家的作官是爲忠君愛民。不過窮困總是難免，爲祿而仕，也常常表現在他們的作品裏。（三）上期的寫作爲自我表現；這期的寫作爲「以義補國」。（四）上期作家的思想比較現實；這期的理想，比較近於幻想。(五)上期作家的情感比較淡泊；這期的比較熱烈奔放。(六)上期作家的生活比較自然；這期的比較嚴肅。(七)上期的風格比較自由；這期的比較重格律。(八)上期的作家以自然爲描寫對象；而這期以士人的生活意識爲對象。卽令描寫山水，也是士人意識化。(九)上期最好的作品都用白描的手法，不藻飾，不用典；這期的尙藻飾，喜用典，以顯示作者的才學。(十)上期作家的最高造境是以靜觀靜，表現無我之境；這期是以動觀靜，處處有「我」的成分存在。

爲什麼要稱這一時期的文學爲「傳奇」呢？其理由如下。

傳奇本是唐人小說的總稱。內中一篇「枕中記」的主人翁爲盧生，而盧生正足以代表杜甫到文天祥這時間的主要作家。盧生爲傳奇中人物，所以也稱這期間的作者爲傳奇作家；其作品爲傳奇文學。茲先將「枕中記」所表現的意識作一分析，然後再看這些意識是否代表了整個的時代，那末，傳奇的命名，就可瞭然。原文如下：

開元七年，道士有呂翁者，得神仙術。行邯鄲道中，息邸舍，攝帽弛帶，隱囊而坐。俄見旅中少年，乃盧生也。衣短褐，乘青駒，將適於田，亦止于邸中。與翁共席而坐，言笑殊暢。久之，盧生顧其衣裝敝褻，乃長嘆息曰：「大丈夫生世不諧，困如是也」！翁曰：「觀子形體，無苦無恙，談諧方適，而嘆其困者，何也」？生曰：「吾此苟生耳，何適之謂」？翁曰：「此不謂適，而何謂適」？答曰：「士之生世，當建功樹名，出將入相，列鼎而食，選聲而聽，使族益昌而家益肥，然後可以言適乎。吾嘗志於學，富於遊藝，自惟當年，青紫可拾，今已適壯，猶勤畎畝，非困而何」？言訖；而目昏思寐。時主人方蒸黍，翁乃探囊中枕授之曰：「子枕吾枕，當令子榮適如志」。其枕青甆，而竅其兩端。生俛首就之，見其竅漸大，明朗，乃擧身而入，遂至其家。數月，娶清河崔氏女，女容甚麗，生資愈厚，生大悅。由是衣裝服馭，日益鮮盛。明年，擧進士，登第；釋褐祕校，應制，轉渭南尉。俄遷監察御史；轉起居舍人，知制誥。三載，出典同州，遷陝牧。生性好土功，自陝西鑿河八十里，以濟不通。邦人利之，刻石記德。移節汴州，領河南道採訪使，徵爲京兆尹。是歲，神武皇帝，方事夷狄，復宏土宇，會吐蕃新諾羅龍莽布攻陷瓜沙，而節度使王君㚟被殺，河湟震動。帝思將帥之才，遂除生御史中丞，河西道節度。大破戎虜，斬首七千級，開地九百里，築三大城以遮要害。邊人立石於居延山以頌之。歸期册勳，恩禮極盛。轉吏部侍郎，任戶部尚書兼御史大夫。時望清重，羣情翕習。大爲時宰所忌，以飛語中之，貶爲端州刺史。三年，徵爲常侍。未幾，同中書門下平章事。與蕭中令嵩、裴侍中光庭同執大政十餘年。嘉謨密令，一日三接，獻替啓沃，號爲賢相。同列害之，復誣與邊將交結，所圖不軌，下制獄，府吏引從至其門而急收之。生惶駭不測，謂其妻子曰：「吾家山東，有良田五頃，足以禦寒餒，何苦求祿？而今及此，思衣短褐，乘青駒，行邯鄲道中，不可得也」！引刃自刎，其妻救之，獲免。其罹者皆死，獨生爲中官保之，減罪死，投驩州。數年，帝知冤，復追爲中書令，封燕國公，恩旨殊異。生五子：曰儉，曰傳，曰位，日倜，曰倚，皆有才器。儉進士及第，爲考功員外；傳爲侍御史；位爲太常侍；倜爲萬年尉；倚最賢，年廿八，爲左襄。其姻媾皆天下望族。有孫十餘人。兩竄荒徼，再登臺鉉，出入中外，徊翔臺閣，五十餘年，崇盛赫奕。性頗奢蕩，甚好佚樂，後庭聲色，皆第一綺麗。前後賜良田、甲第、佳人、名馬、不可勝數。後年漸衰邁，屢乞骸骨，不許。中人候問，相踵於道，名醫上藥，無不至焉。將歿，上疏曰：「臣本山東諸生，以田圃爲娛。偶逢聖運，得列官敍，過蒙殊獎，特秩鴻私。出擁節旌，入昇臺輔，周旋中外，綿歷歲時，有忝天恩，無裨至化，負乘貽寇，履薄增憂。日懼一日，不知老至。今年逾八十，位極三事，鐘漏並歇，筋骸俱耄，彌留沈頓，待時益盡，顧無成效，上答休明，空負深恩，永辭聖代，無任感戀之至，謹奉表陳謝」。詔曰：「卿以俊德，作朕元輔。出擁藩輔，入贊雍熙，昇平二紀，實卿所賴。比嬰疾疹，日謂痊平，豈斯沈痼，良用憫惻。今令驃騎大將軍高力士，就第候省，其勉加鍼石，爲予自愛。猶冀無忘，期于有瘳」！是夕薨。盧生欠伸而悟，見其身方偃於邸舍。呂翁坐其旁，主人蒸黍未熟，觸類如故。生蹶然而興曰：「豈其夢寐也」？翁謂生曰：「人生之適，亦如是矣」。生憮然良久，謝曰：「夫寵辱之道，窮達之運，得喪之理，死生之情，盡知之矣。此先生所以窒吾欲也，敢不受教」。稽首再拜而去。

這一篇傳奇裏，值得我們注意的有七點：第一是建功樹名，出將入相的志願；第二是娶清河崔氏女，其姻媾皆天下望族；第三是進士及第；第四是兩竄荒徼，再登臺鉉；第五是人生若夢的覺悟；第六是不得志時的歸田；第七是對朝廷的感戀。這七點可以說是傳奇作家的普遍意識。茲分別陳述於下：

第一、有建功樹名，出將入相志願的，如杜甫說：「男兒生世間，及壯當封侯。戰伐有功業，焉能守舊丘」（後出塞五首之一）？這是杜甫的建功樹名，出將入相的志願。韓愈說：「少小尙奇偉，平生足悲咤。猶嫌子貢儒，肯學樊遲稼？事業窺皐、稷，文章蔑曹、謝。濯纓起江湖，綴佩雜蘭麝」（縣齋有懷），這是韓愈的志願。「達則濟億兆，窮亦濟毫釐。濟人無大小，誓不空濟私」（酬別致用），這是元稹的志願。孟郊說：「壯士心是劍，爲君射斗牛。朝思除國難，暮思除國讐」（百憂），這是孟郊的自白。有代表性的作家，都是如此，這時期其他作家的志願，可以想見。

第二、娶清河崔氏女，其姻媾皆天下望族，也是這時期最普遍的願望。劉餗「隋唐嘉話」說：「薛中書超謂所親曰：『吾不才，富貴過分，平生有三恨：始不以進士擢第；娶五姓女；不得修國史』」。五姓尤以崔、盧爲最。有女皆居爲奇貨，除門第外，非百萬娉財不能得。「合璧事類」說：「張說好求山東姻婚，當時皆惡之。及後與張氏親者，皆爲門甲四姓。鄭氏不離滎陽，又岡頭盧，澤底李，土門崔，皆爲顯族」。在當時，五姓女較之皇家女尤貴。新唐書「公主列傳」說：「開成初，文宗欲以眞源、臨眞二公主降世族，謂宰相曰：『民間修婚姻，不計官品，而上閥閱，我家二百年天下，顧不及崔、盧也』」？甚而以娶皇家女爲恥的。「新唐書」（一六六卷）「杜佑傳」附「杜悰傳」說：「岐陽公主，帝（憲宗）愛女，舊制多選戚里將家。帝始詔宰相李吉甫擇大臣子，皆辭疾，唯杜悰以選」。又一一九卷「白敏中傳」說：「初帝（宣宗）愛萬壽公主，欲下嫁士人，侍郎鄭顥擢進士第，有閥閱，敏中以充選。顥與盧氏婚，將授室而罷，銜之」。鄭顥情願與盧氏女結婚，而不願娶萬壽公主，被白敏中强迫，故銜恨之。五姓女大家爭着婚娶，而皇家女呢？得厚爲財謝才能嫁出。「新唐書」（一四六卷）「李吉甫傳」說：「十宅諸王，既不出閣，諸女嫁不時，而選尙皆由中人（宦官）厚爲財謝，乃得遣」。這樣演變成俗，以致高宗不得不下詔禁止五姓通婚。「新唐書」卷九五「高儉傳」說：「（高宗）又詔後魏李寶（隴西李）、太原王瓊、滎陽鄭溫、范陽盧渾、盧輔、淸河崔伯、崔元孫，前燕博陵崔懿，趙郡李楷，凡七姓十家，不得自爲婚。……其後天下衰宗落譜，昭穆不齒者，皆稱禁婚嫁，益自貴。凡男女皆潛相聯娶，天子不能禁，世以爲蔽」。爲什麼要娶五姓女呢？原來在唐人的眼裏，姻媾也是騰達的一種手段，五姓都是顯族，如果與五姓女結合，騰達就比較容易，否則就困難。拿韓愈的才學還在嘆息說：「名聲荷朋友，援引乏姻婭。雖陪彤庭臣，詎縱青冥靶」（縣齋有懷）！元稹也說：「駿骨鳳毛眞可歸，岡頭澤底何足論」！元稹這句話雖是反話，正足證明那一時期人們心目中的理想姻婚。

第三、進士及第。「文獻通考」卷廿九，「選擧二」說：「進士大抵千人，得第者百一二，明經倍之，得第者十一二。……開元以後，四海晏清，士恥不以文章達。其應詔而擧者，多則二千人，少不減千，所取百才有一」。因爲及第難，才認爲可貴。同書又說：「唐衆科之目，進士爲尤貴，而得人亦最盛。歲貢常不減八九百人。縉紳雖位極人臣，而不由進士者終爲不美。推重之曰：『白衣公卿』。又曰：『一品白衫』。其艱難謂之『三十老明經，五十少進士』」。還有幾件尊崇進士的故事，列擧於下，以概一般。封演「封氏聞見記」「制科條」下說：「御史張環兄弟八人，其七人皆進士出身，一人制科擢第。親故集會，兄弟連榻，令制科者別座，謂之雜色，以爲戲樂」。「舊唐書」一三七卷考證引「劇談錄」說：「元和中，李賀善爲歌篇，韓公（愈）深所器重，於縉紳間多延譽。由是聲華藉甚。時元稹年少，以明經擢第，常願交賀。一日執造門，賀覽刺令僕者曰：『明經及第，何事來看李賀』？後元稹亦以進士及第」。因爲唐人這樣的重視進士，所以盛唐以後的重要文人，沒有不是進士出身。

第四、兩竄荒徼，再登臺鉉。在這一個時期，凡是有理想，有勇氣的作家，幾乎都受過貶責。韓愈爲御史、尙書郎、中書舍人，前後三貶，皆以疏陳治事，廷議不隨爲罪。他在「次藍關示姪孫湘」詩說：「一封朝奏九重天，夕貶潮州路八千。欲爲聖明除弊事，豈將衰朽計殘年」？白居易爲盜殺武元衡，京都震擾，上疏請亟捕賊，宰相嫌其出位，借故貶他爲江州司馬。他在「寓意詩五首」之二說：「赫赫京內史，炎炎中書郎。昨傳徵拜日，恩私頗殊常。貂冠水蒼玉，紫綬黃金章。佩服身未暖，已聞竄遐荒。富貴來不久，倏如瓦溝霜。權勢去尤速，瞥若石火光。

不如守貧賤，貧賤可久長。傳語宦遊子，且來歸故鄉」。元稹也曾被貶，所以在「放言詩」說：「三十年來世上行，也曾狂走趁浮名。兩回左降須知命，數度登朝何處榮」（放言詩之五）？柳宗元曾被謫柳州，他在「溪居詩」說：「久爲簪組累，幸此南夷謫」。其他如歐陽修、蘇東坡等，都曾被貶，都有這類的詩，不必枚擧。

這一時期的作家都是由建功樹名，出將入相的志願開始，然在政治上栽了幾個跟頭後，漸漸感到仕路的艱險。杜甫說：「男兒生無所成頭皓白，牙齒欲落眞可惜！憶獻三賦蓬萊宮，自怪一日聲輝赫。集賢學士如堵牆，觀我落筆中書堂。往時文彩動人主，此日饑寒趨路旁」（莫相疑行）。韓愈說：「君門不可入，勢力互相推。借問讀書客，胡爲在京師？擧頭未能對，閉眼聊自思。倏忽十六年，終期苦寒饑。宦途竟寥落，鬢髮坐差池。潁水清且寂，箕山坦而夷。如今便當去，咄咄無相疑」（將歸贈孟東野房蜀客）。而說得最徹底露骨的，還是白居易的「太行路」。詩言：「太行之路能摧車，若比人心是坦途。巫峽之水能覆舟，若比人心是安流。人心好惡苦不常，好生毛羽惡生瘡。與君結髮未五載，豈期牛女爲參商！古稱色衰相棄背，當時美人猶怨悔。何況如今鸞鏡中，妾顏未改君心改。爲君薰衣裳，君聞蘭麝不馨香。爲君盛容飾，君看金翠無顏色。行路難，難重重，人生莫作婦人身，百年苦樂由他人！行路難，難於山，險於水，不獨人間夫與妻，近代君臣亦如此。君不見左納言，右納史，朝承恩，暮賜死。行路難，不在山，不在水，祇在人情反覆間」。他自注這首詩說：「借夫婦以諷君臣之不終也」。

第五、人生若夢的覺悟。這一時期的作家是由理想而追求，由追求而失意，由失意而苦痛，由苦痛而感出人生若夢。我國的作家自受了佛教影響後，早已有人生若夢的覺悟，如陶淵明就說：「吾生夢幻間，何事紲塵羈」（飲酒詩之八）。李白也說：「人生若夢，爲歡幾何」（春夜宴桃李園序）。不過這一時期作家們，因受實際的感觸，「人生若夢」更成了一般的口頭禪。如柳宗元說：「投荒垂一紀，新詔下荊扉。疑比莊周夢，情如蘇武歸」（朗州竇常員外寄劉二十八詩見促行騎走筆酬贈）。如白居易說：「浮生都是夢，老少亦何殊」（暮春寄元九）。如元稹說：「壺中天地乾坤外，夢裏身名旦暮間」（幽棲）。「寒驢瘦馬塵中伴，紫綬朱衣夢裏身」（酬樂天喜鄰郡）。如歐陽修說：「又聞浮屠說生死，滅沒謂若夢幻泡」（綠竹堂獨飲）。如蘇軾說：「浮名，浮利，虛若勞神。歎隙中駒，石中火，夢中身」（行香子）。

第六、盧生是農家出身，這一時期的作家大多數也是農家出身。當盧生不得志時，想歸耕田園，這一時期的作家也都是如此。韓愈說：「余期報恩後，謝病老耕垡」（送文暢師北遊）。元稹說：「多修方丈室，春種桔槔園」（歸田）。白居易說：「金馬不可入，琪樹何由攀？不如歸山下，始法種春田」（歸田三首之一）。柳宗元說：「爲農信可樂，居寵眞虛榮。……四支反田畝，悉志東皋耕」（遊石角過小嶺至長烏村）。

第七、他們眞的徹悟，眞的歸耕了嗎？事實並不如此。他們都像盧生臨死時的疏裏所說：「顧無成效，上答休明。空負深恩，永辭聖代，無任感戀之至」！都是在感戀的情緒下沒世的。

杜甫在大曆四年春，即逝世的前一年，還在說：「人生貴是男，丈夫重天機。未達善一身，得志行所爲。嗟余竟轗軻，將老逢艱危。胡雛逼神器，逆節同所歸。……疲薾苟懷策，棲屑無所施。先王實罪己，愁痛正爲茲。歲月不我與，蹉跎病於斯。夜看酆城氣，回首蛟龍池。齒髮已自料，意深陳苦詞」（詠懷二首之一）。臨老他還說：「意深陳苦詞」。韓愈在長慶四年，即臨死的一年還說：「餘年諒無幾，休日愴已晚。自是病使然，非由取高謇」（南溪始泛詩）。又有「足弱不能步，自宜收朝蹟」之句，如果要不是因病，他是不會歸田的。他就在這一年十二月二日死的。歐陽修也在晚年說：「多病慚厚祿，早衰嘆餘生。未知犬馬報，安得遂歸耕」（感興五首之一）？從這些詩句來看，他們所以說歸耕，或因一時的不得志，或是一時的牢騷，或出於一時的自我安慰，而終其身還是要建功樹名，或報犬馬之恩。他們與詠懷時期的歸隱由於求自然、求清靜的出發點，完全不同。所以這一時期雖說也有隱的思想，然並未付之以實踐。

從以上的分析，可知盧生正足以代表這時期的文人，那末，就可瞭然爲什麼將這期間的中國文學命名爲「傳奇」的緣故。

瞭解了爲什麼要將杜甫到文天祥這期間的中國文學稱爲「傳奇文學」後，那末，就該解釋在怎樣的時代背景與社會背景之下產生了這樣的文學。茲分唐、宋兩個階段，將它的組成因素，分述於下：

唐代的最主要因素有二：一是政治的，一是科擧的。茲先敍政治的因素。

所謂政治的，實際也是社會的，就是自南北朝以來，產生了一種貴族社會，而政權，實際就操在這批人手裏，南北朝如此，唐代仍然如此。「新唐書」（九五）「高儉傳」：

帝（太宗）曰：「我於崔、盧、李、鄭無嫌，顧其世衰，不復冠冕。……今謀士勞臣，以忠孝學藝從我定天下者，何容納貨舊門，向聲背實。……朕以今日冠冕爲等級高下」，遂以崔幹爲第三姓（原爲第一姓），班其書天下。

很顯然，太宗是想壓抑南北朝以來實際執掌政治的五姓，而以自己的功臣來代替，然這批功臣都是窮苦出身的。以後高宗、武后、玄宗都在執行這種的政策。「新唐書」（一〇九）「崔義玄傳」附「神基傳」說：

初玄宗命相，皆先書其名。一日書崔（琳，神基長子）等名，覆以金甌。會太子入，帝曰：「此宰相名，若自意之誰乎」？太子曰：「非崔琳、盧從願乎」？曰：「然」。時兩人有宰相望，常欲相之數矣，以族大恐附麗者衆，卒不用。

崔、盧已被太宗壓抑，不准爲第一姓，現在又不准他們作相，一方面可以看出他們在社會上、政治上的勢力，一方面可以看出唐代帝王用人的政策。

武則天的時候，這種政策推行得更徹底，他不但繼續着太宗的國策，壓抑講禮法的舊士族，並且還要推翻擁護李唐的士族。她所提拔的人包括平民、商人及小吏。「太平廣記」（二五五）「張鷟」條，記載她的破格用人說：

則天革命，擧人不試，皆與官起家，至御史、評事、拾遺、補闕者，不可勝數。張鷟爲謠曰：「補闕連車載，拾遺平斗量。把推侍御史，椀脫校書郞」。……南院吟之，續四句曰：「評事不讀經，博士不尋章，麵糊存撫使，眯目望神皇」。

聖神皇是武則天自稱。這裏不但譏官太多，也譏所提拔的人都是一些不讀經不尋章的平民小吏，根本沒有資格參加政治舞臺的人。這種階級問題，輾轉演爲嚴重的政治問題。「文獻通考」「選擧二」講：

天寶六載，上欲廣求天下之士，命通一藝以上者，皆詣京師。李林甫恐草野之士，對策斥言其姦惡，建言：「擧人多卑賤愚憒，恐有俚言，汚濁聖聽」。乃令郡縣長官，精加試諫，灼然超絕者，具名送省，委尚書覆試，御史中丞監之，取名實相副者聞奏。既而至者皆試以詩賦論，遂無一人及第者，林甫乃上表賀：「野無遺賢」。

到唐玄宗時，平民貴族之爭已到尖銳化的程度，李林甫是貴族的代表，他怕平民在對策裏罵他，故意說：「擧人多卑賤愚憒，恐有俚言，汚濁聖聽」。仍試以詩賦論，結果一個人也沒有取，反說：「野無遺賢」！

從這些故事，可知有唐一代，雖然時時壓抑貴族，而實際執政者仍是貴族。由此，就知杜甫說的：「長安卿相多少年，「富貴應須致身早」（乾元中寓居同谷縣作歌七首）！「自古聖賢多薄命，姦雄惡少皆封侯。……五陵豪貴反顚倒，鄉里小兒狐白裘」（錦樹行）！韓愈說的：「援引乏姻婭」；白居易說的：「古來無奈何，非君獨傷悲」！都不是無病而發了。

有唐一代，文人之不能得志，科擧制度的不切實際，也應負一部份責任。唐自開元以後，尊崇進士，當時名士中此科的十居七八，其後即公卿非進士出身的也不爲美。然進士所著重者爲詩賦，對於吏道則茫然無知。「文獻通考」「選擧二」引洋州刺史趙匡「選擧議」說：

漢朝用人，自詔擧之外，其府寺郡國屬吏皆令自署，故天下之士，修身於家，而辟書交至。以此，士務名節，風俗用脩。……國朝擧選，用隋氏之制，歲月旣久，其法益訛。進士者時共貴之，主司褒貶，實在詩賦，務求巧麗，以此爲賢。溺於所習，悉昧本原，欲以啓導性靈，獎成後進，斯亦難矣，故士林顯體國之論。明經讀書，勤勞已甚，旣口問義，又誦疏文。徒竭其精華，習不急之業，而當代禮法，無不面墻，乃臨人決事，取辨胥吏之口而已。所謂所習非所用，所用非所習者也，故當官少稱職之吏。擧人大率二十人中方收一人，故沒齒而不登科者甚衆。其事難，其路隘也。如此而雜色之流，廣通其路也。此一彼十，此百彼千，捩其秩序，無所差降，故受官多底下之人，修業抱後時之歎。待不才者何厚，處有能者何薄！崇末抑本，啓昏窒明，故上子舍學業而趨末技。

趙匡的「選擧議」共列十種弊病，我們所引的祇是三條，然這三條正是唐代科擧的矛盾，也正是文學產生的根源。第一、唐代科擧本由兩漢的察擧而來，然漢代儒者，尤其是西漢儒者，幾乎都是思想家，都是政治家，對於所上疏策，多被採用；但唐人所習，實在詩賦，「故士林顯體國之論」。第二、西漢儒者，多由胥吏出身，經驗豐富，作官當可勝任。到了東漢，風氣大變，專重考試，儒者恥爲胥吏，所以東漢的文學漸趨靡麗。唐人既專習詩賦，對「當代禮法，無不面牆」，所以「當官少稱職之吏」。第三、唐代科舉，最重要的有兩目，一是明經，一是進士，而進士最難，得人也最多；然作官的機會反不及明經之易，也是引起文人發牢騷的原因。總之，唐代的社會與科舉，是自相矛盾的，一面貴族當權，一面提拔文人，然科舉的辦法，又欠切當，結果，造成了文學的發達。

「文獻通考」「選舉二」裏還有一段故事，也可以看出唐代社會與科舉的矛盾。

時宰相李德裕尤惡進士。……嘗論公卿子弟，藹於科舉。武宗曰：「向聞楊虞卿兄弟，朋比貴勢，妨平進之路，昨黜楊知至、鄭朴等，抑其大甚耳。有司不識朕意，不放子弟，卽過矣。但取實藝可也」。德裕曰：「鄭肅、封敖子弟，皆有才，不敢應舉，臣無名第，不當非進士，然臣祖天寶初以仕進無他岐，勉彊隨計，一舉登第，自後家不置文選，蓋惡其不根藝實。然朝廷顯官，須公卿子弟爲之何者？少習其業，目熟朝廷事，臺閣之儀，不敎而自成，寒士縱有出人之才，固不能閑習也。則子弟未易可輕」。

李德裕這段話當然是站在閥閱的立場來講，但也是事實。從這裏，可以看出武宗想壓抑閥閱，而又不能不用閥閱的苦心。唐代文學就在這種矛盾的現象下產生的。

知道了唐代文學的時代背景後，然後再來談宋代的。

宋代的社會政治與科擧，都是承襲唐代的，所以文學也與唐代相同，無大變遷。不過，有唐二百八十九年，逐歲所取進士，都在二三十人之間，名額最高的爲咸亨四年，也祇有七十九人。到了宋代，三百一十五年，逐歲所取進士，都在二三百人之間，名額最高的爲宣和六年，竟至八百零五人。再者，唐代的進士及第後，不是馬上就有官作，還得經過吏部考試；而在宋代，祇要考上進士，就有官作；俸祿的待遇，也較唐代爲優。文人之應科擧，本爲作官，然在唐代，考取難，作官又難；卽令有官，又受閥閱子弟的壓迫，故希望高而失望深，唐詩之特別富於情感者，由此。到了宋代，考試與作官均較容易，且無閥閱的壓迫，目的易達，刺激較輕，故宋詩的情感較差，而說理成分較重。嚴羽「滄浪詩話」說：「本朝尙理而病於意」。何大復「漢魏詩序」說：「宋詩言理」。李東陽「懷麓堂詩話」說：「宋人於詩無所得。所謂法者，不過一字一句對偶雕琢之工，而天眞興致，則未可與道」。陳子龍「與人論詩」說：「宋人不知詩而强作詩，其爲詩也，言理而不言情，終宋之世無詩」。吳喬「圍爐詩話」說：「宋以來詩，多傷淺薄」；萬季野「詩問」說：「唐人以詩爲詩，宋人以文爲詩。唐詩主於達性情，故於三百篇近。宋詩主於議論，故於三百篇遠」。情感是刺激出來的，社會愈矛盾，作者所感受的苦痛愈重，則情感愈豐富，宋代社會沒有唐代的那麼矛盾，文人的願望既然容易達到，刺激也就較差而情感也就較淡了。宋詩所以說理，是有社會的、政治的與科擧的種種因素，並不是偶然的。

其次，宋代自太祖、太宗開國以後，接着是眞宗、仁宗的休養生息，樹下了穩固的基礎，直至徽、欽事變以前，北宋一百餘年，沒有受過干戈的擾亂，加以工商業的極度發達，促成了社會經濟的高度繁榮。工商業一發達，經濟一繁榮，便促成君主貴族以及市民追求享樂的狂歡，到了徽宗時代，形成未曾有過的盛況。孟元老「東京夢華錄序」說：

僕從先人宦遊南北，崇寧癸未到京師。……正當輦轂之下，太平日久，人物繁阜。垂髫之童，但習鼓舞。頒白之老，不識干戈。時節相次，各有觀賞。燈宵月夕，雪際花時，乞巧登高，敎池遊苑。舉目則青樓畫閣，綉戶珠簾。雕車競駐於天街，寶馬爭馳於御路。金翠耀目，羅綺飄香。新聲巧笑於柳柏花衢，按管調絃於茶坊酒肆。八荒爭湊，萬國咸通。集四海之珍奇，皆歸市易；會寰區之異味，悉在庖廚。花光滿路，何限春遊。簫鼓喧空，幾家夜宴。伎巧則驚人耳目，侈奢則長人精神。

汴京如此，其他如成都、揚州、河間諸大都市，也都呈現着高度的繁榮與發展。有了這樣的社會環境，加上文人學士，達官貴人的優裕生活，宋詞之所以發達也就有根源了。第九章裏，我們曾講曲子詞的產生由於君主與文人的逸樂，那末，曲子詞（後簡稱爲詞）之所以發達，也由於君主與文人的逸樂。固然，曲子詞到了宋代，因參加了「仕」人意識而稍爲變格；然娛樂的成份，仍站重要的地位。後來金兵南下，徽、欽被擄，政治與社會起了莫大的變化，人心也受了莫大的打擊，於是產生了張元幹、張孝祥、岳飛、辛棄疾、陸放翁一派激昂慷慨，豪放悲壯的詩詞；然係曇花一現。到了南宋的小康局面安定後，又回復到花天酒地的現象。「武林舊事」說：

翠簾銷幕，絳燭籠紗。徧呈舞隊，密擁歌姬。脆管清吭，新聲交奏，戲具粉嬰，鬻歌售藝者，紛然而集。至夜闌，則有持小燈照路拾遺者，謂之掃街。遺鈿墮耳，往往得之，亦東都遺風也。

貴璫要地，大賈豪民，買笑千金，呼盧百萬，以至癡兒騃子，密約幽期，無不至焉。日糜金錢，靡有紀極。故杭諺有「銷金窩兒」之號，此語不爲過也。

我國社會自唐中葉以後，已漸趨奢靡，至五代兩宋尤甚，這正是產生曲子詞的良好環境，那末，我國的詞，興於唐而盛於宋，也就不無社會背景了。

第十六章　平話時期

傳奇文學之後，中國文學的潮流又回復到以「隱」的意識爲主潮；不過，這一時期的「隱」與詠懷時期的稍有不同，因爲那一時期的「隱」都是表現文人自身的思想、行爲、生活、感情、所知所聞、所遇所感、極端的個人主義。「隱」使文人特殊化，而文人也以超俗自居。到了平話時期，因爲平民意識的發達，隱士們不復以隱士自居，而完全以平民自居。他們與政治是以第三者，或對立的立場來批評政治，表現社會，並表現他們同一階層的悲苦哀樂；不像從前那樣，雖說他們與政治脫離了關係，好像還與政治發生着藕斷絲連的不可分割的意味。他們第一步先得有「隱」的意識，如阮籍說的「布衣可終身」，才能站在平民的立場來當平民的代言人。平民文學的意識是怎樣情形呢？唐人沈既濟的「枕中記」，白行簡的「李娃傳」，元稹的「鶯鶯傳」，陳鴻的「長恨歌傳」等等，給元人雜劇與明人的南劇影響很大，但他們是兩個時期的作品，如果將傳奇怎樣影響曲，而曲怎樣改變了傳奇的意識作一比較，那末，就發現了平民文學的意識，以及這一時期的文學特徵。且從「枕中記」比較起。

取「枕中記」的故事而寫的劇本，有元人馬致遠的「黃粱夢」，明人湯顯祖的「邯鄲記」，然劇本與傳奇的意識則完全不同。第一、由人生若夢的意識而變爲「隱」的意識。「枕中記」僅祇在表現人生若夢的認識，實際不是「隱」或成仙得道的意識，所以結尾說：「盧生欠伸而悟，見其身方偃臥於邸舍。呂翁坐其旁，主人蒸黍未熟，觸類如故。生蹶然而興曰：『豈其夢寐也』？翁謂生曰：『人生之適，亦如是矣』。生撫然良久，謝曰：『夫寵辱之道，窮達之運，得喪之理，死生之情，盡知之矣。此先生所以窒吾欲也，敢不受敎』。稽首再拜而去」。這些話僅僅是對人生的一種認識，並沒有由此認識而去隱居，更無成仙得道的意味。可是到了馬致遠、湯顯祖就變了質。馬致遠在「黃粱夢」裏說：「大剛來玄虛爲本，清淨爲門。雖然是草舍茅庵一道士，伴着這清風明月兩賢人，也不知甚的秋，甚的春，甚的漢，甚的秦，長則是習疏狂，躭懶散，佯粧鈍。把些個人間富貴，都作了眼底浮雲」（混江龍）。「俺閒遙遙獨自林泉隱，你虛飄飄半紙功名進。你看紫塞軍，黃閣臣，幾時得個安閒分，怎如我物外自由身」（油葫蘆）。請看，這簡直就是詠懷時期「隱」的意識了。

第二、人生解脫者範圍的擴大。詠懷時期的「隱」都是文人自身的解脫，與一般平民無關；到這個時期，就大大地擴展了範圍。除儒生外，妓女、茶博士、看財奴、富家子、官吏，都可得到解脫而成仙成佛。這是貴族意識的消滅，平民的平等意識的產生。

第三、枕中記裏的盧生是要建功樹名，出將入相，所以在陝作牧的時候，「自陝西鑿河八十里，以濟不通。邦人利之，刻石紀德」。又當河西道節度的時候，「大破戎虜，斬首七千級，開地九百里，築三大城以遮要害，邊人立石於居延山以頌之」。之後，「徵爲常侍，未幾，同中書門下平章事，與蕭中令嵩、裴侍中光庭同執大政十餘年。嘉謨密命，一日三接，獻替啓沃，號爲賢相」。可是在「黃粱夢」裏，呂巖則受賄賣陣。我們且看他的自我介紹（洞賓上云）：「某乃呂巖，奉聖人之命，統領三軍，收捕吳元濟，到的陣面上，賣了一陣，與了三斗珍珠，一提黃金，領軍回還」。這段故事給我們兩點認識：一是這時期的作品裏很少表現「建功樹名，出將入相」的志願。二是金錢勢力在文學作品裏的出現。在詠懷時期，文人之所以作官，爲的是濟貧，並不是爲事業。到了傳奇時期，文人作官爲忠君愛民，也就是「建功樹名」的意思。到了這個時期，又回到詠懷時期作家那樣，爲窮而仕，所以賣陣。至於金錢的勢力，在元人雜劇如「殺狗勸夫」、「東堂老」、「來生債」、「老生兒」、「硃砂擔」、「寃家債主」、「竇娥寃」、「看錢奴」、「貨郎旦」，長篇說部如「水滸傳」、「金瓶梅詞話」裏都可以看得出來。尤其是「金瓶梅詞話」裏，金錢在主宰一切，處處金錢，時時金錢。本來金錢在平民的生命裏是一日不可缺少的東西，所以在平民文學裏也特別表現他的勢力。

湯顯祖的「邯鄲記」，是承襲着「黃粱夢」的意識，而劇情的進展則照着「枕中記」，無甚特徵，不再比較。

取「李娃傳」的故事而寫的劇本，有元人高文秀的「打瓦罐」，與石君寶的「曲江池」，明人朱有燉的「曲江池」與薛近袞的「綉襦記」。再將「李娃傳」與雜劇「曲江池」，南劇「綉襦記」作個比較，就可知道他們的異同。白行簡寫「李娃傳」完全從道德立場，所以他開頭就說：「汧國夫人李娃，長安倡女也。節行瓌奇，有足稱者，故監察御史白行簡爲傳述」。結尾又說：「嗟呼！倡蕩之姬，節行如是，雖古先烈女，不能踰也，安得不爲之歎息哉」！因爲他是從道德的觀點來給李娃寫傳，所以鄭生被父親打死復活後，乞食道周，李娃也是由良心的發現，才來拯救鄭生。「娃前抱其頸，以綉襦擁而歸於西廂，失聲長慟曰：『令子一朝及此，我之罪也』」。後來鄭生身體復原，學成名就後，娃對生說：「今之復子本軀，某不相負也。願以殘年，歸養老姥。君當結媛鼎族，以奉蒸嘗，中外婚媾，無自黷也。勉思自愛，某從此去矣」。良心的內疚去掉，自己的責任也就完結。很顯明，「李娃傳」的題旨是從道德觀點。可是石君寶「曲江池」的觀點則是「愛情至上」。李亞先與鄭元和一見傾心，互相愛慕，李亞仙也就決心從良，所以她說：「雖然那愛錢的虔婆，他可也難怨免，怎奈我心堅石穿，準備着從良棄賤」（曲江池賺煞）。因爲意識不同，故事也就大不相同。第一、在「李娃傳」裏，計逐鄭生是虔婆與李娃同謀，所以李娃對虔婆並不仇恨；在「曲江池」裏，驅逐鄭生，完全出自虔婆，所以李亞仙恨之入骨。她說：「俺娘呵，則是個吃人腦的風流太歲，剝人皮的娘子喪門，油頭粉面敲人棍，笑裏刀剮皮割肉，綿裏針剔髓挑筋。娘使盡虛心冷氣，女着些帶要連眞。總饒你便通天徹地的郎君，也不㝅三朝五日遭瘟。則俺那愛錢娘扮出個兇神，賣笑女伴了些死人，有情郎便是寃魂！俺娘錢親，鈔緊，女心裏憎惡娘親近，娘愛的女不順。娘愛的郎君個個村，女愛的却無銀」（梁州第七）。第二、「李娃傳」裏，鄭生被父親打死後，棄之不問，毫無怨色，所以後來與父親再遇時，先去叩見；「曲江池」裏，被打被棄的鄭生，後來騰達，就不願再認他的父親了。他的理由是：「吾聞父子之親，出自天性。子雖不孝，爲父者未嘗失其顧復之恩。父雖不慈，爲子者豈敢廢其晨昏之禮。是以虎狼至惡，不食其子，亦性然也。我元和當挽歌送殯之時，被父親打死，這本自取其辱，有何讎恨。但已失手，豈無悔心，也該着人照覷，希圖再活。縱然死了，也該備些衣棺，埋葬骸骨，豈可委之荒野，任憑暴露，全無一點休戚相關之意。（歎科）海！何其忍也。我想元和此身，豈不是父親生的；然父親殺之矣，從今以後，皆託天地之蔭佑，仗夫人之餘生，與父親有何干屬，而欲相認乎？恩已斷矣，義已絕矣，請夫人勿復再言」（曲江池第四折）。從「李娃傳」與「曲江池」的比較，發現了這個時期的主要意識之一，就是個人的獨立。在傳奇時期，如同在宗經時期一樣，個人是不存在的。他在家庭屬於家長，在國家，屬於君王。這兩個時期的君臣關係，同夫妻關係相似，所以文人喜歡拿君比夫，臣比妻。純粹的男女愛情，在這傳奇與宗經兩個時期是不存在的。有之，也是君臣的比喻。妻子不能離開丈夫而生存，等於臣子不能脫離君父而生存一樣。屈原的自投汨羅與曹植的鬱鬱而死是必然的結果，因爲在那個時期的人看來，被逐出家庭或國家，就等於處以死刑。可是到詠懷與平話時期，因受釋、道思想的影響，個人主義發達，看法就不一樣了。因爲個人主義的發達，男女愛情可以脫離君臣關係的比喻而獨立來談，因此有愛情至上的主題。同樣，因爲個人主義的發達，父子可脫離關係，那末，君臣也可以乾脆脫離關係。因此有與政治完全脫離而獨立的平民意識。

「綉襦記」是承繼着「曲江池」的意識，而劇情照着「李娃傳」的故事來進展，也無什麼特徵，不再贅述。

取「鶯鶯傳」的故事而寫的劇本，有宋人趙德麟的「蝶戀花十闋」，金人董解元的「弦索西廂」，元人王實甫的「北西廂」，關漢卿的「續西廂」，清人查繼佐的「續西廂」，程端的「西廂印」，研雪子的「翻西廂」與碧蕉軒主人的「不了緣」。這裏祇把「鶯鶯傳」與王實甫的「北西廂」作個比較就够了。元稹寫「鶯鶯傳」同白行簡寫「李娃傳」一樣，也是從道德的觀點出發。篇末借張生的口說：「大凡天之所命尤物也，不妖其身，必妖於人。使崔氏子遇合貴富，乘寵嬌，不爲雲，不爲雨，爲蛟爲螭，吾不知其所變化矣。昔殷之紂，周之幽，據百萬之國，其勢甚厚，然而一女子敗之。潰其家，屠其身，至今爲天下僇笑。予之德不足以勝妖孼，是用忍情」。元稹又說：「時人多許張生爲善補過者，予常於朋會之中，往往及此意者，夫使知者不爲，爲之者不惑」。這明明道出了他爲什麼寫這篇小說的目的。可是到王實甫的手裏，目的就完全不同。他純是從愛情至上的立場，不加掩飾地赤裸裸地來寫男女二人的愛慕。不祇寫愛慕，並且寫到性的方面。關於性的描寫，在「西廂記」以前，只有唐人寫的「遊仙窟」。「西廂記」以後，性的描寫在中國文學裏，成了極普遍的現象，而最露骨的當推「金主亮荒淫」與「金瓶梅詞話」兩書。

這種性的大膽描寫，在平話文學裏是一種特徵。

取「長恨歌傳」的故事而寫的小說或戲劇，有宋人樂史的「楊太眞外傳」，元人白樸的「梧桐雨」，庾天錫的「霓裳怨」和「華淸宮」，王伯成的「天寶遺事」，明人吳世英的「驚鴻記」，屠長卿的「綵毫記」，無名氏的「沉香亭」，淸人洪昇的「長生殿」，與蝸寄居士的「長生殿補闕」。這裏祇將「長恨歌傳」與「楊太眞外傳」，「梧桐雨」三篇作個比較。傳奇作家的寫作，都是「以義補國」，「長恨歌傳」不會例外。這明明是一篇愛情小說，而作者偏要加一段說：「樂天因爲「長恨歌」。意者不但感其事，亦欲懲尤物，窒亂階，垂于將來者也」。這段話好像是故意加的，實際上，也確是作者寫這篇故事的本意。樂史的「楊太眞外傳」是承襲着陳鴻的意識而寫的，所以篇末也說：「夫禮者，定尊卑，理家國。君不君，何以享國？父不父，何以正家？有一於此，未或不亡！唐明皇之一誤，貽天下之羞，所以祿山叛亂，指罪三人，今爲外傳，非徒拾楊妃之故事，且懲禍階而已」。因爲他們寫作的目的，在「懲尤物，窒亂階」，所以着重寫唐明皇的荒淫及楊貴妃一門的得寵，以致有殺身禍國的結果。到了白樸手裏，寫法就大大不同，除楔子裏略述安祿山的來由外，第一折寫相愛，第二折寫報警，第三折寫死別，第四折寫思念，全部文章都放在愛情上。因爲他着重在愛情，於是寫到悲劇的成因時，看法就又不一樣。在傳奇裏寫到楊貴妃的死時，僅僅說：「及安祿山引兵向闕，以討楊氏爲詞。潼關不守，翠華南幸，出咸陽，道次馬嵬亭，大軍徘徊，持戟不進，從官郎吏，伏上馬前，請誅晁錯以謝天下。國忠奉氂纓盤水，死于道周，左右之意未快。上問之，當時敢言者，請以貴妃塞天下怨。上知不免，而不忍見其死，反袂掩面，使牽之而去。倉皇展轉，竟就死於尺組之下」。這裏很輕鬆的把貴妃的死交代過去；可是在雜劇裏着重來寫。甚而作者頗認為此次悲劇的產生，由於庸臣的關係。我們看李林甫奏說安祿山造反，唐明皇回答的話：「只不過奏說邊庭上造反，也合着空便覷遲疾緊慢。等不的掩筵上笙歌散，可不氣丕丕冒突天顏。那些個齊管仲、鄭子產，敢待做假忠孝龍逢、比干」；及至李林甫說：「陛下祇為女寵盛，讒夫昌，惹起這刀兵來了」。明皇回答的是：「你文武兩班，空列些馬靴象簡，金紫羅襴，內中沒個英雄漢，掃蕩塵寰。慣縱的箇無徒祿山，沒揣的撞過潼關。先敗了哥舒翰，疑怪昨宵向晚，不見烽火報平安」。他又為楊貴妃辯護說：「高力士道與陳玄禮，休沒高下，豈可教妃子受刑罰。他見請受着皇后中宮，兼踏着寡人御榻。他又無罪過，頗賢達。須不似周褒姒舉火取笑，紂妲己敲脛覷人。早間把他哥哥壞了，總便是萬千不是，看寡人也合饒過他，一地胡拿」。很顯然，作者的同情心，完全站在唐明皇與楊貴妃這方面。寫他們，毫無「懲尤物，窒亂階」的用意。

「長恨歌傳」與「梧桐雨」比較之下，還有一點值得注意的，就是在「長恨歌傳」裏，作者幾乎用一半的篇幅來寫道士與玉妃靈魂的會悟，而在「梧桐雨」裏，這段故事整個刪掉了，祇以夢境讓明皇與玉妃會晤。這種刪改，告訴我們中國文學的一大轉變。原來傳奇作家們比較迷信，比較愛講神奇鬼怪的故事，而認為這些神奇鬼怪是眞實存在的；可是到了這一時期，並不是不講這類故事，而將這類故事當善惡報應來講，此中就有了區別。善人都有善報，惡人都有惡報，這種報應觀念，固然以神怪故事來表現，然把它當作敎育人民的工具，不是信其本身存在了。此點也是這一期文學的一種特徵。

從上邊的比較，發現了平話文學的幾種主要特徵：(一)隱的意識的重新普遍；(二)「建功樹名，出將入相」野心的消逝而代以現實的人生；(三)貴族意識的式微，人類地位的平等；(四)金錢成了人生的主宰；(五)君臣父子的關係可以脫離而獨立；(六)愛情可以脫離君臣關係的比喻而公開談論；(七)性愛的大膽表現；(八)宗敎迷信的成分減低，而以神話作爲因果報應的善惡懲戒。這些意識在元人散曲、雜劇，明人的南劇、散曲、民歌、「三國演義」、「水滸傳」、「西遊記」、「金瓶梅詞話」、「三言」，以及淸人的小說裏統統都表現着，所以我們以這時期的「平話」作爲名稱，稱爲平話時期。因爲平話的產生才能產生雜劇，同時也是因爲平話的影響，才能產生長篇說部如「三國」、「水滸」等作品。以平話來命名這個時期是再恰當不過的。以作家來講，有這種意識的，是從關漢卿直到劉鶚，中間如馬致遠、白樸、盧摯、姚燧、張養浩、貫雲石、張可久、喬吉、劉致、王實甫、楊顯之、武漢臣、紀君祥、高文秀、鄭廷玉、鄭光祖、宮天挺、秦簡夫、徐呾、施君美、高明、湯顯祖、羅貫中、施耐庵、吳承恩、蒲松齡、吳敬梓、曹霑、李汝珍等三十數位家作也都有。

如將這期平話文學與上期傳奇文學作比較，可得下列八點顯然的不同：從作者的生活來講：

(一)一是「仕」的意識；一是「隱」的意識。(二)一是貴族；一是平民。(三)一是宗法主義；一是個人主義。(四)一是理想；一是現實。從作品來講：(五)一是抒情；一是實用。(六)一是典雅；一是通俗。(七)一是幻想；一是實際。(八)一是藻飾；一是自然。從這種平民、個人、現實、實用、通俗、實際、自然等，可以瞭然這時期文學的特徵。

從關漢卿到劉鶚這期間的中國文學，我們稱之爲平話時期；而平話是始於宋盛於明的話本或擬話本，這類平話的最大集子爲「三言」、「二拍」。如果將「三言」、「二拍」作一分析，看看它代表的時代精神，那末，就知道所以要用平話來作這時期名稱的緣故了。

第一類是表現窮文人的發跡。如「鈍秀才一朝交泰」、「老門生三世報恩」、「三孝廉讓產立高名」、「俞仲舉題詩遇上皇」等篇。作者所以要寫馬德稱、鮮于同、許武、許宴、許普與俞仲舉的，就在表現他們怎樣由勤苦奮鬥中得到騰達。「老門生三世報恩」這段故事，在鼓勵窮文人不要灰心，結尾說：「鮮于同自五十七歲登科，六十一歲登甲，歷仕二十三年，腰金衣紫，錫恩三代，告老回家。又看了孫兒科第，直活到九十七歲，整整的四十年晚運。至今浙江人肯讀書，不到六七十歲還不丟手，往往有晚達者」。鮮于同又正式宣稱道：「下官今日三報師恩，正要天下人曉得扶持了老成人，也有用處，不可愛少而賤老」。不過科舉制度到這時已到末路，弊端百出，「三孝廉讓產立高名」有一段說：「原來漢朝取士之法，不比今時。他不以科目取士，惟憑州郡選舉，雖則有博學鴻詞，賢良方正科，惟以孝廉爲重。孝者、孝弟，廉者、廉潔；孝者、忠君，廉者、愛民。但是舉了孝廉，便得出身作官。若依了今日的勢事，州縣考個童生，還有幾十封薦書。若是舉了孝廉之時，不知多少分上鑽刺，却依舊是富貴子弟鑽去了。孤寒的便有曾子之孝，伯夷之廉，休想揚名顯姓」。這段話一方面是思慕漢制的良善，另一方面也是慨歎當時科舉的敗壞。

這類表現窮文人發跡的故事，在平話裏有；在元人雜劇裏也有。如「凍蘇秦」裏的蘇秦、張儀，「薦福碑」裏的張鎬，「漁樵記」裏的朱買臣，「趙禮讓肥」裏的趙禮，「范張鷄黍」裏的范巨卿，都是窮文人出身。「凍蘇秦」有一段話說：「想當初風塵落落誰憐憫，到今日衣冠楚楚爭親近」。薦福碑又有說：「我貴我榮君莫羨，十年前是一書生」。「趙禮讓肥」也有說：「離家鄉，萬里途，要囊篋，一文無。本是桑間一餓夫，今日做朝中宰輔，享榮華，改門戶」。從這些話，很可以看出作品裏所要表現的是什麼意識。

不但元人雜劇，卽長篇說部裏也有表現窮文人發跡的，如「三國演義」裏的諸葛亮就是一例。諸葛亮是窮文人出身，他自己在「前出師表」說：「臣本布衣，躬耕南陽」。曹操駡他：「諸葛村夫」（三國演義四十一回）。司馬懿駡他：「汝乃南陽耕夫」（仝上一百回）。在中國的窮文人裏，際遇最好，諸葛亮算是一位，所以一般文人在不得志的心情下，最羨慕他。「三國演義」實是諸葛亮演義，自從他出場，作者一切的精力都集中在他身上，作者所以壓抑周瑜，壓抑魯肅，壓抑曹操，壓抑王朗，壓抑司馬懿，以及讓一切人來讚揚他的，無非是加强諸葛亮這個人物。

「三國演義」的人物裏，演義的成分最大的莫過於諸葛亮。爲什麽呢？「君臣魚水，蛟龍雲雨」是我國文人最羨慕、最希冀的理想，但有幾個能得到呢？於是在想像裏就創造成「諸葛亮」這樣典型的人物。事實上，諸葛亮的將略並不高明，然爲表現「蛟龍雲雨」的意識，不得不誇大、增强、虛構他的事實。同時，又掠奪、歪曲、誣蠛、壓抑他人的事跡。因此，「三國志」變成了「三國演義」，劉備、曹操、孫權、諸葛亮、周瑜、魯肅、張飛、關羽等都變了面目。

第二類是表現窮文人的戀愛故事。如「樂小舍拚生覓偶」、「錢秀才錯占鳳凰儔」、「陳御史巧勘金釵鈿」、「金玉奴棒打薄情郎」等篇。「拚生覓偶」裏的樂和，「錯占鳳凰儔」裏的錢青，「巧勘金釵鈿」裏的魯學曾，「棒打薄情郎裏」的莫稽，都是窮文人出身。

在雜劇裏表現這種題旨的有「金錢記」、「鴛鴦被」、「玉鏡臺」、「謝天香」、「救風塵」、「瀟湘雨」、「曲江池」、「玉壺春」、「倩女離魂」、「王粲登樓」、「擧案齊眉」、「兩世姻緣」、「紅梨花」、「㑳梅香」、「梧桐葉」、「金線池」、「留鞋記」、「對玉梳」、「竹塢聽琴」、「蕭淑蘭」、「柳毅傳書」、「碧桃花」、「張生煮海」、「揚州夢」、「張天師」、「風光好」、「百花亭」共二十七篇。還有「薛仁貴」、「秋胡戲妻」兩篇，是表現窮武人的戀愛故事，可以倂在這裏。秋胡少年時非常窮困，所娶的妻子是羅大戶的女兒，非常有錢，就有人勸梅英——秋胡的妻子——改嫁一個有錢的富貴人家，而梅英回答說：「至如他釜有蛛絲甑有塵，這是我的命運。想着那古來的將相出寒門，則俺這夫妻現受着齏鹽困，就似他那蛟龍未得風雨信。你看他是白屋客，我看他是黄閣臣，自從他問親時，一見了我心先順。咱人這貧無本，富無根」。「貧無本，富無根」，是這一時期對富貴的一般看法。

第三類是表現才子佳人的風流故事。如「唐解元三笑姻緣」、「宿香亭張浩遇鶯鶯」、「金明池吳清逢愛愛」、「王嬌鸞百年長恨」、「蘇小妹三難新郎」、「女秀才移花接木」等篇。這類故事無大意義，不過屬於文人的普通愛情故事，作爲茶餘酒後的消遣品。

第四類是表現文人的一般故事。如「王安石三難蘇學士」、「李謫仙醉草嚇蠻書」、「盧太學詩酒傲公侯」、「十三郎五歲朝天」。這類故事全爲娛樂，無大意義。

第五類是表現庸臣誤國的故事。如「拗相公飲恨半山堂」、「沈小霞相會出師表」等篇。王安石本來是一目十行，書窮萬卷，文彥博、歐陽修、曾鞏、韓維等，都奇其才而稱之。二十歲時，一舉成名。初任浙江慶元府鄞縣知縣，興利除害，大有能聲；可惜當了首相後，專聽呂惠卿及他的兒子王雱的話，斥退忠良，拒絕直諫，民間怨聲載道，天變迭興，而他自以爲是。他謝政還鄉，路過一驛，看到一首毀謗他的詩，問驛卒道：「此詩爲何而作」？老卒道：「因王安石立新法以害民，所以民恨入骨。近聞得安石辭了相位，判江寧府，必從此路經過，早晚常有村農數百在此左近，伺候他來」。荆公道：「伺他來，要拜謁他麼」？老卒笑道：「仇怨之人，何拜謁之有？衆百姓持白梃，候他到時，打殺了他，分而啖之耳」！荆公大駭，不等飯熟，趨出郵亭上轎。這是「拗相公飲恨半山堂」的主旨。「沈小霞相會出師表」說：「那奸臣是姓嚴名嵩，號介溪，江西分宜人。

比以柔媚得幸，交通宦官，先意迎合。精勤齋醮，供奉青詞。緣此驟爲貴顯。爲人外裝曲謹，內實猜刻，讒害了大學士夏言，自己代爲首相。權勢尊重，朝野側目，兒子嚴世蕃，由官生直作到工部侍郎。他爲人更狠。因有些小人之才，博聞強記，能思善算，介溪公最聽他的話。凡疑難大事，必須與他商量，朝中有大丞相、小丞相之稱。他父子濟惡，招權納賄，賣官鬻爵，官員求富貴者，以重賂獻之，拜他門下做乾兒子，即得陞遷顯位。由是不肖之人，奔走如市，科道衙門，皆是心腹爪牙。但有與他作對的，立見奇禍。輕則杖謫，重則殺戮，好不利害。除非不要性命的才敢開口。……沈練把稻草札成三個偶人，用布包裹，寫『唐奸相李林甫』，一寫『宋奸相秦檜』，一寫『明奸相嚴嵩』，把那三個偶人，做個射鵠，假如要射李林甫的，便高聲罵道：『李賊見箭』。秦賊、嚴賊都是如此」。由這段話，可以看出人民對於庸臣與奸臣的仇恨。

在雜劇裏表現這種題旨的有「漢宮秋」、「梧桐雨」、「隔江鬥智」與「范張鷄黍」等篇。作者所以要寫昭君出塞，馬嵬坡與劉備招親的故事，並不是寫昭君本人，並不是寫楊貴妃本人，也不是寫諸葛亮或周瑜的事跡，而是借這些故事來罵庸臣誤國。「漢宮秋」裏有幾段話說：「太平時賣你宰相功勞，有事處把俺佳人遞流。你們乾請了皇家俸，着甚的分破帝王憂。那壁廂鎖樹的怕彎着手，這壁廂攀攔的怕破了頭」（牧羊關）！「昭君共你每有甚麼殺父母寃讎？休休！少不的滿朝中都作了毛延壽！我呵！空掌着文武三千隊，中原四百州，只待要割鴻溝，陡恁的千軍易得一將難求」（鬥蝦蟆）！「你有什麼事急忙奏？俺無那鼎鑊內滾熱油。我道你文臣安社稷，武臣定戈矛；你只會文武班頭，山呼萬歲，舞蹈揚塵，道那聲誠惶頓首」（哭皇天）。請看，昭君出塞的禍首是毛延壽，對他倒沒有什麼責難，而責難是那批庸碌的臣宰。題旨多麼顯明。「梧桐雨」的題旨在上邊將它與「長恨歌傳」比較時，已經提及。安祿山之亂本由楊國忠、楊貴妃而起，作者不把題旨放在這上面，偏偏把責任加在一般庸臣上。「隔江鬥智」的主旨更爲顯明，它的目的並不是寫諸葛亮、周瑜的鬥智，而是寫周瑜的無能。一個堂堂的軍事都督，無法奪取荊州，反用美人計，拿孫安小姐作餌；可是孫安小姐爲自己的終身幸福計，另有一番打算，不願受他的擺佈，結果是賠了夫人又折兵。「三國演義」裏也有這段故事，寫法則不同。它的主要目的在誇張諸葛亮的智謀，所以劉備同孫安都是被動，都完全受着諸葛亮的掉擺。雜劇的「隔江鬥智」，主要在表現周瑜的無能，所以孫安成了主動。她表面上不能不服從母親和哥哥的命令，實際上她有她自己的主意。她說：「我本待誦睢鳩淑女詩，怎着我仗龍泉行劍客的事？你（指孫權）只怕躭誤了周元帥在三江口，哎！怎不想斷送我孫夫人一世兒」（後庭花）。她既是主動的，到荊州後看見諸葛亮、關公、張飛等都是英雄，對劉備更感覺滿意，所以她說：「我看劉玄德生的目能顧耳，兩手過膝，眞有帝王儀表，以爲丈夫，也不辱抹了我孫安小姐。……我只笑那周瑜好癡也。你自家沒有智謀索取荊州，却將我送到這裏。你須要做的功勞，我爲甚來倒替你守寡一世」（第二折）。結果周瑜反被愚弄。孫、劉結親，在正史裏確有其事，然不過在「先主傳」裏說：「羣下推先主爲荊州牧，治公安，權稍畏之，進妹固好。先主至京見權，綢繆恩紀」。毫無藉妹索取荆州之意。現在「隔江鬥智」與「三國演義」的作者，改變了事實，照着各自的題旨將故事的面目完全改換，可知時代意識在創作上起了多麼大的作用。至於宮大用的「范張雞黍」對於庸臣的痛恨寫得更明顯。內有一段說：

〔天下樂〕你道是文章好立身，我道今人都爲名利引。怪不着赤緊的翰林院，那夥老子每錢上緊。他歪吟的幾句詩，胡謅下一道文，都是要人錢，諂佞臣。

〔那吒令〕國子監裏助教的尚書是他故人，秘書監裏著作的參政是他丈人，翰林院應舉的是左丞相的舍人：則「春秋」不知怎的發，「周禮」不知如何論，制詔誥是怎的行文！

〔鵲踏枝〕我堪恨那夥老喬民，用這等小猢猻；但學得些粧點皮膚，子曰詩云；本待要借路兒苟圖一個出身，他每現如今都齊了行不用別人。

〔寄生草〕將鳳凰池攔了前路，麒麟閣頂殺後門。便有那漢相如獻賦難求進，賈長沙痛哭誰俶問，董仲舒對策無公論。便有那公孫弘撞不開昭文館內虎牢關，司馬遷打不破編修院裏長蛇陣。

〔么　篇〕口邊廂你脛也猶未落，頂門上胎髮也尚自存。生下來便落在那爺羹娘飯長生運，正行着兄先弟後財帛運，又交着夫榮妻貴催官運。你大拚着十年家富小兒嬌，也少不的一朝馬死黃金盡。

〔六么序〕你父子每輪替着當朝貴，倒班兒居要津，則欺瞞着帝子王孫。猛力如輪，詭計如神，誰識你那一夥害軍民聚歛之臣！現如今那棟樑材平地上剛三寸，你說波，怎支撐那萬里乾坤？都是些裝肥羊法酒人皮囤，一個個智無四兩，肉重千斤！

「本待要借路兒苟圖一個出身，他每現如今都齊了行不用別人」。這是這一時期文人們共同的悲哀。

第六類是表現俠義的故事。如「趙太祖千里送京娘」、「吳保安棄家贖友」、「李研公窮途遇俠客」、「兩縣令競義婚孤女」、「崔俊臣巧會芙蓉屏」、「裴晉公義還原配」等篇。前三篇屬於狹義的俠義，如京娘裏說的：「專好結交天下豪傑，任俠使義，路見不平，拔刀相助」。再如李研公裏說的：「儕乃義士，平生專報不平，要殺天下負心之士」之類。後三篇屬於一般仁義之義，因性質接近，所以列在一類。

狹義的俠義故事，在「元曲選」裏有六篇，即「爭報恩」、「燕青博魚」、「黑旋風」、「酷寒亭」、「李逵負荆」、「還牢末」。因爲法律失了效用與閥閱們的貪贓枉法，無惡不作，人民對政府不敢信任，於是就有些任俠好義之士出來報打不平。「酷寒亭」裏有一段話很值得我們注意。它說：「也等他現報在眼，才把你讎恨消磨。待幾時風塵寧靜，我和你招安去來是蹉跎」（第四折）。這是人民對政府與法律失了信心下所產生的現世報觀念。人民是不願背叛的，然豪門惡少，貪官汚吏逼得無路可走，也祇有落草爲冦，暫求一時的苟安。但還時時盼望政治淸明後獲得招安，仍作良民。人民是忠於政府的，是政府辜負了人民。

然最大的一部俠義故事還是「水滸傳」。宋江等原為三十六名强盜，强盜是人人懼怕，人人憎惡的人物，怎樣變成了人人敬愛，人人尊崇的義士呢？如將洪邁「夷堅乙志」、龔聖與「宋江三十六人贊」（周密「癸辛雜識續集」）、「宣和遺事」與元人雜劇裏關於水滸故事作一個演變的考查，就可漸漸發見為什麼成了現行「水滸傳」的面目，為什麼要用「逼上梁山」的寫法。所以知道了時代意識，就瞭解這一時期的作品。

第七類是表現結義的故事。如「俞伯牙摔琴謝知音」、「羊角哀捨命全交」等篇。結義是沒有階級觀念的，俞伯牙想和鍾子期結為弟兄，子期謙道：「大人乃上國名公，鍾徽乃窮鄉賤子，怎敢仰攀，有辱俯就」。伯牙道：「相識滿天下，知心能幾人？下官碌碌風塵，得與高賢結契，實乃生平之萬幸。若以富貴貧賤為嫌，覷俞瑞為何等人」？「今後兄弟相稱，生死不負」。「生死不負」是結義最重要的道德律。左伯桃與羊角哀結義後，一同赴擧，路遇大雪，衣單糧少，左伯桃為成全羊角哀的功名事業，衣糧都捨與他，自己凍餓而死。後來角哀得官，回弔伯桃時，因伯桃葬在荆軻墳附近，時受荆軻陰魂欺凌，數戰不勝，最後角哀對從人說：「吾兄被荆軻强魂所逼，去住無所，我所不忍。欲焚廟掘墳，又恐拗土人之意。寗為泉下之鬼，力助吾兄，戰此强魂。汝等可將吾屍葬於此墓之右，生死共處，以報吾兄併糧之義」。這當然是不經之談，然作者為表現「生死不負」之義，甚為顯明。

「三國演義」是一部表現結義的典型小說，凡是結義的都要頂拜劉、關、張，我國結義如是之盛，也是受了它的影響。意義顯明，不必再述。

第八類是表現斷案的故事。如「況太守斷死孩兒」、「懷私怨狠僕告主」、「三現身包龍圖斷冤」等篇。這類故事之所以產生，「懷私怨狠僕告主」裏有一段話講得很明白。它說：「如今爲官做吏的人，貪愛的是錢財，奉承的是富貴，把那正直公平不用，撇入東洋大海。明知這事無可寬容，也將來輕輕放過；明知這事有些尷尬，也將來草草問成。竟不想殺人可恕，情理難容。那親動手的奸徒，若不明正其罪，被害寃魂，何時瞑目？至於被誣寃枉的，却又三推六問，千般鍛鍊，嚴刑之下，就是凌遲碎剮之罪。急忙裏祇得輕易招成，攪得他家敗人亡。害他一人，便是害他一家了。祇做自己的官，毫不管別人的苦。我且不知他肚腸角落裏邊，也思想積些陰德與兒孫嗎？如今所以說這一件事，專一奉勸世上廉明長官，須知一草一木，都是上天生命。何況祖宗赤子，須要慈悲爲本，寬猛兼行，護正誅邪，不失爲民父母之意，不但萬民感戴，皇天亦當佑之」。這眞是老百姓的呼聲。「包公案」、「施公案」等書，就在這種意識下產生的。

雜劇裏表現這種題旨的有「陳州糶米」、「合同文字」、「神奴兒」、「蝴蝶夢」、「魯齋郎」、「後庭花」、「灰闌記」、「盆兒鬼」、「生金閣」、「勘頭巾」、「寃家債主」、「魔合羅」十二篇。

第九類是表現報應的故事。如「呂大郎還金完骨肉」、「蘇知縣羅衫再合」、「范鰍兒雙鏡重圓」、「桂員外途窮懺悔」、「蔣興哥重會珍珠衫」、「計押番金鰻產禍」等篇。作者的報應觀念，從以下各句可以看出。「善惡到頭終有報，只爭來早與來遲」（金鰻產禍）。「桂僊悔過身無善，施濟行仁嗣果昌。奉勸世人行好事，皇天不佑負心郎」（途窮懺悔）。因爲政治上，社會上的不平事情太多了，人民無法剷除這些不平，祇有在想像裏創造一種因果報應的觀念來補償這些不平。還有「劉元普雙生貴子」裏講裴習與李克讓爲官清忠，死後一個封爲天下都城隍，一個封爲天曹府判官。「沈小霞相會出師表」裏也說：「沈小霞死後也爲北京城隍，因爲上帝憐他忠直。馬主事死後爲南京城隍，因爲他義氣」。這是「生前忠直，死後爲神」的觀念。這種思想，如果將「三國演義」裏董卓、孫堅、孫策、曹操等死的情形與關公、諸葛亮死的情形作一對照，就知過是這時期極普遍的觀念。

第十類是表現妖魔的故事。如「皂角林大王假形」、「旌陽宮鐵樹鎭妖」、「崔衙內白鷂招妖」、「假神仙大鬧華光廟」、「白娘子永鎭雷峯塔」、「福祿壽三星度世」、「一窟鬼癩道人除怪」、「小夫人金錢贈少年」、「崔待詔生死冤家」等篇。「崔衙內白鷂招妖」，舊名「新羅白鷂」或「定山三怪」，「一窟鬼癩道人除怪」，舊名「西山一窟鬼」，「崔待詔生死冤家」，舊名「碾玉觀音」，都是宋人話本，都是妖魔的故事。在上邊，我們曾講傳奇、平話兩時期對妖魔故事的看法不一樣說：「傳奇作家們比較迷信，比較愛講神奇鬼怪的故事，而認爲這些神奇鬼怪是眞實存在的」。以上宋人的三篇話本就可作證。又說：「平話時期並不是不講這類故事，而是將這類故事當善惡報應來看，此中就有了區別。善人都有善報，惡人都有惡報。這種報應觀念，固然以神怪故事來表現，然把它當成教育人民的工具，不是其本身的存在了」。這句話，在「皂角林大王假形」、「旌陽宮鐵樹鎭妖」、「假神仙大鬧華光廟」、「白娘子永鎭雷峯塔」幾篇明人的平話裏又可得到證明。「眞妄由來本自心，神仙豈肯蹈邪淫。人心不被邪淫惑，眼底蓬萊便可尋」（假神仙）。「奉勸世人休愛色，愛色之人被色迷。心正自然邪不擾，身端怎有惡來欺？但看許宣因愛色，帶累官司惹是非」（白娘子）。「欲學爲仙說與賢，長生不死是虛傳。少貪色慾身康健，心不瞞人便是仙」（福祿壽）。從這些話本末尾的題詩裏，可知作者所以寫鬼怪故事的用意。大概在明人的平話裏，凡屬神鬼故事的，多寓報應的觀念，凡屬妖魔故事的，多寓爲民除害的觀念。再由此觀點來讀明人神妖小說，就瞭解此中三昧。

第十一類是表現平民的興衰故事。如「喬彥傑一妾破家」、「金令史美婢酬秀童」、「轉途漢巧遇洞庭紅」等篇。「白丁橫帶」裏有一段講那時的賣官鬻爵非常露骨，它說：「偶然一個閒漢，叫做包走空包大，說明朝庭用兵緊急，缺乏錢糧，納了些銀子，就有了官作。官職大小，只看銀子多少。說得郭七郎動了火，問道：『假若納他數百萬銀子，可得何官』？包大道：『如今朝廷昏濁，正正經經納錢，就是得官也祇有數，不能彀十分大的。若把這數百萬錢拿去，私下買囑了主爵的官人，好歹也有個刺史』。七郎喫了一驚道：『刺史也是錢買得的』？包大道：『如今的世界，有什麼正經！有了錢，百事可做，豈不聞崔烈五百萬買了一個司徒麼？而今空名大將軍告身祇換得一醉，刺史也不難的。只要通得關節，我包你做得來便是』。正說時，恰好張多保走來，七郎一團高興，告訴了適才的言語。張多保道：『事體是做得來的，在下手中也弄過幾個了。祇是這件事，在下不攛掇兄長做」。七郎道：『爲何』？多保道：『如今的官有好些難做。他們做得興頭的，都是有根基，有脚力，親戚滿朝，黨羽四布，方能彀根深蔕固，有得錢賺。越做越高，隨你去剝削小民，貪汚無恥，只要有使用，有人情，便是萬年無事的。兄長不過是白身，便弄上一個顯官，須無四壁倚仗，到了地方未必行得去。就是行得去時，朝裏如今專一討人便宜。曉得你是錢換來的，略等你到任一兩個月，有了些光景，便要勾你了一下子，就塗抹着，豈不枉費了這些錢。若是官好做時，在下也做多時了』」。又說：「當今內相當權，廣有私路，可以得官。……做了官，怕沒有錢財？而今那個做官的家裏，不是千萬百萬？把地皮都捲了歸家裏」！這時期人們心目中最高的理想是發財，作官是一本萬利的一個門路。文人是這樣看法，一般平民也是這樣看法。

而最偉大最深刻表現平民興亡的作品，乃是「金瓶梅詞話」。西門慶原是一位破落戶的浪蕩子，怎麼樣作生意發財，怎麼樣買官，怎麼樣與貪官勾結，怎麼樣欺壓百姓，怎麼樣奢侈豪華，怎麼樣玩弄婦女，怎麼樣荒淫無度，怎麼樣家敗人亡，簡直是一部有骨有肉活生生的斷代史。它是平話時期一部偉大的著述。

第十二類是表現所謂「賤民」的故事。「如趙春兒重旺曹家莊」、「杜十娘怒沉百寶箱」、「賣油郎獨占花魁」、「錢舍人題詩燕子樓」、「玉堂春落難逢夫」、「趙縣君喬送黃柑子」、「徐老僕義憤成家」等篇。在上邊談過的「金玉奴棒打薄情郎」裏曾說：「若數著良賤二字，祇說倡、優、隸、卒四般爲賤流，倒數不著那乞丐」。「棒打薄情郎」是表現乞丐的，而這裏的幾篇是表現所謂「賤民」的「倡」、「隸」兩類人民。「杜十娘怒沉百寶箱」裏說：「目今兵興之際，糧餉未充，暫開納粟入監之例。原來納粟入監的，有幾般便宜。好讀書，好科舉，好中，結末來又有個小小前程結果。以此宦家公子，富室子弟，倒不願作秀才，都去援例做太學生。自開了這例，兩京太學生，各添至千人之外」。金錢，到處金錢，金錢是一切的主宰，這時期，在金錢面前，人類是平等的，所以「徐老僕義憤成家」裏說：「富貴本無根，盡從勤裏得」。上邊引的「呈錢財白丁橫帶」裏說：「而今時勢，就是個空名宰相，也當不出錢來了。除非是靠着自家氣力，方爭得飯吃」。從這些話裏，可知階級的觀念漸漸消逝，人類漸漸平等，而是金錢使人類平等的。

第十三類是表現金錢的故事。如「看財奴買寃家主」、「滕大尹鬼斷家私」、「念親恩孝女藏兒」等篇。戲劇裏如「殺狗勸夫」、「東堂老」、「來生債」、「老生兒」、「硃砂擔」、「救孝子」、「寃家債主」、「看錢奴」也都是表現這些故事。從上邊曾討論過的許多作品裏，已經可以看出金錢的勢力，惟這些篇目是加重地來表現。「來生債」裏引魯褒「錢神論」說：「錢之爲體，具有陰陽。親之如兄，字曰孔方。無德而尊，無勢而熱。排金門，入紫闥，危可使安，死可使活，貴可使賤，生可使殺。是故忿爭非錢而不勝，幽滯非錢而不拔，寃讎非錢而不解，令聞非錢而不發。洛中貴遊，世間名士，愛我家兄，皆無窮止。執我之手，抱我始終。凡今之人，惟錢而已」。金錢有這樣大的勢力，無怪乎人人要親近他了。「沈小霞相會出師表」也說：「少小休勤學，錢財可立身。君看嚴宰相，必用有錢人」。這雖是文人的氣忿語，然也確是當時的實況。金錢在「水滸傳」裏，已顯出他的力量，晁蓋等之刼生辰綱，就在發財。劉唐見晁蓋的緣故，爲要送給他「一套富貴」。吳用與三阮所以找晁蓋，也爲的是「大家圖個一世快活」。宋江在江州牢裏，所以「滿營裏沒有不喜歡他的」，由於他身邊有的是錢，單把來結識他們。宋江拉攏李逵也是用錢。林冲在落魄的時候，也在嘆氣說：「有錢可以通神，此語不差」！然最徹底在表現金錢勢力的還是「金瓶梅詞話」。這裏一切人物所追求的唯一目標，可以說都是「金錢」。它主宰着人們的理想、靈魂、行爲、身體、法律、道德。金錢萬能，同時也是萬惡。

第十四類是表現隱居的故事。如「莊子休鼓盆成大道」、「灌園叟晚逢仙女」等篇。「莊子休」說：「富貴五更春夢，功名一片浮雲。眼前骨肉亦非親，恩愛翻成讎恨。莫把金枷套頸，休將玉鎖纏身。清心寡慾脫風塵，快樂風光本分」。在雜劇裏表現這種意識的有「竹葉舟」、「忍字記」、「東坡夢」、「度柳翠」、「黃粱夢」、「陳摶高臥」、「岳陽樓」、「鐵拐李」、「金安壽」、「城南柳」、「劉行首」、「誤入桃源」、「任風子」等篇。不過這裏要注意的，在元人雜劇以前的中國文學裏，凡關於成佛或成仙的思想，都是文人自身的解脫，到雜劇裏就大大地擴展了範圍，換言之，就是宗教也平民化了。

以上所舉，均係元、明兩代作品；至於清代作品，也可分配於上列的十四類裏；茲因他們所用的材料稍有不同，須加說明，故以下再爲陳述。

從上面粗略的分類，可以看出平話所表現的意識；再從平話與這時期的戲劇小說等比較，可以知道他們所表現的也是同類的意識，那末，拿平話來稱謂這個時期的文學，也就不會有錯。不過上面所作的分類，僅就其主旨而言，並不是說文人的故事裏絕對沒有隱的意識，或隱的故事裏絕對沒有妖魔的故事。正相反，一篇平話裏很可能表現着幾種意識，所以讀者如能合數種意識來看，更能發現平話的精神以及什麼叫做平民的意識。

知道了作品裏所表現的內容，那末，它的時代與社會背景也就容易尋找了。茲將元、明兩代的社會政治背景分別述之。

元代文學的組成因素，主要有五：

(一) 種族的畛域。元以異族統治中國，將民族分為四等。這四種人在政治上的待遇，顯然不同。漢人、南人不得為正官。終元之世，非蒙古人而為丞相者只有三人，即楊惟中、史天澤與賀惟一。楊仍為回回人，而漢人祇史、賀二人。

(二) 州縣官多為世襲。「廿二史劄記」說：「元太祖、太宗，用兵沙漠，得一地即封一人，使之世守。其所屬來降者，亦即官其人，使之世襲。及取中原，亦以此法行之，故官多世襲。……然此法可行於朔漠，而中原則必用流官。故世祖時，廉希憲疏言：『國家自開創以來，凡納土及歸命之臣，皆令世守，至今將六十年。子孫皆奴視其部下，郡邑長吏，皆其僮僕。此前古所無』。宋子貞亦疏言：『州縣官相傳以世，非法賦斂，民不堪命』。姚樞亦疏言：『今當慎銓選，則不專世爵而人才出」。於是始議行遷轉法。至元二年，遂罷州縣官世襲。四年，又罷世侯置牧守」。

(三) 至元以下執政大臣，多出吏進。虞集「經世大典」「敍錄」說：「元入官之制，自吏業進者爲多，卿相守令於此出焉。故補吏法最爲密」。蘇天爵「滋溪集」也說：「國家用人，內而卿士大夫，外則州牧藩宣，大抵多由吏進」。「中州小民粗識字能治文書的，得入臺閣共筆劄，積日累月，可致通顯。於是文人之見用者甚少。南人地遠，不能自至京師，其士人又往往不屑爲吏，故見用者尤寡」（余闕語，見「續通典」二十二）。從這些現象，可以證明上邊所引「范張鷄黍」裏的一段話，不是無因而發了。

(四) 元代科擧的有名無實。一是擧行時間不久，次數甚少。開科取士，始於延祐二年，已在宋亡後近四十年。終元之世，科擧的次數也不過二十次。二是科場舞弊，全失考試本意，亦全無考試眞相（詳見陶氏「輟耕錄」卷二十八）。三是蒙古、色目人與漢人、南人分榜考試，左榜爲蒙古、色目人，多屬具文；右榜爲漢人、南人，其眞才實學多者不屑應擧。「輟耕錄」（卷二）說：「今蒙古、色目人爲官者，多不能執筆畫押，例以象牙或木刻而印之。宰輔及近侍官至一品者，得旨則用玉圖書押字，非特賜不敢用」。陶氏生在元、明之際，其書刊於明代，則所謂「今」者當指元朝末年。那時候蒙古、色目人作官的還不能執筆，則科擧取士的眞相可知。

(五) 元人的社會等級。據「輟耕錄」所載，那時人民有十色之稱，卽：一官、二吏、三僧、四道、五醫、六工、七獵、八民、九儒、十丐。所謂民，就是漢人、南人之業農者。儒在農民之下，乞丐之上。另有一種傳說，將儒列在娼妓之下，乞丐之上；不管怎麼列，儒總在第九等。文人地位之低，於此可見。

從以上的五種現象，可知元劇裏所以充滿了忿恨的緣故。寫作的目的既在表現忿恨，當然不敢顯露作者的眞實姓名，元劇之所以多逸名作家者由此。

明代是中國傳統政治的再建，然而惡化了。惡化的原因有六：第一、在於洪武廢相。明太祖是一位雄猜之主，天下安定的時候，他已六十多歲，太子已死，孫子孱弱，故爲身後計，一面封建諸子，一面誅戮功臣。洪武十三年，左丞相胡維庸被誅後，卽廢宰相。並且詔令說：「以後嗣君毋得議置丞相，臣下有奏請設立者，論以極刑」。遂成絕對君主獨裁的局面。

第二、在於對待士大夫的嚴刑酷罰。史稱太祖懲元政廢弛，治尙嚴峻。胡維庸之獄，株連被誅者三萬餘人。藍玉之獄，株連一萬五千餘人。草木子謂：「京官每旦入朝，必與妻子訣。及暮無事，則相慶以爲又活一日」。所以那時候的文人多不願作官。終明之世，廷杖沒有廢棄。

第三、君主不視朝。憲宗成化以後，迄於熹宗天啓，前後一百六十七年，其間延訪大臣的，僅孝宗弘治的末數年，而世宗、神宗都是二十多年不視朝。羣臣從不見皇帝的顏色。「野獲編」卷一有「明代召對趣話」一則說：「先是憲宗以微吃，賜對甚稀，一日召閣臣萬眉州（安）、劉博野（吉）、劉壽光（珝）等人，訪及時政，俱不敢置對，卽叩頭呼萬歲，當時有萬歲相公之誚」。

第四、在於奸臣當道。既有昏君，必有佞臣。世宗時夏言、嚴嵩遂弄大權（嚴嵩柄政達二十年之久）。

第五、在於太監用事。皇帝與內閣不相親接，其間尚隔着一層太監的傳遞。閣權最高僅止於票擬。朝庭命令傳之太監，太監傳之管文書官，管文書官傳之內閣。內閣陳說達之管文書官，管文書官達之太監，太監乃述之御前。於是實際相權（或竟稱君權）一歸寺人。皇帝在內寢仍不親政務，批紅亦由太監代之。（或皇帝降旨由司禮監在旁寫出事目，付閣臣繕擬。因此明代司禮監，權出宰輔上）。

第六、在於貪污盛行。黑暗政權的普遍病徵，厥爲賄賂。王振時，每朝覲官來見，以金爲率，千金者始得醉飽而去（稗史類編）。振籍沒時，金銀六十餘庫，玉盤百，珊瑚六七尺者二十餘株（振傳）。李廣歿後，孝宗得其賂籍，文武大臣餽黃白米各千百石，蓋隱語。黃者金，白者銀也（廣傳）。劉瑾時，天下三司官入覲，例索千金，甚有至四五千金者（蔣欽傳）。科道出使歸，亦例有重賄（許天錫傳）。瑾敗後籍沒之數，大玉帶八十束，黃金二百五十萬兩，銀五千萬餘兩，其他珍寶無算。瑾竊柄不過六七年，受賄就如是之多。其後錢寧籍沒時，亦黃金十餘萬兩，白金三千箱，玉帶二千五百束（寧傳）。嚴嵩爲相二十年，籍沒時，黃金三百萬餘兩，白金二百餘萬兩，其他珍寶不可數計（嵩傳）（註一）。又「稗史」載嚴世蕃與其妻窖金於地，每百萬一窖，凡十數窖。當時文武遷擢，但問賄之多寡（楊繼盛疏）。吏兵二部持簿就嵩塡注（董傳策疏）。

邊臣失事，納賕，無功可賞，有罪不誅。文武大臣贈謚遲速予奪，一視賂之厚薄（周冕疏）。雖州縣小吏，亦以貨取（沈鍊疏）。戶部發邊餉，朝出度支門，暮入嵩府。輸邊者四，餽嵩者六，邊鎮使人伺嵩門下，未饋其父子，先饋其家人。家人嚴年已斂數十萬（張翀傳）。政府帑藏不足，支諸邊一年之費，而嵩所積可支數年（王宗茂疏）。水陸舟車載還其鄉，月無虛日（董傳策疏）。又徐學詩疏謂：「都城有警，密運財南還，大車數十乘，樓船十餘艘」。嵩本籍袁州，乃廣置良田美宅於南京、揚州、無慮數十所（鄒應龍疏）（以上根據錢穆先生著「國史大綱」撮述）。

曉得了明代的社會政治情形，就知道上邊提到的明代作品裏所表現的都是事實，並不是作者的虛構。

元、明兩代的政治社會既如上述，接着，再述清代。

元、明、清，以朝代來分是三個，以文學來講，是一個時期。元朝是輕視文人，明朝是迫害文人，清朝是雙管齊下，一面迫害，一面懷柔。在這三個朝代裏，文人都不得正常的發展。我國有志氣，有遠見的文人，一向以天下爲己任，可是到了元朝，因爲異族統制，文人根本沒有致用的機會。明朝的統治者雖爲漢人，然對文人的鞭打殺害，加以君主的昏庸迷誤，以致奸臣當道，宦官弄權，政治混亂，社會不安。及至清朝，不祇又變成異族統制，對文人的迫害更變本加厲。順治九年，立臥碑於各直省儒學的明倫堂，凡軍民一切利病，不許生員上書陳言。如有建白的，以違詔論，黜革治罪。立臥碑於明倫堂，不許生員談論國事，明末已有這種政策，然執行不力，到清朝才徹底執行。文人所作文字，不許妄行刊刻，違者治罪。清初，金聖歎諸人，就因此橫遭禍害。乾隆在「御製書程頤論經筵劄子」後說：「夫用宰相者，非人君其誰？使爲人君者，以天下治亂，付之宰相，己不過問，所用若韓（琦）、范（仲淹），猶不免有上殿之相爭；所用若王（安石）、呂（惠卿），天下豈有不亂？且使爲宰相者，居然以天下之治亂爲己任，而目無其君，此尤大不可也」。既不許文人談國家大事，又大興文字之獄，順、康、雍、乾四朝中，接連着發生，造成了許許多多的悲慘事件。在這樣的高壓政治之下，文人不敢再談政治了，甚而不敢接觸到現實問題，只有談談女人，因而以女人爲寫作材料的作品，應運而與。如「聊齋誌異」、「醒世姻緣傳」、「紅樓夢」、「鏡花緣」、「兒女英雄傳」，都以描寫女性而出名。

然作家的眞正目的僅在描寫女人麼？不是的，仍然在表現他們的感遇，正如金聖歎所說：「祇是人人心頭舌尖所萬不獲已必欲說出之一句說話耳」（與家文昌）。且以紅樓夢爲例，看看作者所要說的是些什麼。

「紅樓夢」第一回就提出此書的主旨在勸人不要「謀虛逐妄」。由於這個主旨，「紅樓夢」一開始就寫一位甄士隱，怎樣看穿了人生而遁入空門。由於這個主旨，「紅樓夢」開始就介紹「紅樓夢曲」，結尾說是：「爲官的，家業凋零；富貴的，金銀散盡；有恩的，死裏逃生；無情的，分明報應；欠命的，命已還；欠淚的，淚已盡。寃寃相報自非輕，分離聚合皆前定。欲知命短問前生，老來富貴也眞僥幸。看破的，遁入空門；癡迷的，枉送了性命。好一似：食盡鳥投林，落了片白茫茫大地眞乾淨」。由於這個主旨，「紅樓夢」的人物，不管是剛强的或隱柔的；才智的或愚笨的；天眞的或險詐的；多情的或寡情的；正直的或邪惡的；理智的或任性的；嚴肅的或無賴的，都是一場幻夢，所以「紅樓夢」開始就說：「篇中間用『夢』『幻』等字，卻是此書本旨，兼寓提醒閱者之意」。

很顯然，「紅樓夢」作者的思想是釋、道兩家的，因爲他的思想是受了釋、道的影響，對一般利祿之徒，十分卑視，稱他們爲祿蠹國賊。這種祿蠹國賊的卑視，也有時代背景，並不是曹雪芹無的放矢。袁枚「書院議」說：「民之秀者，已升之學矣；民之尤秀者，又升之書院。升之學者歲有餼，升之書院者月有餼。士、貧者多，富者少，於是求名賒而謀食殷。上之人探其然，則又挾區區之廩，假以震動黜陟之，而自謂能敎士，過矣」。淸廷對讀書人是雙管並下，一面發公費使你不便講話，一面又立臥碑，使你不敢講話，一般庸碌之輩，祇要有個官作也就够了，還有什麼治國平天下的志願。這般人不是祿蠹國賊是什麼？然「紅樓夢」這種批評政治，批評科學的話敢正面說出麼？處在那樣網羅密佈的時代，絕對不敢，祇有藉十來歲的賈寶玉口裏說出，因爲「童言無忌」。作者之讓賈寶玉以兒童的身份出現，正如「三國演義」、「水滸傳」之將故事放在歷史上，「西遊記」之將故事放在神話上一樣，都在製造一種距離，使讀者覺不出是在講現在，以爲是講歷史，講神話，或兒童的胡言亂語。這種用意是極度深厚的，無逕作者要說：「滿紙荒唐言，一把辛酸淚。都云作者癡，誰解其中味」！總之，「紅樓夢」決不是作者的單純自傳，也沒有什麼民族意識，祇是寫他自己的感遇罷了。

由「紅樓夢」一例，可知清代小說之專談女人，也有他的政治背景。不但小說，清人的戲曲，也是十部裏就有九部談女人。因爲現實問題的不敢接觸，作者祇有藉女人來表現自己的感遇；然讀者竟以爲作者祇在談女人，那就錯誤了。

以上，分爲五個時期，將中國文學的演變作一概述。在每個時期裏，我們都追尋出它的社會、政治、經濟、教育、思想、宗教、選擧制度等等，因爲這些，是組成一個時期的因素。在每個時期裏，我們都比較出它的文學特徵，並將每個時期的稱謂，如歌謠、宗經、詠懷、傳奇、平話，都作一個正名，使讀者瞭然爲什麼要用這樣名稱的緣故。當然，在這樣的概述裏，一定有許多遺漏；然有些遺漏是故意的，如元、明、清三代的詩、詞，在下節就要講出所以不作陳述的理由。有些是曾經研討過的，如唐末五代的曲子詞，因爲第九章裏曾加敍述。

註一 無名氏著「天水冰山錄」，專錄嚴高籍沒後之金銀財產，厚達一百三十六頁，其多可知。是書收在「筆記小說大觀」第六編。（新興書局版）。

第十七章 結論

從以上的檢討，可得十二點結論：

第一、要瞭解一部作品，一定得先知道作者的身世。知道了作者的身世，就可知道他的社會地位、政治關係、經濟情況以及他的教育、思想、宗教等等，因爲這些都是構成作者個人意識的主要因素。若不知道這些因素，對於作品的瞭解都可能是搟撦附會，隔靴搔癢，摸不着邊際。比如「詩經」這部書，以前的人認爲三百篇都是美刺，美的是誰，刺的是誰，則又穿鑿難明；現在的人又認爲是民歌，三百篇眞的是老百姓所寫的嗎？眞的是老百姓口頭創造而爲收集國風的人所記錄的麼？現在找到了「詩經」的大部詩篇是「武士」這種身份的人所寫，那末，大部詩篇的一字一句都可按照這種人的社會、政治、經濟、教育、思想等等來作明確的解釋。這時，訓詁的、考證的、歷史的、社會的、政治的等等方法，都可按跡尋蹤去作徹底的研究。（註一）

第二、作者的身世固爲瞭解作品的起點；然有些作品有作者，有些作品沒有作者；即令有作者，對他的身世所知道的仍等於零，無法從他的身世來瞭解他的作品；遇到這種情形，我們應走兩條路：在有作者的情形之下，應以作者與作者比較；在沒有作者的情形之下，應以作品與作品比較。比如歌謠與平話兩個時期，都是沒有作者；在這種現象之下，將作品與作品比較，就發現了兩個時期的共同現象。在這共同的現象之下，就應該追究產生這種現象的原因了。一部作品如此講，可以不注意，兩部作品如此講，也可以不注意，三部、四部以至許許多多作品都如此講，那就值得注意了。這樣的比較結果，雖對作者的生平不知道，然對作品整個背景知道了，一樣是瞭解作品的道路。

第三、作品之有作者的，且有傳記可資參考的，對作品的瞭解自較容易；然所以追究作者的思想，作者的教育，作者的性格，作者的環境等等，爲的是追究他的社會矛盾；由於這種矛盾，纔使他受到刺激，產生作品；並不是祇對他的思想，他的教育等等作一敍述，就算了事。考證一部作品的作者，是爲幫助我們欣賞作品，並不是祇發現作者就算了事。作者的考證是準備工作，作品的欣賞才是基本目的。不瞭解作者，我們無法欣賞作品；對作者祇作了初步的考證工作，也會導出錯誤的認識。

第四、瞭解了爲什麼要從作者的生平來認識作品，那末，就知道現在一般研究文學的人之所以走錯路的原因。現在研究文學的人，往往先定了自己要走的路線，如經濟的、政治的、思想的、宗教的、文體的、社會的等等。這些路線，固然擴大了文學研究的範圍，加深了對文學的認識；然他們往往遺留了許多偏見。因爲他們僅從一個角度來看作品，所見到的僅是一個角度；而他們又想以偏概全，所以產生了偏見。要想無偏見地來認識作品，祇有從作品的本身（包括一個作家作品全部的本身，或一個時期作品全部的本身），作比較、作分析；從作品本身所表現的經濟、政治、思想、宗教、社會。一個作者所表現的都是他所感受的，他也祇能表現他所感受的。從他所感受的向外追究，就不會穿鑿附會。不過這裏要特別注意的：作家是透過意識來表現，他選用材料時，可以用當代社會，個人身世，古代歷史，神怪故事或海外傳說；然不能認爲這些材料就是他表現的目的。以往文學批評上所以產生許許多多糾紛，就在沒有弄淸這一點。

第五、研究文學的人，都以爲自己是客觀的、科學的而不是偏見的；然照別人看來，仍然是主觀的、偏見的。此中原因，就在不能站在作家的立場來認識作品，或作者的時代立場來認識作品。所謂作家的立場，就是將某一作家的全部作品作一比較，就瞭解了作者的個人意識，再從這種意識來認識他的作品。所謂時代立場就是將一個民族的全部作家作一比較，就發現了某些作家的意識是大同小異，某些作家的意識又是大異小同，大異小同的稱爲一個時期，小異大同的稱爲另一個時期。站在這種時代意識來認識作品，就謂之時代立場。然一個時期裏是否有例外呢？不能有。因爲一個時期，是由社會、政治、經濟、思想、宗教等等組織而成，一個作家祇要他處在這個時期，必然的，就會受到這個時期的影響，影響的程度或有深淺，但說絕對不受影響是不可能的。人是環境的產物，在某樣的環境產生某樣典型的人物，這是一定的。人可以改造環境，然是逐漸改造，從這一時期，突然絕緣的跳到另一時期，那是不可能的。

第六、瞭解了作品的產生由於作者的個人意識與時代意識，也就瞭解了作品是產生於人生的需要。文學並不是人類的奢侈品，也不是太平盛世的裝飾品，更不是人類精力的剩餘勞動。文學產生於人類的需要，因爲需要不同，於是產生不同的文學。比如東、西周的時候，「國之大事，惟祀與戎」，「祀」就是祭祀，「戎」就是打仗，於是跳舞、音樂、詩歌就配合着這種需要而產生了文舞武舞，雅樂南樂以及武士的詩歌。武士們在高興的時候，貧苦的時候，失戀的時候，娛樂的時候，思念父母的時候，想念家鄉的時候，被讒的時候，陳述戰功的時候，祭祀的時候，宴會的時候，都拿詩歌來安慰自己。這種精神的安慰，如同物質的安慰一樣，沒有它，人生也是活不下去的。到了屈原，他之寫作，一方面固在發洩「憂愁幽思」，另一方面也在「繫心懷王不忘，欲反，冀幸君之一悟，俗之一改也」。到了兩漢，文學的功用，更爲顯著，所謂賦，類似那時的疏策一類東西，不過較爲含蓄罷了。到了兩晉，作品又變爲表現作者所遇所感的詠懷。作品，都是因需用而產生，也因需用而變易。然所以顯出奢侈品，裝飾品或精力的剩餘勞動的現象，是因作品的時代需要過去了，後來學習文學的人，既不瞭解古代作品的時代需要，自己也沒有實際的感受，祇是想當文學家，於是就在古代作品的形式上來模仿，或拿文學當應酬，或拿文學當政治地位的敲門甎，於是文學就失掉了時代的意義，也就失掉了它的眞正價值。

第七、因爲文學有時代的使命，於是寫文學史的人對作品就有取捨了。凡能代表時代使命的，也就是說，凡能表現時代意識的，是文學史敍述的對象；凡不能表現時代意識的，就爲文學史所擯棄。比如我們敍述平話時期的文學，祇講戲曲、平話、小說、民歌、而不及詩、詞、古文者，就因這個時期的詩詞古文，變成了文人的獵官工具，而不能代表時代意識的緣故。爲什麼作品變成獵官的工具，就不能代表時代意識呢？我們講：意識是作者的理想透過實踐而產生的情感，實踐的意志愈强，感觸愈大，而情感就愈豐富。明代以後的文人，凡是熱心科學的，都是想作官。而作官並不在表現自己的理想，是想發財。這批人根本沒有高尚的理想，祇在搞搞八股，混一個功名罷了。旣無理想，也就無所謂實踐理想，更談不到意志，雖是活着，實際並沒有生活，沒有生活而要從事寫作，祇有模擬。所以明、清兩代的模擬之風最盛。有的尊唐，有的崇宋，有的尊漢，模擬最好的，也不過是古人的影子，絕無創造的才能。在這個時期，詩、詞、古文方面，並不是說一個好的作家也沒有，而是說能以代表時代的像李、杜、韓、歐那樣，一個也沒有。然另一方面，小說戲曲的作者，都是有理想、有骨節、有意志的人，他們不願作官，而且也瞧不起作官。所以他的感受特別深，生活特別豐富，他們的作品也就代表了時代，而爲時代的反映。

第八、因爲文學是時代意識的表現，也是時代的反映，所以一部文學史，應該是一部民族意識演變史。文學家所表現的固然祇是他個人的感遇，然他是代表他的社會階層的，這種階層往往就是一個民族的中堅份子。比如周朝的建國就由武士的勞蹟，如果沒有武士，封建是不能成功的。從春秋以後，直至現在，我國的政治，都由「士」這種人把持着，不過這批人裏，有的有理想，有的沒有理想，有的有意志，有的沒有意志，加以政局的變易，宗敎的影響，環境的關係，於是顯出了「仕」與「隱」兩種意識，也就顯出了兩種文學。正因爲顯出了「仕」與「隱」兩種意識，附帶着也顯出了我國社會的、政治的、經濟的、思想的、宗敎的等等變遷。所以一部文學史是一部有血有肉，也可以說是塑形的民族演變史。

第九、一部文學史應該是一部文學欣賞的指南。這是極自然的結果，文學旣是意識的表現，而我們時時以意識來解釋作家的個人與時代，那末，對於作家的個人與時代自然有深刻的瞭解，對作品自然也有深刻的欣賞。我們可以站到作者的時代，作者的環境，甚而作者寫某一篇作品時的背景來瞭解，作品的欣賞自然也就深刻了。同時，一部文學史，也應該是一部文學批評史。因爲文學是意識的表現，而意識有眞僞强弱之別，所以作品就有價値高低之分。作品愈眞摯，則其價値愈高，我們敍述任何作家，任何時期，無形之中，都拿這個標準作衡量。看過了一部文學史，無形中，也就知道每個作家地位的高低。

第十、一部文學史應該是一部文學創作的嚮導。文學是意識的表現，而我們寫文學史是由意識出發，那末，文學史變成了作家創作的經驗史，從這裏，可以解答許許多多不能解決的問題。比如新詩的形式，幾十年來在爭論、試驗，而現在還是不能解決。知道了詩與音樂的關係，如三百篇之與雅、南，漢樂府、曲子詞之與胡樂，就知道詩的形式是怎樣產生的。四言詩出於國風，五言詩出於漢樂府，詞之出於曲子詞，都告訴我們詩的前身是歌，歌與音樂脫離了關係而成固定的形式後，纔成爲詩的形式。固然，後來的四言詩，五言詩與詞都可以歌唱；但那是依詞製譜，並不是依曲塡詞，因果倒置，不足爲訓。倘若要創造新詩的形式，一定先從音樂與歌曲着手；新的歌曲普遍流行了，詩人再照着這種歌曲而將它的形式固定起來，就成了新詩的形式。專憑一兩個詩人的私意來創造形式，絕對不能成功的。數十年的試驗，還不是一個好的敎訓嗎？

第十一、第二章裏我們曾說：「一部長遠而複雜的文學史，好像一條長大的河流，河身的逐漸寬大，好像文學的逐漸複雜。河身的逐漸寬大，由於支流的加多，又好像文學的逐漸複雜，由於組成作品的因素逐漸加多。往往由於大的支流的注入而使河流的名稱改變，也好像大的因素的注入而使文學的稱謂改變。每一次支流的注入，並不是排斥了舊有的水量，而是與舊有的合流，所以河身逐漸寬大；也好像文學因素的注入，並不是排斥了舊有的成分，而是與舊有的同化，所以文學逐漸複雜」。現在就拿事實，說明這個情形。比如三百篇是我國文學的源流，它的社會是貴族的，政治是封建的，經濟是農業的，敎育是文武合一的；到了秦漢，注入了平民社會，官僚政治，重文的敎育與儒家思想，組成了宗經文學；及至南北朝，又注入門弟社會，貴族篡奪，釋道思想，組成了詠懷文學；卽至唐、宋，又注入了平民社會，官僚政治，儒家思想，組成了傳奇文學；及至元、明、淸三代，又注入了貴族政治，商業經濟，釋、道思想，文人的受迫害，於是變成了平話文學。這些演變是逐漸累積，層層相加；並不是後來者整個排斥了舊有的，所以愈到後來，文學的現象愈複雜。可是研究文學的人，往往忽略這種逐漸累積，逐漸演變的形跡，而從橫截面來着手，現象就顯得複雜了。如能追求出它每一現象的根源，看它什麼時候增加了什麼因素，變成什麼現象，到什麼時候，又增加什麼因素，又變成了什麼現象，問題就容易解決了。

第十二、文藝科學與文藝史學的必須合流。現代研究文學的方式不外兩種：一是理論的，一是歷史的。所謂理論的，就是將作品加以分析與綜合，得出幾條原理法則，反過來再批評文學。這樣的研究方式，稱之爲文學批評、文學理論或文藝科學。所謂歷史的是將文學的產生、演變與沒落的因素作一陳述，也就是文藝史學。近百年來因爲自然科學，社會科學與歷史科學的突飛猛進，使文學研究，不管是理論的與歷史的，也都因而發達。然文藝科學與文藝史學似乎還沒有合流。從上面的檢討，可知理論的研究如果缺乏了史的知識，就得不出眞正的結論，因爲它所接觸的，僅僅是點、是面，而不是整體。歷史的研究，如果缺乏了理論的知識，那他討論的很可能不是文學，或祇是文學的外形。文藝科學與文藝史學必須合流，必須相互爲輔，才可瞭解文學的本質、文學的根源以及文學演變的原因。然文藝科學與文藝史學怎樣才可以合流呢？合流的辦法，祇有一個，就是從生活意識來看文學，換言之，就是將文學的一切問題都追究到人生的需要上。人類最原始的目的就在求生存；爲求生存，產生了社會、政治、經濟、法律、道德、宗教、生產工具等等；也因爲求生存，產生了文學與藝術。文學、藝術與社會、政治、經濟等等，是同時產生的，有了這個，就有那個，不前不後。有原始的社會、政治、經濟，就有原始的文學與藝術；有現代的社會、政治、經濟等，就有現代的文學、藝術，它們是同時並進。人類的生存環境改變了，生存需要改變了，於是社會、政治、經濟等以及文學、藝術也都改變了。從這個觀點，可以研究中國文學，從這個觀點，也可以研究世界文學。

註一　拙著「詩經通釋」一書就是依據尹吉甫的生平事跡將三百篇作一字一句的確切解釋。

滄海叢刊已刊行書目（四）

書名	作者	類別
詩經研讀指導	裴普賢	中國文學
莊子及其文學	黄錦鋐	中國文學
清眞詞研究	王支洪	中國文學
浮士德研究	李辰冬譯	西洋文學
蘇忍尼辛選集	劉安雲譯	西洋文學
文學欣賞的靈魂	劉述先	西洋文學
音樂人生	黄友棣	音樂
音樂與我	趙琴	音樂
爐邊閒話	李抱忱	音樂
琴臺碎語	黄友棣	音樂
音樂隨筆	趙琴	音樂
樂林蓽露	黄友棣	音樂
水彩技巧與創作	劉其偉	美術
繪畫隨筆	陳景容	美術
都市計劃概論	王紀鯤	建築
建築設計方法	陳政雄	建築
建築基本畫	陳榮美 楊麗黛	建築
現代工藝概論	張長傑	雕刻
戲劇藝術之發展及其原理	趙如琳	戲劇
戲劇編寫法	方寸	戲劇

滄海叢刊已刊行書目（三）

書名	作者	類別
比較文學的墾拓在臺灣	古添洪 陳慧樺	文學
從比較神話到文學	古添洪 陳慧樺	文學
牧場的情思	張媛媛	文學
萍踪憶語	賴景瑚	文學
讀書與生活	琦君	文學
中西文學關係研究	王潤華	文學
文開隨筆	糜文開	文學
知識之劍	陳鼎環	文學
野草詞	韋瀚章	文學
現代散文欣賞	鄭明娳	文學
藍天白雲集	梁容若	文學
寫作是藝術	張秀亞	文學
陶淵明評論	李辰冬	中國文學
文學新論	李辰冬	中國文學
離騷九歌九章淺釋	繆天華	中國文學
累廬聲氣集	姜超嶽	中國文學
苕華詞與人間詞話述評	王宗樂	中國文學
杜甫作品繫年	李辰冬	中國文學
元曲六大家	應裕康 王忠林	中國文學
林下生涯	姜超嶽	中國文學

滄海叢刊已刊行書目（二）

書名	作者	類別
不疑不懼	王洪鈞	教育
文化與教育	錢穆	教育
教育叢談	上官業佑	教育
印度文化十八篇	糜文開	社會
清代科舉	劉兆璸	社會
世界局勢與中國文化	錢穆	社會
國家論	薩孟武譯	社會
紅樓夢與中國舊家庭	薩孟武	社會
財經文存	王作榮	經濟
中國歷代政治得失	錢穆	政治
黃帝	錢穆	歷史
歷史與人物	吳相湘	歷史
中國歷史精神	錢穆	史學
中國文字學	潘重規	語言
中國聲韻學	潘重規 陳紹棠	語言
文學與音律	謝雲飛	語言
還鄉夢的幻滅	賴景瑚	文學
葫蘆・再見	鄭明娳	文學
大地之歌	大地詩社	文學
青春	葉蟬貞	文學

滄海叢刊已刊行書目（一）

書名	作者	類別
中國學術思想史論叢(一)(二)(三)(四)(五)(六)	錢穆	國學
兩漢經學今古文平議	錢穆	國學
中西兩百位哲學家	鄔昆如 黎建球	哲學
比較哲學與文化	吳森	哲學
哲學淺論	張康譯	哲學
哲學十大問題	鄔昆如	哲學
孔學漫談	余家菊	中國哲學
中庸誠的哲學	吳怡	中國哲學
哲學演講錄	吳怡	中國哲學
墨家的哲學方法	鐘友聯	中國哲學
韓非子哲學	王邦雄	中國哲學
墨家哲學	蔡仁厚	中國哲學
希臘哲學趣談	鄔昆如	西洋哲學
中世哲學趣談	鄔昆如	西洋哲學
近代哲學趣談	鄔昆如	西洋哲學
現代哲學趣談	鄔昆如	西洋哲學
佛學研究	周中一	佛學
佛學論著	周中一	佛學
禪話	周中一	佛學